深山欲雪

傅菲 著

花城出版社
南方传媒
中国·广州

图书在版编目（CIP）数据

深山欲雪 / 傅菲著. -- 广州：花城出版社，2025.5. -- ISBN 978-7-5749-0333-3

Ⅰ. I267

中国国家版本馆CIP数据核字第20244MS632号

深山欲雪
SHENSHAN YU XUE
傅菲/著

出 版 人	张 懿
责任编辑	许泽红　许阳莎　王雅喆
责任校对	卢凯婷
技术编辑	凌春梅
封面设计	何 涵
插　　画	何 涵
内文版式	邢晓涵
出版发行	花城出版社
经　　销	全国新华书店
印　　刷	佛山市浩文彩色印刷有限公司
开　　本	787毫米×1092毫米　32开
印　　张	10　　11插页
字　　数	190,000字
版　　次	2025年5月第1版　2025年5月第1次印刷
定　　价	59.00元

版权所有·侵权必究。如发现印装质量问题，请与出版社联系。
购书热线：020-37604658　37602954

除了木柴，
唯有一缸冬菜，
与我度寒冬。

第 1 章 江河记

- 3 水流的复调
- 12 流弦
- 21 舞河
- 30 水边
- 39 跑马的河
- 48 汾水
- 57 河水带不走青山

第 2 章
荒野记

野溪谷 69

三吴坑 78

风暴坞 87

桐西坑 96

引浆源 105

盘石山峡谷 114

杨源坑 123

135 锯木郎记
144 黑蚱蝉记
153 小鸦鹃
160 黑瓜蝽记
169 画眉
176 红隼落脚之地
185 黄脚胡蜂记

第 3 章
虫鸟记

第 4 章
物则记

树叶 197

寒枝 206

空谷四季 215

春水 224

两亩方塘 233

冬日林中 243

鸣山 252

263 糯米记
272 野茶记
281 蒸菜记
289 冬菜记
296 红糖记
304 艾蒿记
311 南瓜记

320 **跋:自然精神**

第 5 章
茶食记

第 1 章

江河记

水流的复调

灵山山脉北部余脉骤然凸起，山峰尖耸，形如五羊奔跑，遂名五羊山，山南终日艳阳高照，又名阳山。山峰挤压山峰，有了向西逶迤的凹槽。腊肉岗、广财山、四方块、庙坞岗等高山，在凹槽两边列出长龙形矩阵，筑起大地的高墙。猕猴嘶鸣，嗷嗷嗷嗷，震荡野谷。涧水飞泻，冲入沟壑，汇流成溪。溪谷乔木、灌木丛生，野花不败，溪遂名花林溪。溪冲出第一个山湾，山坞豁然开阔，有逃荒避凶的先民胡氏在此安家，村故名胡家。

猕猴常入村偷食玉米、花生，隆冬大雪，还在柴垛过夜。空置的摇篮挂在屋檐下，也睡着猕猴。禁伐之后，十余户山民举家外迁二十里，胡家村没了吃食，猕猴便盘踞在高山密林。山势斗转，溪流九曲十八弯，跳石倒珠。这里人迹罕至，唯有挖采草药的人，背着军绿色的帆布袋，袋里插一把小铁镐，溯源而上，挖金丝吊葫芦和金线莲、铁皮石斛。2023年12月3日,我入峡谷,见有三个挖采草药的男人,其中一个为重溪村张氏。张氏四十多岁,是个老木匠,身板结实,冬闲了,无事可做,就干了采药的营生。生采下来的金丝吊葫芦,卖600块钱一两,一斤生货晒一两干货。他挖采半天,可以挖采三两生货。

金丝吊葫芦又名三叶青,学名三叶崖爬藤,分布在沟壑边的林缘地带,一根须结一块葫芦形茎块,采药人取了茎块,把须茎也带回去栽种。三叶青易种,长花生大的茎块却要八年。张氏说,架坞村的某某某得了癌症,也没就医,一天吃一个金丝吊葫芦,吃了一年半,癌症治好了。我不置可否,又很狐疑地看着他。山中有很多珍稀的草药,如金线莲、七叶一枝花、血藤等。路边,每隔数百米就长一株或数株黄果茄,果青黄,与棉枣一般大,茎、叶、果长满尖刺,摸上去很扎手。黄果茄看起来是藤本,实际上是伏地灌木,是致幻植物。三个挖采草药的人都把根须带回去种,我便对他们说,挖草药留须,用泥巴覆一下,植株又会活,你们这样挖采草药,是灭绝式的,后人无药可采了。他们不理会我,在林子里钻来窜去。

溪流至广财山林场,水中石块爬满了青螺。青螺尖尖,螺嘴圆阔。这是至寒至阴之物。我在孩童时期长口疮了,就去山溪摸青螺,与薄荷一起煮水,喝了汤,当夜口疮就消失。现在已经很少见到青螺了,它只生活在高度清洁的山溪。溪出花林村，与焦坑水汇流，遂名重溪。盆地斩然露出了全貌，一马平川，苦楝、樟树、枫杨树、朴树、枫香树等乔木沿溪逶迤，田畴朴素、高阔，以不规则的条状自南向北铺延。溪绕村头东、西二墩，村因名绕二墩，简称绕二，镇以村名。墩即矮山冈。大山开始渐退，化为丘陵地带。河因村而名，向西而去，与发端于大茅山西南麓的瑞港溪相合。风暴坞与程家湾汇集的小溪，过长乐村（今名召口），始称长乐河，三溪交汇，河依山曲流，形成巨大的"U"字形。箬坑村被河环绕，芦苇、芭茅丛生。河壮阔了，平缓直流南下。2023年12月3日，我去彩虹桥菜市场买菜，一个四十来岁的男人端着一盘活鱼在路边吆喝：10块钱一盘，足足有一斤半。鱼都是小鱼，只有半边扁豆大。几个妇人看了看鱼，也就散了。我问："这是哪里来的鱼？"

"界田。河里钓上来的。"卖鱼人说。

钓上来的鱼，唇有勾痕。这些鱼没有勾痕，应该是地笼捞上来的。买了鱼，我回到家里，把鱼分类出来：粗纹暗色鳑鲏、中华鳑鲏、齐氏鳑、斑纹鳅、银鲴、麦穗鱼、彩鳑、黑鳍鳈。箬坑下游是界田，再下游是黄柏。这条河段有着非常多的鱼，且种类繁多。

鳑鲏、鳑、河川沙塘鳢鱼，与河蚌（双壳动物的一种）有共生关系。即雌鱼孵卵，将鱼卵射入河蚌，在蚌肉内孵化，孵化出来的小鱼被河蚌喷出来；同时，河蚌将卵粘在鱼鳍，孵化后自动脱离。鳑鲏与鱊在外形上很相似，很难区分。它们游在水里像彩虹，翩翩然，群游群栖。它们都喜水草密集处，体形侧扁，杂食，借住双壳类动物繁殖，繁殖期雄性出现婚姻色。成体鳑鲏小于成体鱊，鱊上唇有须，鱊有完整侧线，鳑鲏仅有前端侧线鳞残余。

我用小剪刀剖鱼，发现麦穗鱼的内脏像一条蜷缩的黑蚂蟥，其他鱼则内脏是鱼肉色。除了银鲴，其他几种鱼类在德兴市其他河流中（乐安河、洎水河、银港河）不常见。尤其是麦穗鱼，是我在德兴境内第一次见到。麦穗鱼唇无须，背鳍无硬刺，体背与体侧灰黑色，以枝角类摇蚊幼虫、孑孓为食，小稚鱼以轮虫为食，在平缓的浅水区活动，耐寒，对水的酸碱度适应性很强，但对有机污染、重金属等反应敏感，是监测生态的标志性物种。这是我很关注的一种鱼类。我做过麦穗鱼的实验。两条成体麦穗鱼各放在两个相同的土钵养，一钵投铅笔灰，一钵只放清水。养了三个半小时后，铅笔灰土钵里的麦穗鱼死了，而清水钵的鱼养了八天，还是活的。

1995年之前，在发端于灵山北麓的饶北河，有着非常多的麦穗鱼、粗纹暗色鳑鲏、宽鳍鱲、大口鲇、马口、黄鲫、长蛇鮈、河川沙塘鳢、白鲦、中华沙鳅、银鮈、翘鲌、银鲌、窄条光唇鱼、宽口光唇鱼、斑纹鳅、溪蟹。我坐在河岸，赤足入水，鱼便围过来，吃脚皮屑。溪流漫过石滩，冲出一个落水口，我用筲箕对着落水，铺上一层草，鱼随水流落下来，装进了筲箕。一个中午，可以捞三五斤溪鱼。扒开草，鱼在筲箕蹦跳。

在郑坊镇（饶北河上游）方言里，大口鲇被称作鲇鱼鳅，粗纹暗色鳑鲏被称作"乌扑槌"，河川沙塘鳢被称作"鸡屎夹鱼"。"乌扑槌"意即茁壮成长的青少年，以人的生命阶段给鱼命名，既是生动的形容，也体现人对鱼的艳羡。"乌扑槌"就是无比美好的意思。鱼就是青少年，在河里嬉戏、追逐。最美的韶华迸发出跳跃的活力。有些鱼在夏天月夜会发出叫声。如鲤鱼，如大口鲇，如黄颡。"唝唝唝"，是鲤鱼在叫。"嘎嘎嘎"，是黄颡在叫。"隆隆隆"，是大口鲇在叫。大口鲇藏在石洞，张大嘴巴，荡开了水，叫声既豪放又憋屈。鲫鱼以尾巴叫，跃出水面又落下去，尾巴摆动水，发出"咕隆"声。鳙鱼以水泡叫，吐出一串串水泡，水泡破裂，发出"咕咕咕"声。

1994年，上游华坛山镇建了萤石选矿厂，含有二氧化硫的废水直排饶北河，毒死了整条河的鱼。河无鱼，河就死了。之前，我曾天真地认为，在偏远的乡村，河是永生的，鱼也是永生的。鱼和天上的星星一样多，水下沉一只鞋下去，就可以捞上鱼来。二十年前，选矿厂关停了，可有些鱼再也不会回来。不会回来的鱼，有鳗鲡、鳑鲏、河川沙塘鳢、麦穗鱼、中华沙鳅、光唇鱼、彩鱊、长蛇鮈，虾和蟹也不再出现。鱼的生命有多脆弱，河的生命就有多脆弱。

我数十次去长乐河溜达，看见脉脉远去的河水，就有一种亲切的故乡之感。生命旺盛的河流，给我以安慰。我认识一个黄柏乡黄柏村的卖鱼人，在我需要去哪个河段观察哪类鱼时，我就打电话问询卖鱼人。她卖鱼，她爱人在长乐河捕鱼。傍晚在河里下网，凌晨两点去收网。她知道哪种鱼在哪个河段最多，她会告诉我，港西那截河，鳑鲏最多了。于我而言，她是河流的信使，把一个个福音传达给了我。要买鱼了，我打电话给她，她就委托她侄女送来。

冬月的一天，她侄女送来一条鲩鱼，5.3 斤重。我用来做油淋鱼。鱼剖好、剁块、沥水、抹盐，放在阳台上晒。冬日暖阳，晒一天，给鱼块翻面一次，晒了半个月，鱼肉皱了皮，我拿出蒸锅以小火干蒸四十分钟，鱼熟了。在玻璃罐底铺一层姜丝、蒜丝、剁椒，再铺一层熟鱼，这样重复铺了三层。我熬熟了 1.5 斤山茶油，待凉透，从罐口浇淋下去，熟油从罐底漫上来，浸没了熟鱼，再洒两勺高粱酒下去，最后密封罐口。熟鱼在熟油中收缩，收进了香与味。

用长乐河的鲩鱼打一碗鱼冻，无疑是我冬日最愿意做的事。取黄泥地种出来的白萝卜，半斤来重一个，切细丝，热锅翻炒，去了萝卜味，起锅。再以山茶油入热锅，锅底抹盐，姜蒜油爆，鱼块入锅煎至半黄，以料酒浇锅，鱼块翻面再煎，水煮一刻钟，再把翻炒了的萝卜丝入锅、辣椒入锅，再煮一刻钟，蒜叶丝入锅，起锅盛在大碗上。鱼过夜即扣冻了。有了这碗鱼冻，我不想吃其他菜了。先吃冻，再吃鱼，冻入口即化，凉凉、辣辣、咸咸、甜甜。一方山河的风味，尽在一碗鱼冻中。

每吃长乐河的鱼，我就想到家中老妈妈。她多年不吃鱼了。她买的鱼都来自水塘养殖，满口泥味。她吃一口，就放下了筷子。在那个临河的村子，吃不上一条好鱼，是她遗憾的事。她常常站在河边，望着河水，眼神空空茫茫。不知道她是在看水，还是在水里找鱼，或者是在看别的什么。也许，她什么也没看，只是那么久久地站着，做出一副看水的样子。白鹭一只只从她眼际飞走。红嘴鸥一只只从她眼际飞走。飞走的，再也不回来，即使回来了，也不被我妈妈看见。

过了黄柏，长乐河向西而去，入乐平境内，在名口镇，注入乐安河，全程以多条曲线完成。曲线流畅。事实上，所有河流的曲线都是如此。河水因重力而流淌，会产生源源不断的向外作用力，冲刷了河岸，向心力又使得河水内收，于是有了不同形状的河湾。河水始终处于与自己的搏斗之中。河不会全程直流。

水流在河湾旋流,有了深潭和激流。鱼汇集在这里。青虾则聚集在缓流处的草丛。黄柏的那个捕鱼人,三天收一次网,一次可以收 4~6 斤青虾、25~40 斤鲩鱼、8~15 斤小河鱼。鲤鱼放生。青虾每斤 45 元、鲩鱼每斤 12 元、小河鱼每斤 10 元、溪石斑(学名光唇鱼)每斤 25 元。他的妇人在黄柏卖鱼,卖不完了,便骑电瓶车拉到花桥镇、市区集市卖。

界田是德兴美食之乡,界田豆腐、红烧小河鱼、米粉蒸肉,是德兴名菜。2022 年 7 月,有一日我去界田吃午饭,我早到了,便去河边溜达,看见送葬的队伍走过寿元桥,去长乐河买水。唢呐呜呜咽咽,朝天吹响。他们戴着白帽,低着头,走到樟树下,在滩头放炮仗、烧遗物、烧黄纸。抱着遗像的人,站在水边注目。老人的遗照显得很慈祥、温和。距滩头百米之远的上游,一群孩童在游泳,光着身子,相互泼水。他们的笑声淹没了唢呐声。河水静静流,鱼群在逐水。有村舍,就有这样的滩头。我突然觉得死神是仁慈的,它收留了不再被大地安放的生命,让逝去的生命获得安详。死去的鱼虾蟹,死去的走兽,死去的草木和虫鸟,都归大地所有,归于永恒的沉寂。河流自源头来,往归处去,怀抱沧桑、别离、罪与罚、顾念而去。河流之所以有如此创举,是因为它日复一日、年复一年地重复，旅程重复，水流量重复，永无尽头地循环往复。万物往复生往复死，草木有了枯荣，大地有了繁盛。因此，我原谅了生活的不堪，也原谅了自己的不堪。我们接受了生活给予的刑罚。

我就像一个方士，背着一个帆布包，走在河边。在春风里，在秋阳下，在冬雨中。我常常这样，沿着河走，没有目的地。人走路会疲倦，河水不会。河水不分季节、无分昼夜，故自流淌。河被永不破损的车轮推着走，载着晨光，也载着月色。芦花和飞鸟装饰了车篷。河水颠沛流离，又悠然自得，沿途吹着当啷当啷的口哨。这是无与伦比的复调，比赋大地兴衰。与复调相比，人类的技艺相形见绌，它简单、朴素、纯净，又无穷无尽，涵盖了人类的所思所想所愿。我们因之动情、羞愧，甚而泪流满面。

流弦

河在太白镇玉坦村前弯流，呈"り"形，有了五百亩之大的河滩和湍湍激流。激流有两公里之长，水深没腰。芦苇、芒草在冬日一片素黄，乌桕树叶落殆尽，空留树枝弹奏。10月下旬，红头潜鸭、花脸鸭、绿头鸭、斑嘴鸭、绿翅鸭、赤麻鸭、鸳鸯、鸬鹚、白骨顶、小䴙䴘、黑颈䴙䴘等游禽陆续云集在激流。河两岸是黄土丘陵，阔叶林茂密，樟树、枫香树、栲树、木荷、苦槠，圆盖一样垂冠。每年的11月或3月，我来到玉坦，沿着河滩走，看水鸟嬉戏、捕食。它们潜水，它们浮游，它们对颈啼鸣。8月，乐安河入了枯水期，水流量日渐稀少，但玉坦河段因河床基底岩石如一条巨型地梁，在山湾口抬了起来，拦截了水流，蓄起了深水。鱼在寒冬藏深水，游到这里，潜底了。

水溅起了白水花，啪啪啪。水鸟在争食，在追逐鱼。它们在争游，仿佛是一叶叶舟筏，装饰了羽毛，浪遏飞舟。

2023年4月21日，我去玉坦下游的曹门、湖田、五店，寻找蓝冠噪鹛。在曹门桥下，我看见一个三十来岁的男人站在河中钓鱼，鱼篓斜浸在水里，篓口塞着马塘草，在抛线、拉线。我翻开鱼篓，有三十多条河鱼在篓底蹦跶。钓鱼人说，他是浙江开化县苏庄镇人，骑摩托车来钓鱼。一年有二十多天，他在这里钓鱼。他戴着一顶白色渔夫帽，穿着防水裤和高筒雨鞋，腰上挂着饵料和水壶，背着一袋钓鱼竿，右手扶竿，左手拉线，甩线拉线。把饵料捏成一个圆球状，用鱼钩刮一下饵料，又抛线。饵料粉红色，黏稠，是918饵料。他拉了七次线，也没拉上一条鱼。我问："可不可以给我抛两竿？我好想抛。"钓鱼人看了看我，说："这是机动竿，不那么好抛。"

我拉了拉竿头，竿把撑在腰部，右手横甩，竿头上扬，鱼线呈横向抛物线，拉出大圆弧，落在一片大水花下方的静水里，鱼线落了水面，我滑动、拉线，钩却下沉，绷紧竿头，提起。是一条两指宽的马口鱼。我又抛了一竿，拉上一条马口鱼。钓鱼人问："你怎么两竿都抛那个水位呢？"我说："那个水位有鱼呀。"

春夏，鱼斗水，逆激流而上。鱼不是一直在斗水，会休息，会选择时机。河鱼就在落水处下方的静水窝。它藏在窝里。静水窝也是回水处，有腐殖物、浮游生物、水虫，河鱼在休息、吃食。4月正是山区桃花汛的开始，河水上涨，腐殖物丰富，鱼边斗水边吃食，择上游草丛、沙砾层孵卵。少数鱼类在激烈斗水时，会抢食吃，如光倒刺鲃、中华倒刺鲃、翘嘴鲌、棒花鱼等。

钓鱼人钓鱼，我看他钓鱼，直到他去吃午饭。我抖他鱼篓，翻开看，有马口鱼、宽鳍鱲、白鲫、黄颡、鳊鲂、长蛇鮈、鳅鮀、重唇鱼、短颌鲚、窄条光唇鱼。它们在洄游，洄游到星江去。

有一次，我拼车从德兴市去上饶市，同坐的人姓郑，四十来岁，是玉山县苏村人，在德兴市做装饰。他一直看着窗外，若有所思。我问他："你在看什么？稻子也割了，还有什么可看的。"

"看河。"

"看不到河呀。河被田野隔开了。"

"看河，又不是看河水。河无论隔多远，还会露出河的样子。"

"河看不厌吧。"

"那也不是。我是想，在哪个河段有鱼钓。"

我们就聊起了钓鱼。他问我在玉山哪个地方钓鱼最好。

"看钓什么鱼了。钓河鱼，当然是峡口水库最好。"我说。他很赞同我的说法。他说他在德兴，每天都要去河边，不是去钓鱼，就是去看别人钓鱼。他一天不去河边，浑身不自在，睡也睡不好。他又问我："你钓鱼吗？"

"我不钓鱼。"我说。

"那你对周边河流很了解,对鱼也了解。你爱钓鱼就好了,我就跟你去钓鱼。我提起钓鱼竿,什么烦恼都没有了。放下钓鱼竿,烦恼又上头了。"他说。

"如果你想钓鱼了,而我又有时间,我就陪你去钓一天。我们去许村乡与香屯镇交界的小港钓,那里有非常多的长蛇鮈。"我说。

"长蛇鮈是什么?"他问。

"长蛇鮈形如船钉子,又叫船钉。上饶人叫棍子鱼。"

"棍子鱼我知道,是最好吃的鱼了。"他说。他在途中临湖镇下车。师傅叫他下车,他也不下,和我一直聊到上饶,再坐车回临湖。

长蛇鮈圆筒形,腹部平坦,背鳍无硬刺,成年时体长28～32厘米,头圆平,尾鳍三角形,体上鳞片基部有黑斑,侧线鳞完整。鱼类以侧线鳞感知水流,并非仅靠鳍、触须(无鳞鱼多有触须)。长蛇鮈的黑斑点缀成线状,有一条条横纹。在赣东北,长蛇鮈广有分布,常见于山溪、河流,近十年鲜见。与白鲦、银鲴、光唇鱼、马口鱼、宽鳍鱲、鳑鲏等溪鱼一样,长蛇鮈结群生活,出没于缓流、回流水域。山中溪流多河坝,截水发电,很多鱼类(小体形鱼类)无法跃过水坝,无法游到上游,便鲜有了。如德兴市的洎水河、银港河,很难见到长蛇鮈、小鳈、鳅鮀。而乐安河平缓,水面宽约百米,也无筑坝,小体形鱼类从鄱阳湖溯饶河，进入了乐安河。

与其他小体形鱼类不一样的是，长蛇鮈以幼蚌、黄蚬、水生昆虫为主要食物，兼食枝角类、藻类和植物碎屑。没有淡水双壳动物的水域，它不会栖息。上饶人称黄蚬为"哇叽（音）"，在信江，这种鱼非常之多，鱼市卖黄蚬以脸盆装。但德兴市没黄蚬卖。黄蚬对水质要求无污染，穴居在沙层，且需一定肥力（又不能有很强肥力），以浮游生物、藻类、原生动物等为食。在小港，乐安河水深、平缓，有较厚的细沙层，回水带来了腐殖物沉淀。黄蚬在这里大量繁殖，四季繁殖。长蛇鮈游到这里，再也不走了，吃黄蚬，它分泌一种消化液，可以消化碳酸钙。黄蚬的壳是碳酸钙结构，会对水中的化学元素做出反应。因此黄蚬是测试河水是否含有重金属的标志性物种。

11月12日，做装饰的苏村人郑兄给我打电话，说天太冷了，钓不上鱼，想约我去钓长蛇鮈。我说，我来制饵料，我们15日就去。饵料需要发酵时间，我把河蚌肉、螺旋藻、大蒜碾碎，与蛋清、面粉一起揉团，发酵两天后，就去了乐安河。

但我并没有钓鱼，是看他钓鱼，也是看河。我沿着河徒步，一直走到太白镇青莲村，买了茶篓、竹筛、辣酱、剁椒、萝卜丁，又徒步回去。他钓上来三十多条长蛇鮈，还有二十多条光唇鱼、寡鳞飘鱼、棒花鱼、颌须鮈、马口鱼、黄鲫、白鲫。我说:"钓了这么多鱼了,可以罢手了。"他喜滋滋地笑:"今天手感真好,难得有这么好的手感,多钓一会儿。"吃了午饭,他又钓了一个多小时,临走了,他倒出一半的鱼,放回河里,说:"钓鱼人不贪鱼。"

星江与体泉水汇流,始称乐安河。星江发端于大庾山、五龙山南麓,段莘水与古坦水在武口河流,始称星江,星江出紫阳镇坑口村,称玉坦溪。星江贯穿婺源全境。体泉水的一支发端于浙江开化县古田山脉,另一支发端于三清山北麓,下游称作银港河。

事实上,自坑口村以下,河已被当地人称作乐安河(至武口以下的河流,也有人称之乐安河)。乐安河因下游余干县乐安乡(现划归乐平市管辖)而得名,全程二百七十余公里,其中德兴境内河道长五十一公里,经流海口镇、泗洲镇、香屯镇,受注占才水、阪大水、体泉水、李宅水、银港河、洎水河、长乐河,在鄱阳县姚公渡村,与昌江汇流,始称饶河。饶河是江西五大水系之一。

在陆路交通落后的时代,乐安河在德兴境内有三十六个码头(含支流码头),尤以海口、香屯、银城、黄柏、花桥最为发达。木材、矿产、山货通过乐安河,运往鄱阳湖,转运长江各沿岸城市。

如今河运没了,码头仍在。2018年,我去海口镇,特意去了码头。码头的条石台阶约八米宽,樟树、枫杨树、冬青树沿着河岸，茂密、高大。董氏在海口建村，自唐以降，到明清时期，已成江南望族。河宽阔如大海，临水口而长居，遂名海口。以乐安河为界，西岸是太白。海口人与玉坦人可以渡船过往，却老死不相往来。胡是玉坦大姓，全村有三千多人口，性格彪悍，与海口人常有物产、乡俗纠纷，两村集众互殴互斗。这是四十年前的事了。

银港河与玉坦溪，在太白镇黄潭村前汇流，乐安河有了滔滔水流。银港口建有电站，大坝高二十余米，坝上通车，全长一百四十余米，坝宽约八米。在丰水期，泄水口急流喷射数十米之远；在枯水期，坝下水流很浅，露出一滩礁石，石片嶙峋似假山盆景。鱼游到这里，便无处可游了，积藏在水潭。冬候鸟来了，凤头麦鸡、红嘴鸥、燕鸥、赤麻鸭、绿头鸭、沙锥、青脚鹬、黑水鸡，以及没有南迁的白鹭、池鹭等等，云集而来，站在砾石上、沙层上，或浮游在水潭，啄食或吞食鱼类。嘎嘎嘎、叽叽叽、呱呱呱，各种鸟叫声响彻。苍鹰在上空盘旋。

生命有胜景。河流在演奏盛大的胜景。鸟与鱼，是其中的音符。

1993年4月，我第一次去乐安河。同学余建喜在乐安河东岸的铜埠村工作，我去看他。在铜埠小学，我住了一夜。正值松菇发育的季节，余建喜采了半篮子鲜松菇，烧菇吃。松菇鲜嫩、溜滑，非常鲜美。他带我去乐安河玩。

我们沿着河滩走,夕阳在水中旺旺地燃烧。河滩上有很多柳树、刺槐、芦苇,渔夫撑一条竹筏,鸬鹚在竹筏上嘎嘎嘎叫,争渔夫手上的鱼吃。吃了鱼,鸬鹚拍拍翅膀,潜入水中,过一会儿,浮出水面,叼着一条大鲩鱼。

这三十年,我去过非常多的地方,也在很多地方生活。我生活的地方,都有河流。饶北河,信江,南浦溪,枞阳河……乐安河。

河流绘制了我生命的图谱。灰暗或多彩。白昼与夜晚。

人的一生,会遇见无数的河流,即使是同一条河流,也许会去上数十次、上百次,甚至终生生活在河边,天天去河埠洗衣洗菜,或打水或游泳,或捕鱼或闲走闲坐。我们对河又能说些什么呢?我们所说的,河领会;我们缄默的,河也领会。我们所遭际的,河早已遭际;我们还没有遭际的,河也早已遭际。横在码头的船,游在水中的鱼,飞在河面的鸟,长在沙滩的树,落在河中的虫,是我们的另一种物象。

美国诗人兰斯顿·休斯(1902—1967)写过一首《黑人谈河流》:

> 我了解河流:
> 我了解像世界一样的古老的河流,
> 比人类血管中流动的血液更古老的河流。

我的灵魂变得像河流一般深邃。

晨曦中我在幼发拉底河沐浴,
在刚果河畔我盖了一间茅舍,
河水潺潺催我入眠。
我瞭望尼罗河,在河畔建造了金字塔。
当林肯去新奥尔良时,
我听到密西西比河的歌声,
我瞧见它那浑浊的胸膛
在夕阳下闪耀的金光。

我了解河流:
古老的黝黑的河流。

我的灵魂变得像河流一般深邃。

1992年5月,我在长田饶祖明兄家里读《美国现代六诗人选集》时,读到了这首诗。饶祖明兄留着一头长发,白天睡觉,晚上写诗。他誓言成为中国优秀的诗人。我们彻夜长谈诗歌。休斯写这首诗时,还不足二十岁。

休斯了解河流。唯有河流,才足以支撑诗的重量。在人世间所遭际的命运,唯有河流可以容纳。

舞河

让河舞动起来的，不仅仅是水，还有鱼。没有鱼的河，是一条死亡之河。

往北走，过了占才村，便是窄深的古田山山谷，越往深处走，村户越少，古田溪九转十八弯，溪水也越发清浅，至洪源，溪床变得更加狭窄，也更斜陡。洪源，即洪水的源头，也是山中最深的小村。洪水从这里暴发，向南一路崩溃，卷起高浪。光倒刺鲃越过水坝，搏击浪头，在河面飞腾。

光倒刺鲃被当地人称作上军鱼。它是鱼中将军，是河中的冒险王。占才至洪源，河道十余公里长，筑了六个水坝，拦截溪水，引水入渠，灌溉山田，也作沉积砂石、净化水质之用。水坝高三四米，坝面斜缓，水泄下来，有了一帘白瀑，瀑下冲出数百平方米的水潭。春暮夏初，鱼洄游产卵，日夜斗水，飞跃水坝。我们站在路边，看鱼越坝。鲤、鲩、鳙、鲫、圆吻鲴、银鲴、鳜，从潭面往上跃，跃上去，被水冲下来，又跃，又被冲下来，再跃，再被冲下来。鱼蹦曲了身体，弹射而跃，水托住了它，又把它重重甩了下来，沉入潭底。也有一次就跃过坝面的，鱼蹦跳得高高的，尾鳍甩出弧度，绷紧身体，头下沉，坠入坝顶上的深水，咕咚一声，溅起一泡水花。上军鱼在十数米外，从河面掠起，半是腾空半是掠水，侧鳞闪着白光，尾部猛力、快速甩动，头部像犁头一样犁开浪头，迎瀑而上，飞身而去，水鸟一样，展开鱼鳍，滑翔过了坝面，落入深水，不见了。

从体形上看，上军鱼与鲩鱼很接近，甚至难以分辨。其实，从鱼鳞、鳃部、吻部、尾部、鱼鳍看，这两种鱼还是有明显的差别：鲩鱼鱼鳞黝黄、背鳞黝青黑，上军鱼鱼鳞更粗大、白金色、鳞线暗红暗黄、背鳞淡青；鲩鱼鳃部更宽、鳃线黑，上军鱼鳃部显扁窄，鳃线浅黑；鲩鱼吻部粗扁圆，上军鱼吻部更宽钝；鲩鱼尾部粗短，上军鱼尾部长圆短；鲩鱼鱼鳍是小扇面，上军鱼鱼鳍是大扇面。如果说鱼是一条船的话，舵越大，驱动力越大。长圆的尾部使得上军鱼可以把身体腾空得更高、飞跃速度更快。宽大的鱼鳍助推它加速，河面腾起的空气在鳍下，形成浮力，托举着它，掠水腾空。

界首（苏庄镇管辖）是入山谷的第一个村子，界首与茗川中间河段，筑了一道大坝，用以蓄水发电，于是有了河湖，河面宽六十余米，是古田溪最宽之处。湖最深处，有十来米，湖延至茗川村前。湖面常有鱼群出没，乌黑一片。古田溪禁渔二十余年了，在春夏，常有外地人来湖边偷偷钓鱼，用机动竿或路亚野钓。他们晨钓或夜钓，人拖着鱼跑。他们钓翘鲌，钓鳜，钓鲩，钓鲫，钓上军。饵料抛下去，浮漂斜竖着下沉，没入水，抖起竿头提上来，却是一尾白鲦。湖里最多的是白鲦。白鲦贪食，追着食物跑，蜂拥围食。一群白鲦有数百尾。钓上军鱼可用泥鳅、蚱蜢或幼虫做饵料，滑动鱼线，上军鱼追着来，吞食下去，钓鱼人手感重重下沉，绷拉鱼线，突然站姿不稳，是鱼急速在水底溜跑。钓鱼人闭紧了滑轮，鱼拽着人跑。鱼的爆发力太大，钓鱼人稳不住鱼跑的速度，又舍不得放弃鱼，于是被鱼拖入湖。钓鱼人扔了钓鱼竿，浑身透湿，站在湖里，像一只水鸡。

茗川西岸居住着数十户山民。一棵百年老樟树从东桥头斜伸而出，盖住半边河面。一块块大砾石被水安排在河床边，看似杂乱，实则有序。鹅卵石有拳头大，在水下发出一种褐黄的光。放眼而望，河是一条空河，只有光、水、石。白鹭栖在河边樟树、枫杨树，如一朵胀胀的白花。光银白的，偶尔闪着金黄。那是上军鱼在砾石边游动，水太湍急，露在水下的鱼背像砾石的影子。影子在晃动。我捡起一个石块扔进水里，上军鱼就飞射起来，啪啪啪,拍打水,溅起一团水花,逆水而上。鱼惊动鱼,一群上军鱼在掠水,噗噗噗噗噗直窜,四散而逃,一会儿,溪又平静了。上军鱼藏在石缝,藏在湍急的水流里。

我问一个拉化肥的人:"你抓过上军鱼吗?"

拉化肥的人五十多岁,夏天了,还穿着厚厚的旧夹克。他是专门送货的人,开着电动四轮车给各小村杂货店送化肥、日用品、大米、饮料。他说:"上军鱼不能抓,它吃家禽内脏,清洁河道。"

他的话让我惊讶。村人杀家禽、杀鱼,都在河边剖杀,内脏扔在河里,鸡屁股、鸭屁股也扔在河里。这些杂碎到了第二天便不见了,被鱼吃了。鲤鱼吃杂碎,上军鱼又吃杂碎。在夜里,鱼来到河埠头下,找杂碎吃。杂碎的肉腥味,被水带到下游,又引来了鱼。埠头是鱼的食场。白鲦也来,吃米粒,吃浮在水面的菜虫。妇人赤脚站在水里洗菜,数百尾白鲦围在妇人身边,黑鳍鳈则吃脚皮屑。2023年4月,我在银港河边的鱼潭村,见一个年轻妇人下河洗菜,有数百尾小鱼围着她。她往水里沉下一个渔网,提起来一兜鱼。

人在河边洗菜,给鱼类带去了食物。鱼和鸟,有很大一部分种类与人类有共生关系。鲫、鲤、白鲦、鲳鳊,与人越近,繁殖量越大。麻雀、八哥、鹩哥、山斑鸠、乌鸫、灰椋鸟、白头鹎、仓鸦等,也是如此。蓝冠噪鹛全球仅有两百余只，仅分布在婺源。在繁殖季，它们沿星江而下，在石门、曹门等村前樟树林求偶、筑巢、产卵、育雏，过了秋季，便分散入山林，不见踪影。它在繁殖季与人相近、相亲，啄饭粒、啄豆子。人落在地上的食物，如面包屑、馒头、米饭，都是鸟喜爱的吃食。对自然、对自然界的生命，最好的保护就是维持自然原状。在迫不得已时，才可适度人工干预。

山谷有一垄垄的山坞，一个山塆转一个山塆，古田溪随山塆而转，每一截溪有了弧形的曲度。在溪流开阔处，有了不多的村舍。在富户村头，一个四十来岁的妇人背着圆篮，去种芋头。我问她："你家里开民宿吗？这么美的地方，会有客人来游玩吧。"

"民宿是什么？"妇人答，也是反问。

"民宿就是外地客人来住的自家小旅馆。"我说。

她踏过石步桥（方形石块连接起来的桥），到对岸去。对岸是一片斜坡，很开阔，被垦出一级级梯田。梯田里的油菜低垂着，结着胖菜籽。再过半个月，油菜可以收割了。溪水穿过石步桥，一孔一孔地流卸，冲出一片深水潭，再逐渐收拢入了河道。河道深深地凹陷下去，形成凹槽。水在潭中旋转，阳光荡入水中旋转，有了一圈圈栗黄的花纹。阳光在水里呈绽放状态，葵花一样。凹槽的水流有鱼群追逐。鱼是马口、宽鳍鱲、银鮈、光倒刺鲃。距石步桥百步之遥的水坝,鱼在跳跃。水瀑哗哗哗,白帘布一样垂下来。杨柳抽着新叶,被河风浮荡。

过了富户,算是进入了古田山腹地,溪斜陡了起来,河床突兀出许多巨石。巨石是河道基床,与山体相连,或者说,巨石是山体下延部分。巨石大如八仙桌,大如矮石屋,大如打谷桶,拦截了河道,或占据了半边河道,溪冲刷着巨石,冲出了水槽。溪从水槽奔泻而下,湍湍而流,声震山谷。

古田山是两栖动物在地球同纬度地区的主要栖息地之一,也是多种动植物的模式化产地,是乐安河源头之一,也是钱塘江源头之一,是浙江开化、江西婺源、德兴交界处,处于白际山脉腹地。古田溪多竹叶青蛇、尖吻蝮。尖吻蝮如一堆枯叶堆在石缝,翘起蛇头等待蛙类出现。竹叶青蛇盘踞石面,红白各半的背鳞缀连的纵线在夜光中闪闪发亮,焦红色的尾巴翘起来,三角形的头回转,伏在蛇身上,红色的虹膜散发冷飕飕的光,令人惊惧。蛇潜伏在溪石,是为了捕捉蛙类、蜥蜴。溪边,是两栖动物和爬行动物的主要栖息地。

蛇吃蛙,鱼也吃蛙。上军鱼呈圆筒形,杂食,吃水生植物,吃昆虫、鱼虾,吃动物内脏,吃蛙类,还吃小水蛇、蜥蜴和小鸟。上军鱼就藏在巨石下的水潭,随时等着这些动物跳入水里,张开大嘴,吞食下去。它密匝、尖细的牙齿，需要肉类来打磨。

在20世纪90年代，信江有非常多的光倒刺鲃，上饶市八角塘菜场鱼市，天天有人卖光倒刺鲃。卖鱼人吆喝：上军，上军，一条八斤来重。上军鱼市价是鲩鱼的三倍。上军鱼多骨刺，骨刺如雾凇的松针，一根粗骨刺分岔出三根细刺。上军鱼肉鲜、细嫩，珍贵之处在于鱼鳞。吃上军鱼，无须去鱼鳞，其鱼鳞富含氨基酸、矿物质和胶原蛋白，以水煮即软化。

汪家园有畲族传统渔民，撑竹筏去信江打鱼，每天的渔获都有上军鱼。在那个时期，信江水系的主要支流如饶北河、丰溪河、上泸河、峡口溪、岑港河、铅河、清溪，都常见上军鱼。1992年，我在上饶县郊的礁石村暂居，夏日傍晚，村人在信江用雷管炸鱼，一个雷管扔下去，炸出上百斤鱼。雷管在深水处炸开，水浪上涌，鱼翻上来，白了河面。鱼以鲩鱼、上军鱼居多。

但2004年以后，八角塘再也没见过上军鱼了。在主要支流，我也没见过上军鱼了。它在河中隐遁、失踪。它是河中的下落不明者。

2023年5月6日，我一个人去德兴市新建村，在路边餐馆吃午饭，去厨房点菜，看到一小篓杂鱼，我清点鱼的种类，看到了宽鳍鱲、马口、银鮈、黄颡、大口鲇、光倒刺鲃。光倒刺鲃只有一条，半截筷子长。我问餐馆老板，这小篓鱼是哪里来的。他说,是打鱼人在村前银港河用地笼收上来的。

新建处于占才下游,水系与古田溪相通。餐馆老板说,银港河有上军鱼,几年前,常有大上军鱼被钓上来。

我便多次去新建的上游占才,也去古田山下的洪源。发端于古田山的古田溪,穿山下岭,有十余公里之长,被古田山自然保护区(1975年列为全国四十五个自然保护区之一)保护了起来,河水无污染,生态系统完整,光倒刺鲃才得以完好栖息。光倒刺鲃对河流水质有着严苛的要求,水质必须无污染,河床须有沙层、砾石,河岸须有草丛。光倒刺鲃在多石、湍急的水流栖身。每年4至5月,在缓流处,它在草丛产卵,卵黏附在草须草叶上。

在光倒刺鲃栖身的山溪,也多河川沙塘鳢。在苏庄镇吃饭时,我发现餐馆厨房有一个鱼箱,养着河川沙塘鳢。餐馆老板说,古田溪有很多这样的鱼,卖价很贵。我全买了,将它们放生。我知道河川沙塘鳢稀缺、金贵。对栖息地要求严苛的物种,有着与生俱来的不幸:世界如此之大,容身之所难觅。活得高贵的人,对生命品质有追求的人,也是如此。就如嵇康去山阳采药、打铁,陶渊明去南山种豆,王维去辋川听风吹竹林。

事实上,溪流过古田村,水流量渐大,淹没了鹅卵石,有了溪的模样。只有山洪来了,狭窄的河床拥挤着溃败似的水，马口、银鲌、上军鱼等才斗水而上，逐浪到洪源。洪水退去，上军鱼也随水而退，而马口、银鲌被水坝拦住，在洪源结群。

退却的洪水冲出界首水坝，上军鱼也退下了水坝，进入了下游水系。新岗山至占才的河流，也有了上军鱼。它们在此栖息、繁殖，也在此被渔人捕获。

与古田溪隔山并行的叶村河，发端于十八亩坦（古田山的一部分），溪清澈。溪太浅，也没有砾石，即使在村前的深水处，我也没有发现上军鱼。物种是奇特的，生命也是奇特的。

有时候，我会通过鱼去认识一条河。什么样的河，就有什么样的鱼。河是鱼（淡水鱼）的归宿地，鱼是河的化身，或者说，鱼是浓缩的河。河的生机在于鱼。鱼在游动，就是河在游动。

光倒刺鲃在河面翻腾，飞跃河坝，那是河在跳舞。

跳舞的河，是不会死的。

水边

长乐河自长田向南直流而下,丘陵平直,山冈与山冈之间的小山坳,被冲出河滩。流至夕阳村,山冈横截,于是有了长约半公里的大沙滩。十五年前,沙滩被挖,砂石被盗完,河水分流,冲出沿村河汊,大沙滩演变为大河湾。柳树、枫杨树长三米来高,就被人砍了,来年又长出新枝。长了又砍,砍了又长,树蔸大如脚盆,被一团沙泥抱住,却没了树干,只有枝枝杈杈突兀出来,乱石堆长出了芦苇。入了初冬,树叶凋敝,芦苇花浮荡,水泱泱。

清晨,黑水鸡从芦苇丛游出来,在浅淤泥上啄食。它不怎么啼叫,不停地伸缩着脖子,额甲红红,喙端黄黄,与通体褐黑羽毛形成强烈反差。妇人在河埠洗衣服,黑水鸡也游过来。妇人撩拨一下水,黑水鸡拍一下翅膀,继续找食吃。站在村头公路桥上,看到河湾,我就知道这里会有非常多的黑水鸡和小䴙䴘。水洼密集,芦苇疯长,河水有两米来深,林木稀疏,非常适合黑水鸡、小䴙䴘栖息。

它们都在草丛营巢，水中取食。

埠头横着一叶竹筏，作打捞之用。竹被火燻得漆黑，筏头往上翘起。白鹭站在筏头，扬起脖子，嘎嘎叫，是它在求偶。春分后，白鹭数千只，散落在河边、田头，在高高的樟树、苦楝树上营巢。河湾东岸，丘陵延伸，乔木翠冠，晚归时，树上栖满了白鹭，缩着脖子睡觉。田埂、山冈，毛茛遍地黄花。西岸则是一片田畴。田畴阔大，狭长形，似一个怀抱，紧紧抱住了港西村。

港西村是黄柏乡大村，一条顺直的街道中分了村子，街两边是店铺，卖杂货、卖农用产品、卖建材、卖土特产，妇人守店，也守老人与孩子。街边停着锯木机，村人从楼上拖下木头，给师傅锯木板或木条。师傅穿着藏青色工作服，嘴角叼着烟，戴着浅蓝色塑料太阳镜，推着木头喂机器。机器咕噜咕噜，吐出一块块木板。地面堆满了木屑，被风吹得四散，吹进街边窗户，落在床上、大厅八仙桌上、热气腾腾的灶台上。十几个老人围着机器看锯木。对于老人来说，这不是锯木，是节目表演。

天天有人来表演节目。卖器物的开着四轮电瓶车来了，高音喇叭吆喝："不锈钢洗脸盆、脚盆、水桶，买一送一，便宜卖了。"

卖冬衣的，开着小货车来，冬衣堆满了车，打开高音喇叭，循环吆喝："便宜的冬衣，纯棉花的冬衣，120块钱一件。"

卖水果的，骑着四轮车来了，沿街叫卖："橘子5块钱3斤，苹果3块钱2斤，脐橙6块钱4斤，柚子3块钱一个。"

卖货的车停下来，老人就围着车，挑拣着，边挑拣边讲价，价讲好了，也不买。也有人买十几件冬衣回家，挂在楼上晾衣竿。也有人抱十几个脸盆回家。也有人开大货车来卖货，1200块钱卖20件大货，由老人任选。货有棉袄、皮鞋、饭甑、钢精锅、床垫等等。也有卖鸡鸭的，一只鸡50块钱，一只鸭70块钱，任选。

也有不卖货的，拉着二胡进村。老人一听就知道是算命先生来了。算命先生找一户人家坐下，边聊天边拉二胡。十几个老人站在厅堂，看别人算命。常有媒婆来村里，给大龄青年说媒，把外地女人介绍到村里来。媒婆见人三分熟，说话三分亲。

没有卖货的人来时，村街很沉寂，老人稀稀拉拉站着，孩童坐在街边凳子或椅子上玩手机，一直玩到手机停电。街道的屋缝直通巷子。巷子逼仄，屋舍排列杂乱，互相挤挨，墙挡住了后屋窗户。巷子、屋舍显得阴沉，空地处有人栽了梨树或枣树或柚子树。

1993年春，我在长田游玩三个月，港西是常去的。港西在长田下游，有一片传统江南民居，在村东，有很大一片樟树、枫香树、榆树林子。民居是黄泥瓦房、石头瓦房。每天早晨,港西人背泥鳅、河鲜、野兔、时蔬、笋干来长田村头树林卖。村头树林是野林子,一座石桥与土公路连接。方圆五里的小村,都在这里交易农产品。

  在清明前后,沿河而下的丘陵,开满了映山红。春天以娇艳的面容展露出来。放眼望去,星星点点的红,给人一种燃烧感。春水已暖,灌满了稻田,白白洋洋,浮着淡淡绿草。晚上,我和祖明兄一起去照泥鳅。我背一篓干松木片,提一个大铁桶,祖明兄握一支火钳,趁着月色,沿着土公路去港西。港西有连片千亩的稻田,泥浆泡烂,泥鳅黄鳝钻了出来,趴在泥面,很是慵倦。松火旺旺地照着四野,天空低垂,月明星稀,北迁的候鸟击空高鸣。我们深一脚浅一脚走在烂泥田,我举火照,祖明用火钳夹泥鳅黄鳝。一篓松木片烧完,泥鳅黄鳝抓了半桶。月色照着我们回长田。月色并不十分盛大,腾着淡雾,丘陵朦胧,有着清晰的青黛色。数十上百盏松灯散落在田畴。土公路也有其他人晃着松灯,踏着沙子,唱起民谣:

  月光光,秀才郎;

  骑白马,过莲塘;

  莲塘背,种韭菜;

  韭菜香,种老姜;

老姜拉，种芥末；
芥末冇好吃，
分作两三滴。
你一滴；
㑚一滴；
还有一滴分狗食。

这是一首吴语民谣《月光光》，我自小耳熟能详。我也轻轻跟着哼唱起来。泥鳅可以担一个多月，直到禾苗收了苗垄，田被禾叶完全遮蔽了，荡起一浪浪绿涟漪。

港西与夕阳村没通公路桥之前，有一座木桥。木桥有八个木桩桥墩，呈三角形支撑桥板。桥板是直筒筒的杉木，刨光了桥面，用骑马钉钉死，铁锁链锁了桥墩桥板。我们过桥，一条土黄狗蹲在桥东头，对着过桥的陌生人狂吠。我怕狗。狗吠，我就地不动。河直流而下，水湍急，水窝在打转。临水的沙田种了很多莲藕，藕叶翻出来，亭亭玉立。沙田也种甘蔗，绿叶蓬蓬。有一次，我跟一个收古董的人去港西去夕阳村玩。据当地人说，黄柏村、港西村，有许多农家藏有字画、古籍、瓷器、银器等古董。收古董的人穿着大褂，背一个布袋，后衣领挂一把雨伞，看见老宅子就走进去，四处窥探，问，有老东西收吗？我跟他走了一个下午，也没见他收到一件东西。但他并不在意。

还有一次,我跟一个打鱼人去长乐河打鱼。他有四只鸬鹚,一条竹筏。筏头筏尾各绑了两只旧车胎,鸬鹚站在筏头,拍着宽大的翅膀,显得急不可耐。过了长田村头,鸬鹚下水,水面冒着一串串大水泡,咕噜噜咕噜噜直叫。水在鸬鹚背部滑动,水泡油油。鸬鹚冒出来了,嘴巴里叼着鱼。打鱼人捏住鸬鹚脖子,掏出鱼,扔进圆筐。鱼非常多,有鲩鱼、鲤鱼、鲫鱼、圆吻鲴、翘嘴鲌、花鲢。晨曦朗朗,通红,映照着大地。河滩尚未被人盗沙,沙层厚实,盘结了一层牛筋草。枫杨树、樟树、冬青树,往上高涌,喷出圆盖形的冠层。曦光从树缝斜漏出来,铺满了河面。

霞光映照,对于河流而言,属于世袭。迎头而来的,是一行行"人"字形白鹭。它们从丘陵飞出,去往河边浅水觅食。上升的气流浮了它们,腾空而去。我似乎就看见了那股气流,腾起了白鹭也腾起了我自己。在长乐河流域,唯有黄柏、港西有传统的打鱼人。

2023年12月22日,我再去夕阳村、港西村时,两个石匠在拌水泥砌桥。村中溪流入注长乐河,冲毁河堤,村人干脆建起一座短桥。溪流很污浊,黄黄的。三个妇人在石埠上洗衣服,蹲着身子。一个妇人还赤足站在水里浣洗,她挽起裤脚,抖着滴水线的衣服,有说有笑。我问她们:"村里谁家有鱼干卖吗?我想买点鱼干。"

"没有。他们有鱼干了,就拿到长田去卖。"浣衣的妇人说。长田临公路,有农贸集市。夕阳村虽有水泥路通车,但不在交通线上。村很小,只有十余户。进了村,走了一圈,也没见到一个男人。对岸的田畴,空空茫茫,一片素白。重霜太久了,草本枯死。菜地里的蔬菜,大多被霜打死,菜叶溃烂,萝卜被霜冻熟。妇人在村中晒被子、衣服,晒萝卜条,晒南瓜干。也有妇人瘫坐在椅子上,眯着眼睛晒太阳。黄山松高耸、直挺,针叶盖了屋顶。村道呈半圆形,绕着村户转,转到河湾,被河截了去向。

喜鹊在树林追逐,叽叽叽,叫得很喧闹。喜鹊其实在日常生活中并不常见,在夕阳村却常见。水边的高大乔木林,是喜鹊乐居之地。水边爬行动物多,小型鸟类多,老鼠多,喜鹊食物丰富。但它无法捕捉小䴙䴘、黑水鸡。它飞扑下去时,小䴙䴘、黑水鸡已入了水。水成了障碍物。入水的鸟有尾脂腺,分泌油脂,涂抹在羽毛上,相当于穿上了防水衣。喜鹊没有尾脂腺,入水,羽毛湿透了,飞不了,就成了黄鼠狼、老鼠的食物。

小䴙䴘是留鸟,黑水鸡是冬候鸟。在夕阳村河湾,黑水鸡留了下来,每年4至5月,在草下营巢,产卵、孵卵、育雏。但在大茅山山脉境内的许多溪流,黑水鸡成了留鸟。在环溪边的洎水河,我见过一只母鸟,带着十只雏鸡出来觅食。黑水鸡双脚黄绿，粗长强健，爪如钢钩，善于疾走。我扔一块石头过去，呼呼呼，它们在淤泥上急速奔走，钻入芦苇丛。

近些年，我发现有很多候鸟，因为气候、食物等因素，成了留鸟，如白鹭。秋分，白鹭即刻南迁，回到东南半岛。黄柏乡苏家村的翔龙湾（水库）有数百只白鹭留下过冬。鄱阳湖区，东方白鹳有部分留了下来，营巢繁殖。

看到河湾有十几个黑水鸡家族出没，小鹨鹨双双对对出游，我就知道草须之下、深水之下，窝藏了鱼。鱼无论藏得多隐蔽，都会被水禽、涉禽追踪。

河汊在横出的山冈前，与河汇流。芦苇白茫茫，河水白茫茫。

落了叶，柳树、枫杨树剩下光溜溜的枝杈。枝杈是小型雀鸟的秋千，也是哨所。有好几处枝杈上都挂着空鸟巢。枝杈既柔软又刚硬，撬起了夕阳，使得夕阳尽可能慢地落山。

在港西，我问村人："村里有捕鱼人卖鱼吗？我想买鲜鱼。"

我是他们的陌生人，他们不会告诉我实情。他们只说，夕阳村有人捕鱼，早上卖鱼。夕阳村的人对我说，村里没人捕鱼，港西村有四个人常年捕鱼。当然，我知道港西村有人在夜里捕鱼，凌晨被鱼贩子收货，拉到城区集市卖。

港西村、西阳村，有一部分村民来自余干县移民。在20世纪50年代末60年代初，他们从鄱阳湖边迁徙而来，以李氏居多。他们并非举家而来，最先是一个人来，安定下来了，又叫上好友或邻居来。一个个来，一个个安定。安定，对于人来说，是多么重要。在他乡安定，既需要有土地有物产，还需要接纳当地人的友善。

第一代移民过来的人，大多埋在山垄。第二代人，去过祖居之地，却鲜有来往。第三代人大多去了浙江、广东开杂货店营生或务工。生活之地是演变的，故乡也是演变的。动词搬迁了名词。

长乐河是名词，也是动词，还是形容词。我们去观察一条河或一个村子，其实是在深入动词内部，以便拓展动词外延。外延是丰富的名词：山冈、坟茔、树林、黑水鸡、小鹧鸪、芦苇、老人与孩童、妇人与男人、粮食、田畴……名词裹紧动词，以至于动词板结在泥土之中。人最终也板结在泥土之中。萝卜花迎风摇曳，白白的。

跑马的河

溪水自洎山而出。大茅山东麓，群峰高举如北斗七星，峰丛绝冠，身处峰转之下，无法辨别哪座山是洎山。洎山之下有横源、高槀、大源等空壳小村。大源十里之外是双河口。溪流至双河口，豁然开朗，浩浩汤汤，拐过长满芭茅、芦苇的沙洲，直入上源河谷。河谷呈纺锤形，荡起白茫茫的芦花，随风逐浪。东方大苇莺数十只为一群，从一丛芦苇掠到另一丛芦苇，低低掠飞，叽叽叫着。

双河口驻扎了大源林场，有一栋办公房、一栋平房，还有一间木料结构的食堂用房。食堂用房的木柱已腐朽，屋顶坍塌下来，房墙也倒了一半，用膳房长出一棵冬青树，两只鹡鸰在枝丫互啄、嬉戏。剩下的墙体被络石藤覆盖了半边，另半边露出淤黄的白灰。藤往空白处爬。平房门窗都烂了，看起来像一具骷髅。在20世纪90年代，林场便荒废了。2018年6月，我来过林场，有一对育香菇的老夫妇住在这里，木料房做菇房，办公房做烘焙房。

生活在上源河谷的人，有育菇的传统，家家户户育香菇。他们不叫育菇，叫种菇。似乎香菇不是育出来的，而是种出来的。问他们："你做什么营生的？"他们会指着路边的枫树说："我们是种香菇的。"

再问："香菇是种的吗？"

他们会说："香菇是种的，也是放的。"在大茅山脚下，种菇人也叫放菇人。

香菇当然是种出来的。香菇由栲树或枫香树孵菇菌培育。栲树生长缓慢，枫香树发育快，乡人便种枫香树育菇。机耕道边，林缘地带，河滩边荒坡，山垄旮旯，屋后稀林，沙洲高地，连排种了枫香树，长到蓝边碗粗，砍下来，锯成节，约一米一节，排在育菇房里，注射菌，自然育出来。育出了鲜香菇，再剪下来，翻晒，送进烘焙房烘干、储存。菌放在香枫木，牛放在山野，羊放在山麓，都是各自的生命造化。上源太偏僻，无人上门收购菇，他们便拿到集市去卖。卖菇的都是老人，提着菇篮，吆喝着："上好的菇，自家种的。"

剪菇、晒菇、烘菇、卖菇，一年下来，余不了钱。种菇的人在老去，年轻一些的，外出谋生。种下的枫香树无人砍了，成了村郊荒岭的野树。霜降之后，枫叶翻红，燃起了秋色。那对夫妇在林场育了十几年的菇，最后也离开了。他们最终去了哪里呢，我无从知道。在荒废的林场，待上那么多年，如果不是因为生活，又因为什么呢？我看他们育菇，菇房门打开，满屋子菇香。他们还种了好几块地西瓜，从瓜地抱来西瓜，在溪水里净了净，切开，红红的瓤肉鲜脆，溢出瓜汁，喊我吃瓜——这是沙地瓜，非常鲜甜。

十几个工人在木料房锯木头、刨木头。木头是老木头，可能是收来的老屋木料，弥散一种暖暖的木香。锯声很急促，像一群赶路的人在埋头走路。工人都是木工，来自龙头山乡的蒋家、陈坊、桂湖，和玉山县樟村。大工380块钱一天，小工280块钱一天。蒋家来的蒋师傅说：工钱不低，就是工资难到手。工资一年发三次，端午发一次、中秋发一次、过年发一次。余两个月工资，待下年发。他们把加工了的木料，给旧房屋修葺。

上源有二十余栋老屋。老屋用鹅卵石砌墙，是木结构，"八"字形屋面，屋脊垒砖，泥瓦盖屋顶，高出窗檐四十厘米处，架设横梁铺上杉木板或栲槠木板，分出上下两层。这就是龙头山乡传统的石屋，唯山中河边村户仅有，防洪水，防潮湿，防雪灾，防猛兽。大门右侧设有狗洞，两侧门框挂着插香筒，窗户如一对眼睛，望着门前的河与山梁。村是个荒村，仅有两个老人常居。上源是我常来的一个荒村。我一个人来晃悠，踏着石板路，通常遇不上一个人。太阳也晃悠，不分四季。太阳照着我，我照着太阳。太阳投我以影子,我投河以影子。

田与田之间,有半米宽的石路互通,水渠依田畴环绕。石路两边长了牛筋草、小叶地锦、狗尾巴草、苍耳、青葙、一年蓬、小飞蓬。它们清清朗朗,被阳光和露珠修饰,最后被霜寒降服。霜在一夜之间白了大地,寒气抽尽了叶绿素,草就黄了,随风倒伏。荒田和石路,偶有羊粪堆着。羊粪呈盲肠状,一节一节,数十节被太阳和干燥的秋气烘干,既板结又松散,散发草木之香。食草动物不肮脏,与树与草一样,有着天然的洁净。在上源,我从来就没遇见过羊。牛倒遇见过,在沙洲或田畴吃草,我走过去,牛就拱着肥臀慌不择路地乱跑,唵唵唵,拖着长长的尾音,昂头叫。

常居的两个老人,是两兄弟。弟弟耳背,哥哥耳敏。弟弟和哥哥说话,互相大声叫。弟弟编篾篓,编竹篱笆。一条狗蜷缩在他身旁。狗是老狗,全身白,翻着毛。他数次对我嘀咕:翻毛了,入冬就要换毛,可它就是不换毛,再不换毛,就要冻死了。老狗对着来人就猛叫,汪汪汪,歪着头,嘴巴张得像畚斗。他训斥狗:"叫个死呀,就知道叫,也不认人。"狗舔着嘴巴,又蹲下去,蜷缩起来。狗这个样子,让他伤心。他说:"我这条狗,记性可好了,客人来了一次,过了五年,它还记得,对着客人摇尾巴,舔客人裤脚。可这两年,狗忘性大,除了我,谁也不记得了，认不了我哥，认不了我儿子和我女儿。狗会不会得了阿尔兹海默症。"

"唉。"他叹了叹气，又说，"我忘性也大，村里很多人我也认不了啦。哪几块田是我的，我都不知道了。"

他用柴刀剥篾丝，啪啪啪，竹片从掌上溜过，吐出篾丝。他抱起竹片，对狗说："你走开一下，妨碍我剥篾了。"狗站了起来，耷拉下长舌头，往篱笆边走。狗颠着身子走。它是个瘸子，右后肢下腿受过重伤，脚无法着地。围院子的竹篱笆，有篱笆孔，阳光从孔中射出，形成一个个菱形方块。白狗蜷缩在方块里。老枣树没有一片叶子，哪怕是枯叶。

田畴一览无遗，被倒扣下来的山影遮住了一半。田畴荒芜，朴素得有些动人，也令人伤感。上源河分切河谷，对岸是一片阔大的竹林，青青黄黄。河床被挖掘机取走了沙子，筛下的鹅卵石又被挖掘机推平。三年前，上源河还保持着原始的河道，河床自南向北高高低低而下，沙滩虽小，白沙明净。我特意来这里观过萤火虫。这是大茅山唯一有萤火虫的地方。河床有大小不一的河石、白沙。河川沙塘鳢、白虾、麦穗鱼、彩鱊、青螺，就栖息在这里。窄窄的河道，显得有些拥挤。这些都是对水质要求极其严苛的水生动物，自河道取沙之后，它们再也不复现。

有一次，我来这里观彩鱊，溯河而上，沙洲旁边老樟树下的深水潭，见到了彩鳞。一群彩鳞有百尾之多，摇着尾巴，在逐水。彩鳞如蚕豆一般大，鱼鳞有七彩，游起来，如彩虹落水，侧线就是一条春天的彩带。它们隐藏得多深啊，藏在深山，藏在深水的浅水区域，藏在人迹罕至的沙洲之侧，吃漂水而过的浮游生物。它们是居住在山溪中的神仙，是走访在桃源之外的山中方士。

取沙人取走了沙子，取走了大河石，留下了鹅卵石。河没有了高高低低的落差，也就没了水瀑，宽鳍鱲、马口鱼、倒刺鲃等鱼类也失去了生存之地。河水，最终只剩下河水。河水也会孤独。孤独的河水，多么苍白。

每天都有妇人来河道捡拾鹅卵石。她们选鹅蛋大的鹅卵石，给修葺老屋的人砌墙、补墙。妇人来自杨村。杨村在河下游，与上源仅一山坳之距。妇人捡一天，工钱120块。挑选出来的鹅卵石，扔进塑料桶，被男人挑走。男人挑一天，工钱180块。男人看着女人选鹅卵石，嘴巴说着蘸了蜜的话。妇人翻眼看看男人，也不搭话，暗自嘀咕：收入才180块。

鹅卵石很洁净，无泥淤，腐殖物和泥尘还来不及停留。河水啷啷响着，很轻浅，远不及竹林沙沙沙的竹叶声。竹林栖息着很多鸟类，如灰地鸫、灰斑鸠、山麻雀、大山雀等。灰地鸫在竹下很安静地啄食。竹林在环形的沙地上，呈扇面向河边包过去。据捡鹅卵石的妇人说，三十多年前，沙地并无竹林，住有一户老人，在门前院子栽下桂竹，老人走了，桂竹蔓延开来，有了这片竹林。老人的屋舍已然不存。板栗树、朴树、杨梅树、苦槠树、樟树，间杂在竹林中，成为鸟首筑的选巢点。喜鹊巢挂在高高的树杪，巢窠一层叠一层。鸟不怕巢高，因为鸟有翅膀。

事实上，无论哪个季节，鹅卵石都会散发一种光泽。那是石头之色与天然光糅合的朴素之色。各石呈各色，所有色融为一色，斑驳且单纯。我提起裤脚，赤足在河床上走。鹅卵石太溜滑了，扭动脚，脚趾抓不住，人走得左摇右摆。在上源河，我走过多次，摸青螺，捉白虾。水有些寒，走了百余米，我就上岸了。我用芭茅草搓脚，搓得发热了，才穿起鞋袜。在河里，我只找到一种鱼——小鳂。

也许是入秋了，鱼没有了洄游，水也浅，鱼斗水不上来。原有的鱼已退入下游的泪水河。南方山溪中，如果说有最小的鱼，可能是小鳂了。成年小鳂体长才5～8厘米。小鳂体侧从吻端至尾鳍基有一条黑色纵带，似铅笔，故又名黑色铅笔鱼。鱼虽小，体格却较为健壮，暮春初夏孵卵、繁殖，鱼卵黄色，附着在草丛，两三天就孵化出来。小鳂繁殖期，正是蝌蚪发育期，鱼卵和幼鱼很容易被蝌蚪和蛙吃掉，鱼的成活率很低。小鳂吸在石缝或草须，吃水生昆虫和浮游生物。它太小，很难被我们的肉眼发现。我们移动一下石头或拨弄一下草须，小鳂就急匆匆游出来。

如果按照体长的比例，小鳡算得上是鱼类中的蓑羽鹤。蓑羽鹤可以翻越喜马拉雅山脉，小鳡可以凭水跃上一丈之高的飞瀑。在山溪的源头，如果只有一种鱼存在，那么这种鱼就是小鳡。小鳡的背鳍、臀鳍、胸鳍、腹鳍，非常发达，如有力的翅膀，借用水的浮力，凭水高跃。它是山溪的浪游者，忘途不返。它是鱼，也是鸟。是鱼中的褐河乌。

大茅山山脉高山众多，山谷或山中盆地众多。我去过其中的大部分。洎山、里华坛、四角坪、四角尖，我还没去过。不是我不去这四座高山，而是体力支持不了。我有些悲伤。我得承认自己不再年轻。山的高度令我敬佩，更令我畏惧。我脚步到不了的地方，近在眼前，却让我知道"吾生也有崖"。崖就是自己可以望见的边界。

望见边界的人，就是伫立在秋天的人。

有一次我去上源，路上遇见了出殡。驾鹤而去的人，是一个在浙江生活了三十余年的上源人。木棺上了紫红油漆，白布扎在棺头，如一朵白菊花。送葬的乐队吹唱着《茉莉花》，与丧葬调的哀哀之声完全不同，柔情、婉转、精美、含蓄，有调皮的浪漫。河水在暴涨，水声哗啦哗啦，充满了山野的彪悍之气。向北的群马在奔跑，中年离家，最终在山谷安定。

在田畴挖野藠头的三个妇人，直起身子，远看戴白帽的送葬队伍，低低地议论。看了好一会儿，她又弯腰下去挖野藠头。藠就是薤，春后开白花，伞形花序，亭亭玉立于荒野。花开了，即可挖藠头了。藠头洗净、沥水、晾干，腌制或泡陈醋，或生炒咸肉，都是至上的佐酒菜。野藠是唯一可治慢性胃炎的食物。石蒜科葱莲属植物，都是我非常喜欢的，如野藠、葱莲、韭、香葱。它们都比较娇小、花美，迎风而动，遇雨即葱茏。葱茏是生命最好的状态。

上源多野藠，也多灰斑鸠。灰斑鸠一群群，落在农家院子。院子无人，也无鸡鸭。村里只有一条白狗。耳背的弟弟过了立夏，去远在玉山县城的女儿家里，白狗寄养在他哥哥家。

河水蜕去了昼与夜，也蜕去了群山。

变幻的，也是恒定的。恒定的，也是变幻的。

一会儿白云，一会儿苍狗。

汾水

大茅山山脉与灵山山脉以山岭交接，山岭斜缓而狭长，岭南之水南流八公里，注入饶北河，岭北之水北流二十二公里，注入双溪湖。岭遂名汾水岭。岭海拔高度四百余米，山峰如炬，群山绵亘三十余公里，被原始次生林和竹林覆盖。村落沿溪谷散落，岭上村子称作汾水岭。

少年时，我常随邻居来汾水岭砍柴，凌晨5点出发，拉一辆板车，带上盒饭，走到岭上已是9点多钟。饭和板车寄存在熟悉的老表家里，我们上山砍柴，砍了两捆柴，下山吃饭。当地老表十分热情，给我们热饭热菜，提供茶水，不收分文。我们饭菜不够吃，还吃老表的饭菜。饭后，又上山砍两捆柴。一车木柴拉回家，已是掌灯时分。公路是砂石路，沙子落进鞋子里，一路磨脚，脚板磨出许多血。

傍晚，砂石公路的坡道上，有数十辆平板车拉木柴。坡道又弯又陡，木柴又重又沉，平板车加速下滑，拉车人无法控制车速。人的脚步跑不赢车轮胎。制车人就在平板车底下，加一根长于车身的原木（约八厘米粗），做拖挡当减速器用。拖挡拖在公路地面，发出当当当的声音，扬起一阵阵尘土。

柴是木柴，都是新砍的老灌木，剁头去枝，用藤条绑扎。看到满山遍野的灌木，我就激动，摸着柴刀用力砍，砍下的木柴卖给土窑厂。一天可以赚一块三毛钱。我有一个邻居，叫财叔。他以砍柴为生，凌晨拉车去汾水岭，傍晚拉一车木柴回家。岭上家家户户都给他搭过膳。有一次，我跟财叔去砍柴，盒饭带上山，铝饭盒就挂溪边树上，独自砍柴了。砍了两捆柴下来，铝饭盒不见了，我四处找也没找到。我急得哭了。没饭吃，饿不住。后来财叔在一棵大树下找到了铝饭盒，发现饭一粒不剩。财叔说，饭挂在树上招猴子，猴子闻到饭香就会来偷饭吃，神不知鬼不觉。

枫树坞、富足洋、元坪、大坪、萝卜棚、王半山、干阳垄、背垄、南坞坑、大塘基等群山中的大山坞，有猴子、黑熊、云豹、豺栖息，常发生黑熊、野猪袭击人的事件。但财叔并不害怕。他数次遇见黑熊，也没发生意外。他说："我这么精瘦，熊吃我划不来。"

汾水岭产冬笋。近年腊月，我去岭上买冬笋。冬笋约八两重一个，一头尖一头圆，笋壳薄，笋肉脆、鲜，色白如豆腐。邻居李家女儿嫁到汾水岭,我叫她菊姑。菊姑大脸膛,个头高大,伐木、挖笋、植树,都是一把好手。每次见了我,她都很好客,招呼我:"傅家小侄子来我家吃饭,没有好酒相待,笋干炖咸肉是有的。"菊姑有两个儿子,大儿媳出了车祸走了,小儿子四十多岁了还没结婚。她小儿子骑摩托车飞快,一天两餐醉。她叫他别骑那么快,会出事。他回他妈妈:"命又不归自己管噢。"

郑家老四大姐也是在汾水岭落户的。她嫁给本村永兴,结婚没到一年,就跟一个做木头生意的男人跑了。男人住在汾水岭山腰,有家室,撵也撵不走老四大姐,便安排她在屋后的杂物房生活。老四大姐给男人生了两个儿子,男人便被判了重婚罪,获刑四年。十多年前,冬天下大雪,我经过汾水岭,看见两个孩童从溪里用木桶抬水上来,人比木桶略高,走得磕磕绊绊。我回家对我妈说,看见老四大姐两个孩子抬水,水桶一晃一晃,水泼了出来,真是可怜。我妈就说老四死心眼,找混日子的人,还去穷得没路走的汾水岭,也不知道老四图个什么。直到男人的老婆四十多岁时死于肺结核,老四大姐才入了他家大门。两个孩子过了十五岁,便去浙江做工。

汾水溪一直从高处往下落,河床只有两米来宽,溪水湍急。田是梯田,一小块一小块,向北低矮下去。一块田的面积约一分两分之大,无法机械耕作,由牛耕耖。枇杷出黄，田灌满了水，牛拉着犁，昂着头，唵唵唵唵，叫声悠远。耕田人戴着斗笠，举起竹梢给牛赶苍蝇，对牛说："拉犁是你的命啊，你怎么慢吞吞呢？千万别觉得自己受了委屈。我都没觉得自己受委屈呢。"泥从犁头翻过去，水没入泥沟，草埋在泥里。八哥腾起翅膀，站在泥头，啄食泥鳅、蚯蚓和昆虫吃。泥里有很多昆虫及虫卵、幼虫，蠕动着，被八哥啄了出来。八哥一群有二十多只，跟着牛。耕田人扬起竹梢赶八哥，八哥飞飞跃跃，就是不离开牛。白鹭在山谷斜飞。竹林蔼蔼。

那个耕田的人，就是菊姑的丈夫。他七十来岁了。他是村里唯一的耕田人。一垄山田三十多亩，都由他耕。耕一亩田收 220 块钱，耖一亩田收 120 块钱。草烂在泥里，烂透了，开始插秧。

岭上多白云，绕山巅，也绕屋檐。白云如豆腐脑，如游魂，如芦苇花。白云在竹林穿梭。山巅浮在白云之上。白云缥缥缈缈，有如回荡在白色泡沫之海。白云是山帽，也是山头巾。

事实上，汾水岭以北的溪谷是上饶北部最重要的交通要塞。古徽州入上饶、闽北，浙西北入赣东北、闽北，赣东北山区县与县的通关，汾水溪谷都是必经之路。汾水溪沿途最大的自然村是叶家，有百余户，姓氏庞杂，处于溪谷中段，往北通德兴、乐平、婺源，往东通玉山，往南通横峰，往东通信州，山道在群山中互通。扼守住了叶家，便扼住了溪谷的咽喉。在土地革命战争时期，方志敏以葛源为根据地，与国民党腐败政府斗争，开展革命，叶家便是军事要塞之一。其时，叶家户不足九十，成年男丁多数为革命战争牺牲。2022年春，有烈士后人在村中发现烈士纪念碑，湮没在草丛。纪念碑刻于1965年，记载了七十六名烈士名录。曾任红十军警卫师第二任师长姜文龙烈士、曾任红十军团长徐洪元烈士，均为叶家人。

20世纪80年代，叶家村口外的黄土岭，常发生拦过路车抢劫事件，夜抢日也抢，抢钱抢货。打劫者在公路横一根大松木，司机下车搬障碍物，被人用刀抵住了腰部，被威胁：放下财物，留自己一条生路。那之后司机吓得双脚发软。司机谈黄土岭色变，数次"严打"之后，抢劫事件才得以控制。

通往葛源和通往怀玉山的山道，已荒废三十余年，被灌丛和藤条占领。叶家村人世代以竹木、采药为业。林木封禁之后，村民外出浙江、广东谋生。山民最终从山林退守出来。因偏远，因人均耕田过少，村中三十岁以上青年有十多人娶不了媳妇。他们再也不外出做工，以打麻将度日；即使有外出做工的，也数年不回家。

溪谷多垂珠树、黄檀、椴木、山桐子。垂珠树在岸边砾石堆杂生，清明前后，枝条被花朵坠弯，白花铺满了溪面。檵木有开白花的也有开红花的，缀满了石崖，或白如霜雪，或红如云霞。黄檀过了春天才抽叶开花，不知春天为何季节，故名不知春。20世纪末，叶家村、中村、毛村、双河口等地山民，在冬季上山挖黄檀、杜鹃、珍珠楠，移栽在田里，等浙江人来年春收购，培育盆景。

黄檀花开，汾水溪就有马口鱼斗水上来。2022年初夏，我多次在溪边徒步，逆水而上，对鱼类做调查。汾水溪栖息了马口鱼、白鯈、宽鳍鱲、麦穗鱼、点纹银鮈、中华鳑鲏、齐氏鳈、斑纹鳅、中华原吸鳅、爬岩鳅、河川沙塘鳢、小鳡、光唇鱼等，其中以马口鱼最多。河中多大石块，水冲下去，有了小水潭，马口鱼便藏在潭中。用木条或竹片划动潭水，马口鱼就蹦跳。山民抓鱼不用网，用筲箕对着潭口，脚搅动水，鱼就往筲箕跑，抄起筲箕，鱼就捞了上来。下暴雨时，梯田满水了，从排水口往下泻入溪，鱼迎水往上斗水，跳入田里。晴日了，鱼就在水稻下吃虫，跳起来吃。站在田埂，可以看见鱼啪啪啪跳起来。

栖息在汾水溪的鱼，有非常重的腥味，鲜味却寡。这是相较于长乐河、饶北河的鱼而言的。这是为什么呢？不知道。因此，鲜有人来汾水溪抓鱼、钓鱼。

溪谷最大盆地，乃双河口。盆地呈木舂状，南边为长达三里的山谷。村户沿溪、沿山谷分布。山高耸起来，海拔高达千米。山中有高山田畈，遂名上田山。这里曾驻扎林业垦殖分场，专事伐木砍竹、种山油茶。上田山是黑熊、豺、云豹在大茅山山脉最主要的栖息地之一。我邻居汪氏，娘家在上田山。她爸爸个头偏矮，水泥墩一样结实，脸皮如松树皮一样糙。20世纪90年代，她爸爸每年都会来她家。来了，她爸爸跟她说，熊拱翻了蜂箱偷蜜吃，豹袭击了牛犊，豺叼走了鸡。垦殖场解散以后，山民迁居至姜村、郑坊等村，山成了空山。山上屋舍已倒塌得所剩无几。种下的茶树长成了小乔木。

双河口有四十余户人家，守着百余亩山田。竹林遍野。竹艺厂就落在山坳，一天消耗一吨多翠竹，生产一次性卫生筷子、竹篮竹果盘等。竹被刨花、压缩，生产颗粒燃烧物。山坳日日腾起烟尘。猴在山麓嘶吼。猴是短尾猴，只有一只，眉须浓白，眼眶如红漆，鼻皱如核桃。这是一只老公猴，白天在公路晃悠，不惧行人和车辆。见了停下的车或行人，老公猴就乞食。它吃面包，吃饼干，吃肉，吃玉米，吃苹果，喝酒，喝可乐。不给它食物，它就发怒，直起身子抓人、抢东西。路过的客人见了猴子，就停下车，给它吃食，和它合影。它拉开易拉罐，喝起饮料来。

我见过三次老公猴。它肥胖，腆着下腹，和村狗一起玩耍。但2023年3月以后，老公猴再也没现身了。不知它是死了，还是去了别处的山林。有村中采药人说，这是上田山来的过山猴,原是猴王,斗败后,被驱逐出了猴群,在群山中孤独游荡。一个曾经的王,落草为落魄的"山贼"。王就是山中游魂。

溪谷被山隘锁紧,变得狭窄、深斜。山石深黑,崖石嶙峋,山体陡然直竖起来。山隘遂名铁丁山。铁丁山设有林业检查站,长达三十余年,在世纪初撤销。夏宗炎曾在检查站上班,检查往来运输的竹木货车。他个头矮小,上车检查靠木梯子爬上去。他自己洗衣烧饭。检查站孤零零落在溪谷,如废弃的山寺。铁丁山如一扇巍峨大门,天空如窗。灌丛和中小乔木依石生长。树深深扎根在石缝,根须暴露出来,粗壮圆实,紧贴石崖壁。普通鵟和红腿小隼就在石崖壁过夜。普通鵟是冬候鸟,红腿小隼是留鸟。4月,红腿小隼开始营巢、产卵、孵卵、育雏。在仲夏,我们沿着溪谷走,抬头望,便可见隼或鹰在空中盘旋。

石崖壁看似荒芜,仅有几丛杂草、数丛矮灌,缺乏自然的勃勃生机,显得单调、生硬。其实不然,鹰、隼喜爱在这样的地方营巢或过夜,苔藓油滋滋生长,野蜂也喜欢在崖石石缝营巢。石崖壁作为自然地貌的一部分,不会被生物浪费,只会更加深度使用,且永恒使用。没有一处土地是真正意义上的荒芜。

唯一的公路桥横跨溪谷,桥宽长于桥长。山塆遂称大江桥。桥的下游,乔木参天,与茅竹混杂而长。黄檫、萝卜花树、枫香树、香樟树、大叶青冈栎,它们巨大的冠层彻底覆盖了溪面。不见溪,但溪声淙淙,像多重奏的尾声。晌午,阳光才照进丛林。似乎阳光并非从山梁斜照而下,而是从头上直射下来,呈喷射状。看见阳光照射进溪谷,我们才觉得阳光是多么神圣、珍贵。

2021年8月以来,我每个星期往返于汾水溪谷。延绵群山对大地有着宏大的表达欲望,令人感觉山河壮丽。当我们深入其中,会发现大地的动人之处在于生命的丰腴。丰腴,既表现出生命的丰富和生动,也表现出生命的沧桑和艰险。人临水而居,与水相依。汾水作为一条季节河,夏时丰沛,冬时断流,对生命的浇灌却毫不吝啬,与阳光一样慷慨。每次往返,我心里暗想,人的一生会有颠沛流离,河的旅程又何尝不是呢?旅程越长,所孕育之物越多。这样想的时候,便对河生出深深的膜拜。河的生命在于孕育万物,于是川流不息,以至于穷尽洪荒之力。

河水带不走青山

一条河从哪里开始,我们知道。一条河在哪里结束,或者说最终去了哪里,我们不一定知道。河以不断流逝、重复流逝的方式而存在。没有流逝,就没有河。流逝给予了河生命。我们不要对河的流逝感到悲叹,虽然我此刻站在泪水边,忍不住内心一阵阵悲凉。泪水河以流逝告诉我:流逝不是终结,而是一种离开视野的消失,消失于渐没的山岭、弧形的河湾,如夕阳入殓于青山的黄昏。黄昏源于自然光的消隐,河水将更加发亮,流逝声也变得更加激越热烈,哗哗哗,哗哗哗。这是一种复调,既像丧曲一样低沉,又像序曲一样清亮,舒缓又曼妙,为逝水送别,为春花秋月送别。

河孵出了月亮,时而残时而缺。月亮是一条银鲴,白鳞忽闪忽闪。在红山坝以下的河段,银鲴非常之多,常年多,以数十尾上百尾为群,在石滩聚集,用圆嘴啃食水藻,吸食浮游生物,它们游动一下,身体就侧翻一下,闪出白光。月光会荡起闪闪点点的白光。也有野钓的人，坐在公路桥下滩头上，钓鲫鱼、白鲦、马口。银鲴不吃他们的饵料。银鲴，当地人称作立鱼。河水撞击桥墩，冲走了鹅卵石，有了一个回水的水潭。潭底是石灰石岩层，荡游银鲴，密密麻麻。午睡后，我就往河边闲走，看他们钓鱼。固定来桥底野钓的人有七个，其中三个夜钓、四个昼钓。去多了，我与他们相熟了，其中一个是新岗山家具厂喷漆的，早上骑摩托车去上班，傍晚回来吃饭、夜钓，钓到晚上 11 点，收竿回家。星期天，他雷打不动在桥下钓一天。他把钓上的鱼卖给餐馆，以补贴孩子补课费。他说，从来就没钓上过立鱼，看着河里挤满的鱼，钓不上来，就像讨饭佬看到酒席，下不了筷子。

有一次，我给喷漆的钓鱼人一包饵料，他捏了捏，说："这是什么饵料？没看过这样的饵料。"

我说："这是我自己配的，你试试，抛两竿就知道好不好用了。"

他撮了撮一粒豆大的饵料，挂上钩，抛鱼线入了水潭，钩就被鱼拽走了。他划拉鱼竿，鱼提了上来。鱼巴掌大，身略窄，周缘半透明，尾鳍深叉状、白色，背侧深灰绿色。是银鲴。他说："你这个饵料是什么做的，臭臭的香香的，还有一点腥味。"我说："怎么配饵料可不能告诉你，这包饵料送给你。"

泊水河有很多种鱼类，但是当地钓鱼人钓不上来。如圆吻鲴、银鲴、银鲌。因为他们配不了饵料。但我会配。我不会告诉别人，不想钓鱼人钓走太多的鱼。其实配银鲴饵料很简单，豆渣捂到发酵了，与熟糠、螺旋藻、蛋清一起揉团，晒到半干半湿，就可挂钩钓鱼了。喷漆的钓鱼人很惊讶地看着我，说："你不钓鱼，却会配饵料。"

滩头之下，有一片滩涂，有二十余亩，狭长，长满了白芦。小雪之后，芦苇抽出了芦花，穗头高扬，白白一片。河风不败，芦花不分日夜摇曳。有一日，我步行去彩虹桥，走到这片岸堤，突然上百只八哥飞出来，惊了我。我驻足了。芦苇丛还有数百只八哥，站在芦苇秆上，啄芦花吃。八哥杂食，吃蝗虫蚱蜢，吃蚯蚓蝼蛄，吃葵花子谷物。吃芦花子的鸟类比较多，如东方苇莺、扇尾莺、大山雀。但八哥吃芦花子，我还是第一次见识。也许这一带车辆往来比较多，噪声大，鹟莺属的鸟不敢来。它们性怯。而八哥不惧人，与人亲近，在屋舍墙洞、瓦缝营巢。所以这一大片芦苇，成了八哥的粮仓。

八哥是留鸟，在德兴常见，但如此大的鸟群在一起觅食，却十分鲜见。过了两天，我溯流而上，去了鱼塘村。鱼塘村前，泊水河平卧直流，水深且静，两岸有许多灌丛，与芦苇混杂而长。我并没有发现八哥，倒发现了小䴙䴘，三五只一群，有七个小䴙䴘群。

事实上，小䴉䴉在洎水河分布十分广泛，常年在河面活动。洎水河自东向西而流，至环溪村前，被凤凰岭北麓阻隔，河向北横流而去，形成一个大河湾。河湾宽两百余米，水深十余米，是小䴉䴉最多的地方。2022年6月，下了一次暴雨，我去大河湾观河，看见一只小䴉䴉带着四只幼雏，趴在窝里，被河水颠来颠去。小䴉䴉以枯草叶（一般以芒草、芦苇、菰居多）在临河的草丛营巢，在高草、矮灌丛，或水芋、荷、凤眼蓝等挺水植物中藏身，水一上涨，巢就浮出水面，亲鸟就趴窝护巢。

小䴉䴉是鸭科中体形最小的鸟，以鱼为食，善潜泳，脚骨发育退化，难以在陆地行走，以水为家。它在洎水河广泛分布，是因为鱼类很丰富。在20世纪90年代，洎水河鲜有鱼。因为中上游有铅炼化厂、锌炼化厂、造纸厂、铜矿金矿开采厂，工业污水直排，河被重度污染。污染企业破产或搬迁之后，鱼回到了河里。但因重金属一直沉淀在河中，河鱼不再被人食用。圆吻鲴、银鲴、鲤、翘嘴鲌等生命力强大的鱼，开始了惊人的繁殖。2023年夏天，洎水河被龙头山乡的石材加工企业的污水污染，在昭林河段，河鱼翻出鱼肚，浮满了河面，烂在河里，河鱼近乎死绝。

河发端于大茅山山脉东麓洎山，遂名洎水。源头水为涧，流至桂湖村，便有了河。河浅水清，有白沙层。山塆回绕，人迹寥寥。白沙层是水虾、溪蟹、斑纹缨口鳅的栖息地。斑纹缨口鳅胸、腹鳍呈浅棕色，背鳍有两条褐色斑纹，体侧也有褐色斑纹，深褐色纵纹贯穿腮部至尾部，唇覆盖了上颚。溪蟹藏身于石块下，斑纹缨口鳅则伏在石块上，体色与鹅卵石一样，很难被天敌发现。在桂湖，我捉过斑纹缨口鳅，用手掌慢慢靠近石块，握过去，它从指缝溜出。捉了十余次，才捉了一条。它的内脏非常干净，也无腥味。它在沙砾中潜伏，在小支流的急流中隐身。它与小鲵一样，对水质和栖息环境有着严苛的要求，是河流生态指标性物种。2023年秋，我再去桂湖，原先的沙石公路被改性沥青铺面，河道被取走了沙砾。据乡人说，桂湖里面的老村落被旅游公司开发了。我就没再深入山谷了。看到被挖掘了的河道，我有些愤慨。河还是原来的河，有些物种却在河里消失，甚至一去不复返。在绝大部分人的脑海里，根本不会有物种及物种栖息地的概念，这是一种大悲哀。是物种的大悲哀，也是人的大悲哀。

泊水河依大茅山北麓西流，北麓覆盖了原始森林、次生林及竹林。山梁自山巅而下，山梁与山梁合围出峡谷，峡谷有十余个，每个峡谷有数十个大山谷。山谷涧水汇集在峡谷，形成溪流，湍湍入了泊水河。峡谷多浆果。2022年10月，在小墓源，我采了八个八月炸。八月炸是木质藤本植物三叶木通果实，长圆形的瓜已炸裂出来了，皮紫蓝色，瓜瓤如香蕉肉，胖胖白白。其实瓜瓤肉只有薄薄一层，裹紧了一包籽。肉黏黏甜甜，籽黑色，与西瓜籽一般大。一个瓜的籽，摊一张纸巾，最后一共摊了八张纸巾，晒在阳台上。10月的太阳还算是猛烈的，气温也在22～29℃之间跳动，晒了十七天，薄肉还没晒干，糖分渗透了纸巾，纸巾变成了棕黄色。薄肉萎缩至瓜子表层，指甲也扣不下来。瓜肉既是瓜子的营养，也是保护膜。当地人管三叶木通叫拿藤，八月炸也因此称作拿梨。入了深秋，大茅山有了更多的浆果，在盘山峡谷，我见到路边岩石垂下瓜藤，挂了一串瓜下来，瓜皮青黄。这是野吊瓜。野吊瓜是栝楼，小巧玲珑。茜草科的羊角藤也结红果，红果呈块状。

最多的浆果是甜棒和高粱泡。甜棒是胡秃子的果实，通红，似乎可以看到汁液在果皮里流动。这是我很喜欢的野果，微酸，甜得令人咋舌。在溪涧边、荒地边，长着很多胡秃子和高粱泡。在山谷阴湿地带，长着野山柿，红灯笼一样在枝头摇晃，山民并不采摘，它涩得舌头白胀。浆果是冬鸟最主要的食物，也是很多哺乳动物的主要食物。我们去深山里，很平常地偶遇了松鼠上树啃食浆果。在一棵野山柿上，常见数十只鸟在吃柿子。鸟啄几口，又飞走了。啄烂了的柿子过几天，落在了地上。昆虫（以蚁类、蜂类居多）爬满了烂柿。

在乡镇的早市,有山民带来野果卖,有八月炸、王瓜,也有野橘、野橙。他们当药材卖。大茅山被称为"中草药药库",德兴素有"中草药之乡"的美誉,与充沛的光照和丰沛的降雨量有关。

阳光与雨水,催发了生命。每一棵树都是储水池。洎水河四季丰盈,从不断流,过了盘田村,河就壮阔了,深蓝如碧。在新营大桥,被水坝拦截,蓄了一片河湖;至胡家大桥,又被水坝拦截;至红山,又被水坝拦截,又蓄了一片河湖。过了城西,洎水河向南拐去,南去三里,又向西北方向拐去,穿过一片丘陵,注入乐安河。

两个河湖,既是藏鱼之所,也是水鸟的觅食之地。在鱼塘至新营水坝,有黑水鸡出没,以家族为群落,十数只为群,在河边灌木丛、小洲地,咯咯咯叫。叫声非常低,很清脆。在胡家大桥以上水域两岸,有茂密的刚竹、灌丛、芭茅、芦苇,无路可走,这里栖息着二十多种鸟类。水鼠在芦苇丛营巢,偷食鸟蛋,捕捉小鸟。这里也是池鹭、绿鹭、黑鹭的栖息地,它们隐身芦苇下,等待鱼游过来,叼起鱼仰头吞食。黑鹭张开翅膀,像一件蓑衣,遮住身体,制造巨大的阴影,鱼游过来遮阴,被黑鹭啄了上来。过了初冬,灰头麦鸡整日在宽阔的河面,飞来飞去,弯弯斜斜地飞,哇呀哇呀叫着,声如霹雳。它在吃螺,吃蜗牛,吃蚂蟥,吃蚯蚓,在挺水植物的庇护下营巢。在它的领地，它会袭击别的鸟类。

有一次，我从鱼塘村入山，进了十来户的小村，见了一个很空阔的山谷，种着不多的茶树、很多红薯和菜蔬。那是8月的傍晚，即使有晚风，也显得闷热。我一个人往竹林走，看见七只雌环颈雉在茶叶地吃开花的芝麻。我常见环颈雉，但一个种群里有这么多雌环颈雉，我还是第一次见。当地居民说，每到傍晚，野鸡（环颈雉）就下茶叶地吃食，吃了食，去涧边喝水。水喝完了，太阳就落山了，它们回竹林了。野鸡归林，要喝一次水。

洎水河还有一个源头，发端于李宅乡。我数次去李宅，也没找到源头。我都是一个人去，没有当地人带路，走着走着，就不敢深入深山。山虽不高拔，但山垄很深，很容易迷途。

对于一条河，我是要探寻源头的。源头，就是河的出生地，是河的血脉之源。人有血脉，河也有血脉。源头就是开宗之祖。源头之水统领了沿途的溪涧，壮阔成河。山民临河而居，有了村户、集镇、码头。码头连接了河水去往的远方。洎水河是德兴境内最长的河，全程75.3公里，在水运时代，龙头山、花桥、新营、银山等集镇，均设有码头，以竹筏、竹排运木材、山货，经乐安河至鄱阳县姚公渡，进入饶河，入鄱阳湖，运往长江下游。有了河，群山围困的世界才有了通衢。山供人远眺，河供人通达。

1993年5月1日,我看到奔涌的汨水河,写下《献诗》:

春天率先来到河岸:一群少女
一团火焰落座草丛遇见天空更多的火苗
这草浆哺育的美啊
我看见树叶唰唰地绿起来了

复活意味着什么
把良辰让给早醒的花神
对岸的少女。沉默中加深内心的颜色
裹身的金光令她面目全非
整整一生　我的等待不能换回她匆匆倾注

远方已远
正午的河边　我不停地呕吐
似乎要把食物还给大地
似乎要把心吐出
以表示对少女们的赞美

一群少女拽着拖地的绿裙子　在大街上奔跑
产生的风暴使旧房成片地倒塌

> 她们的出现谁也无法阻挡
> 而我怎样收拾忙乱的心……

1993年,我头发浓密,满脸勃发、孤傲的气息,还没有被生活压榨,还没有被一些无形的东西吞噬。年轻人孤傲是值得赞赏和理解的。忧愤的人才会孤傲。但毕竟太年轻,还不懂人世,还无法理解时间。只有年轻人才会写献诗,把生命、爱情当作祭品去吟唱。过了四十岁,我才明白,每个人的生命都是平凡且普通的。任何人都不值得我崇拜,我只敬重生命本身。生命本身才是作为个体的人本身意义所在。我不听命于任何人。一条河也是这样的。河不服从于另一条河,要么融汇,要么独自流淌。河进入了更宽广的河,才有千万里行程。

山因势而变,河因山而生。河不息,是因为山长青。河长长地蜿蜒,犹如山的脐带。汨水河匍匐在大茅山脚下,亘古谦卑,这是河存活的一种姿态。河以流逝塑造生命,川流永续。

第 2 章

荒野记

野溪谷

"我家的玉米棒,被猴子掰了一半多。去大土岭的路上,猴子扔了好多玉米棒。这么些年,我一次也没见过猴子,也不知道它们藏在哪座山。"林上光说。林上光穿着厚秋装,从抽屉里翻出几块散钞,准备去华坛山镇。从田棚步行到黄土岭,有三里路。上乐(上饶—乐平)公路从黄土岭擦过,沿汾水溪走。黄土岭坐班车去华坛山镇,票价5元钱。他难得去镇里,他手上事杂,刮蜜、挖番薯、摘油茶子、分拣油茶籽。黄土岭是溪谷口小自然村,有三十来户人家,多数人在浙江做工,也有人用自家房子开民宿、开餐馆。

田棚是华坛山镇叶家村下的一个自然村,有十来户山民。在20世纪50年代末60年代初,田棚没什么住户,数十个年轻的外乡人、外县人、外省人因特殊原因,来到深山开荒,伐木、育香菇、种树、烧炭,落了脚。山中无屋,只有茅棚,遂称田棚。他们伐木造屋,以石围田,栽稻种茶，才有了这个小村子。1962年，七岁的林上光随父从八都（现煌固镇）黄塘来到田棚垦田。林上光看起来就是一个温和、厚道的人，脸黄白，眉半白，衣领扣得严实，说话不紧不慢、低缓。中午11点，他吃了午饭，收拾了东西，想着去华坛山。他急着去，为了早点赶回来，下午4点以后，路上没了班车。他回来还要烧晚饭。他爱人姓严，是汪村田里人，1985年做了妇科手术，被错剪了一根筋，留下了思维迟缓的后遗症，从此行动有些不便，做不了事。他便陪着妻子，再也没有离开过田棚。他的屋子是木结构的，不是很高，显得阴沉，厅堂堆着八袋油茶籽，地上还堆着一堆油茶籽。他天天分拣油茶。他摘15担油茶籽，可以榨150来斤山茶油。这是他一年最主要的收入。他儿子在广州的一家汽车厂做工，做了十多年了，还没成家。林上光对我说："我孩子不敢和姑娘说话，谈个恋爱，比我开荒种田还难。"

屋檐下，码着十个蜂箱。那是一些破蜂箱，但还有家蜂在箱孔进进出出。地上死了很多蜂，是被冻死的。屋后茶林开满了白花，云朵坠枝似的。许健平兄向林上光买蜂蜜，林上光从卧房五斗橱拿出一瓶两斤装的蜂蜜，说："绝对正宗土蜂蜜，你看这奶白的蜜色，尝尝，满口茶花香。"他打开瓶盖，给我一双筷子戳蜂蜜吃。蜂蜜被冻住了，像冻猪油一样，蜂蜡浮在蜜层上。蜂蜜80块钱一斤。

他爱人嘟嘟囔囔自言自语。他看了她一眼,说:"都是本地老熟人了,便宜卖吧。"

屋子建在土坡上,屋角一棵百年麻栎树,落了满地的栗子。栗子圆柱形,栗头尖圆,褐黄发亮。林上光说,在20世纪60年代早期,一年有半年是吃麻栎栗子、苦槠子、番薯当主粮。麻栎栗子味苦,泡上一个月,去除了苦味,磨粉、沉淀,晒成了淀粉,做各种各样的吃食。四十多年无人捡麻栎栗子了,只有松鼠、野鸡吃。松鼠在麻栎树上嗦嗦嗦,窜来窜去。林上光说,山坞老鸦太多了,一年要吃他三五只鸡。老鸦是雀鹰的土名。雀鹰不盘旋盯梢猎物,而是藏在树梢,见了猎物,贴地加速度飞行,穿过灌丛、篱笆,突袭猎物。家禽在茶叶地吃食,吃着吃着,被雀鹰掠走了,被拔毛,啄了肉丝吃。他爱人就握一支竹竿,站在茶叶地,喊着:"老鸦不要来。"

开门见绵绵竹山。竹是翠竹,即使是在冬天,竹浪青青,熏黄的阳光在浮荡。竹山叫刀阴。栲树、萝卜花树、麻栎、桤木等高大乔木,耸出竹海,圆席一样的冠盖撑起巨浪。沟壑溪流潺潺,无止无休。这是大鲵与小鲵的栖息地。小鲵一窝一窝地藏在涧潭边的泥炭藓之下,在夏日的傍晚,喔哇喔哇,婴儿一样啼叫。

横在田棚的溪,因大岭山,故名大岭溪。溪从高山之巅的萝卜棚而下,跳石穿林,延绵十余公里。溪谷两边是陡峭的山麓，被阔叶林、竹林覆盖。山坞一坞一坞斗转，被巨浪掀起的船一样，竖立起来。从萝卜棚翻下去，往东走，是柄源，下了山麓，是望仙乡沙洲。南北的溪谷有近四十里长。萝卜棚在20世纪80年代，有劳力（林场工人）五十四人，林场改制后，萝卜棚无一住户，数十栋屋舍成了废墟。萝卜棚是华坛山镇海拔最高的小村，山民外迁后，羊羚重返了这片森林。

大岭溪自南向北而流。地质是灰色或灰白色沉积岩结构，溪谷上横七竖八地耸着石灰石，或尚未完全发育的青石。石灰石深黑色或麻黑色；青石青白色或淡青色，石纹一层层。溪谷或平坦或斜缓或突兀陡下，溪水或平流或缓流或跳溅。落叶被水冲积，裹在石头或枯枝上，斑斑斓斓。落叶是七裂槭、五裂槭、枫香、三角枫、山乌柏、乌柏、黄栌、俏黄栌、漆树、山毛榉、榉树、杜英、樟、鹅掌楸、野大栗、山矾、赤楠、闽楠、野桐等树木的枯叶，或黄或红或白或枯黄。水却至清，叶纹清晰可见。黑色圆石子一粒一粒，鸡蛋大。白沙子沉在最底下。小鳑扑在沙面，忽而东忽而西，梭子一样荡过来荡过去，体侧的一条铅笔灰色横纹（从眼部横贯尾鳍）忽闪忽闪。它蹦跳一下，落在沙滩上，再也跳不回去，被活活渴死晒干。我捡了一条晒干的小鳑，量了一下，有八厘米长、两厘米宽。这是最大的小鳑了。它是南方山溪最小的鱼类之一。它的脊部与水波纹同色，不细看，很难发现它游动。

沿溪谷，有一条两米多宽的水泥路。也不知道是哪年通的。路七弯八拐，在丛林出没。有的路段因水的冲刷，路基下塌了，剩一块水泥板悬着；有的路面淌着水，长了浓密的水苔。在田棚去萝卜棚的第一个山湾，突现一栋废弃的石头房，横在溪边，屋顶完全塌陷了下来，梁柱发黑，爬满了藤萝，令人惊愕。屋前的石拱桥呈半月形，跨过一片荒田。栽种在荒田的橘树，叶子青青黄黄，树也长不起来。荒田有七级，一级有七块，呈椭圆形往上收缩。这些田都无人耕种了。山坡上一栋白墙的土房，紧锁了大门。门前的老樟、枫香树、苦槠树，树高三十余米，独自成林。老樟挂着喜鹊巢。

溪谷边的树上，挂着很多鸟巢、蜂巢、蚂蚁巢。蜂巢像个大布袋或小箩筐，蚂蚁巢则是哈密瓜形，黑黑的，像一团牛屎干。这是双齿多刺蚁的巢，一巢蚂蚁上万只，捉虫吃。在南方山区，双齿多刺蚁是常见的树栖蚁，吃虫卵、吃虫子。螳螂是昆虫中的猎手，杀小蜥蜴、杀蜻蜓、杀蚱蜢、杀蝉。而双齿多刺蚁杀螳螂，数十只上百只蚁爬上螳螂，钳子割肉，分食，抬回蚁巢。

在溪谷平坦之地，桤木、大果青冈、鸡蛋花树高高耸起，形成密林，石坝切去半边溪床，溪流汇入小水渠（供下游黄土岭电站发电），树根部长起了薄薄的苔。茶树丽绿刺蛾在老野山茶根部树干孵卵，蛹破茧而出，留下蛹壳。壳薄而脆，灰白白，捏一下，就化为粉末。蛹壳密密麻麻，按照椭圆形排列，我数了一下，这窝蛹壳有九十六个。茶树丽绿刺蛾产卵在树皮里面，蛹破茧了，整块树皮也烂了。刺蛾有一千多个种类，在我国有九十多个种类，浑身长刺，刺有毒，扎人火辣辣痛，令人痛痒难忍，红斑肿块大如斑鸠蛋。刺蛾因此被称作"火辣子""痒辣子"。它卷起来就像一颗金樱子。其幼虫富含高蛋白，可食。茶树丽绿刺蛾幼虫在茶树嫩叶潜食，吃茶叶苞，危害茶叶生产。黄胸泥壶蜂就飞到茶园，捕其幼虫吃。

从4月到8月，溪谷里飞翔着许许多多的茶树丽绿刺蛾，穿着褐色彩衣，画着黄色眼眉，甩着水袖，翩然而舞。它是溪谷中的美神，在潮湿的林中降临。黄昏了，它们就飞到厅堂的灯下，翅膀发出吱吱的声音。舞着舞着，它就掉了下来，扑腾扑腾，死掉了。它的生命太短，只有4～6天。过于美的生命，都过于短暂。

石瀑有半米高、一米高、两米高、三米高、五米高、十米高的。石瀑一级级，有石就有瀑。水从高处往下跳，水不怕牺牲。水无知无觉，水义无反顾。水不跳下来，就汇集不了更多的涧水，就成不了溪流。每个山谷都有涧水淌下来，飞崖溅壁。溪谷盈盈，荡起了哗哗声。燕尾在石崖下，追着水珠啄水虫吃。燕尾很少鸣叫，形单影只。在这样的地方，形单影只又何妨。

桤木拔地而起，肥厚宽大的树叶郁郁青青。野山茶爆出了裹紧的花苞，尖尖的苞头殷红。南五味子一串串地挂在枝头，红红的，新鲜欲滴。每一粒浆果里，都藏着一泡暖暖的山泉。矮丛里，高粱泡压弯了枝头。扁担杆在溪滩上，一杆一杆，都是红浆果，让我想起正月腊月巷子里的红灯笼。冬青卫矛的果爆裂了，裂出四瓣，果籽裹着红衣，像宿巢的鸳鸯。裂果对称，有数学之美，露出红肉，似美人的红唇。

入冬未雪之际，浆果的红、茶花的白、乌桕叶的黄、大叶冬青的绿，便是溪谷的底色了。透过密林，可以看见山坡上的竹林，阳光斜洒，辉映着枫香树叶，欲黄欲红，竹杪轻摇，画眉在嘘嘘嘘哩哩哩叫着，似乎山不再是山，我也非我。

山中并无行人往来。是啊，谁会在这样的地方往来呢？一个骑摩托车的人，背着一个竹篓，往山巅方向骑去。或许他是挖冬笋的人。以前，溪谷里常有捉小鲵、捉棘胸蛙的人来，这几年没有了。捉野生动物违法，他们断了歪念头。在溪谷疏林，我发现很多翻挖的新泥，石块也被移动了，草须或小树根须被拔出来，扔在地上。泥是黄泥和腐殖层的混合，松松散散。我确信那个骑摩托车的人，是进山挖草药的。山中有很多珍稀草药，如七叶一枝花、金线莲、金丝吊葫芦、黄精等。那个挖草药的男人,四十来岁,脚下带着呼呼的风,兜兜转转。这时,我才留意到沿溪谷而上,路边停了六辆摩托车和电瓶车。他们是挖冬笋、挖草药的。2023年雨水充沛,冬笋高产,挖个半天,可以挖数十斤,可卖价低。也有挖了半天,空手而归的人,披着空空的蛇皮袋,走路也打不起精神。

溪九转八回。从高处往下看,溪谷是一片片的冠层,山麓也是一层层的冠层,秋叶树浸染了山色。二十年前,在溪谷,林上光每年都会遇上熊。他说,遇上的不是狗熊,是猪熊。猪熊有两个向上翘起来的獠牙,会吃人。陈志发兄问他:"村里有没有人被吃过呀?"

雷师傅八十三岁了,他一点也不怕野猪、猪熊。1958年,他随父从浙江龙游来上饶,他爸带着他弟弟在绕二镇落脚,他孤身一人在田棚落脚,和龙泉来的姑娘结婚。儿子五岁时,他妻子一个人回了龙泉。他又续了弦,女人是望仙乡大济宝城人,又生了三个儿子。四个儿子各奔东西,在德兴、上饶生活。他和续弦妻子留在田棚。雷师傅耳背,健谈,身体健朗。他腰上捆了一把柴刀,去山上砍过冬的木柴。他的妻子早上上山摘油茶籽,中午也不回来,吃两个红薯当午饭。我吃他一个红薯、两块红薯干当午饭。他在大门口晒了一圆匾的红薯干,在檐廊和院子晒满了油茶籽。他的背有些佝偻,后堂堆满了红薯。他说,这么多红薯吃不完，又没人买。这是机粉的红薯，很甜，煮粥好。他见过猪熊，也见过豺狗。他不怕，他说，有什么怕的？给它吃，它也下不了嘴。他摸摸柴刀，很是硬气。

黄土岭以内的溪谷，只有雷师傅和林师傅两家人住了。离开的村人想卖土房，也没人买。谁会买这里的房子呢？除了鸟叫、野猪叫，就是鸡鸭在叫。田棚有二十多亩的梯田，已荒了三十多年，芭茅和灌丛遮住了田边的屋舍，拱桥也长出了灌木。雷师傅已没有了龙游的口音，操一口地地道道的方言。乡音是会改的。人因时因地而变，至于变得怎样，自己是不知道的。等自己知道了，又到了暮年，一切都无能为力了。有时，某些改变是自己无法掌控的。这就是命运。大多数人，与自己达成了某种程度的妥协，才得以安安静静生活下去。既是安泰，也是慈悲。对自己慈悲，对周遭的一切慈悲，对过往慈悲。这就是安身立命。

三吴坑

嘟嘟嘟嘟嘟，嘟嘟嘟嘟嘟，钻石头的声音从谷底传来，有剧烈的震动感，粗粝、撕裂、战栗，令人头皮发麻。溪谷深藏在密林之下，见无可见。一条野路约半米宽，被荒草吞没、遮盖，用脚尖撩开草，一块块巴掌宽的石板现出来。古道隐没在这里。石板被脚磨圆，石缝长出了草。林子不是老林子，最大的树是枫香树，也只有大碗粗。这是一片小林子，有二十余亩，枫香树却多，挺拔、高挑，树冠稀疏又膨大。乔木之下是野茶、山茶、大叶黄杨、金叶女贞、俏黄栌、海桐等灌木，藤萝和野莉在树与树之间牵来绕去。林子外，是一道黄土斜坡，直达谷底。一台钻机在钻一块圆桌大的溪石。嘟嘟嘟，嘟嘟嘟。司机坐在车厢里，吸着烟。钻了一个孔，平行下移，又钻一个孔。钻了十二个孔，钻头敲打敲打石块，石块裂开。钻裂一块石头花了三十五分钟。

碎裂的石头，摊在溪床。这些溪石都是从山麓滚下来的，又被山洪卷入了溪床。石头被溪水冲刷，没了棱角，滚圆滚圆，麻黑麻黑，被钻开了，露出了粉白的石质。大茅山是花岗岩地质结构，石头坚硬如铁。石头横陈在溪床，造型各异，有着天然的品相。钻机钻下的石块，很可能是做游步道。我这样想。可惜了这些石头，也可惜了溪谷。刘富荣说："来开发山谷的人，是花桥镇的，征收了我们五年的地，我没收到一分钱。"他对开发山谷的人一脸不屑，鼻孔冒出两股热烟，说："就是个骗子，五年了，就挖了两口鱼塘，骗我们的地，骗上面的钱。"刘富荣年近七十了，坐在上座，吸着香烟，一副看透人间百态的样子。他说得有些偏激、愤慨，但得到了他爱人廖水仙的认同。她说："喜鹊占了乌春（学名乌鸫）的窝，不生蛋，还让乌春没窝生蛋。"

三吴坑是大茅山北麓最大的山谷（当地人称山谷为乌垄）。山谷口到刘富荣家有四里，再到山麓最深处，还有八里。山谷口被两垄山梁关了门，露出一道门缝，仅供一条溪涧流出来，流入南溪村前的洎水河。早年，三吴坑有二十二户住家，历经三十余年的外迁，只留下刘富荣老人一家了。他住石头房，房墙都是鹅卵石砌上来的，一路一路往上砌，砌出墙纹。龙头山乡、界田乡，有一帮老辈石匠，以鹅卵石砌墙，手艺非常精湛。鸡蛋大的石头，砌在黏稠的黄泥浆上，用麻线拉出水平线，可以砌出十数米高的墙体，飓风狂卷下也不倒塌。鹅卵石，他们称为开花石。他们使得石头开花，开在墙上，风雪不侵，数百年也不凋谢。龙头山乡陈坊村上源头自然村，民居全是石头房，被称作石头部落。村临洎水河上游，常有洪水泛滥，土房会在洪水中瓦解、坍塌，而石头房屹立如初。即使石头房无人居住，房梁霉烂，瓦砾破碎，水缸长出芦苇，石墙还直挺着，只是爬满了薜荔或络石藤。刘富荣结婚第三年，就白手起家建了这栋房子。他爸反对，说有房子，一大家子一起住。他爸是玉山县樟村镇人，十八岁那年没得吃，被三吴坑刘家收作养子，成家立业。刘家殷实，山地多。刘富荣高中毕业，学了木匠又学了石匠，和邻村的廖水仙结了婚，便谋划建自己的房子。

那个开发山谷的人，收了村里的民房，独独刘富荣不让收。他不会去别的地方生活，哪怕是山下的镇里。这个山谷多好，水直通门口，山谷平坦，田多地多。被收了的民房，也没有修葺，又没有使用，扔在那儿，门窗破败，梁柱倒塌。一栋带院子的民房里，我看见木板楼上还堆着谷仓、打谷机、犁、耖、锄头、筢、木箱、大谷桶、躺椅，洗得干干净净，堆放得整整齐齐。看得出屋主是个很细心的人，还想着再回来居住、生活。即使不回来了，那些器物也不能废了，有重新使用的那一天。谁知，抬上了楼，再也没用得上的时候了。木板楼梯从厅堂壁后升上木楼，有两米之宽，潮气太重，木板霉变了，一截截烂，一块块烂，烂穿了。脚轻轻踏上去，木板不是断，而是陷下去，像干燥的泥块。不知道屋主是否回来探视过，他心里会怎么想。厅堂上，箩筐、蜂箱、板凳、竹椅子、靠背椅、竹筛子，还原样摆着。也不知道屋主的后人是否回来过。一栋屋子没了人居住，有再多的东西，都是空的。

还有几栋屋子塌了屋顶，大门打开，水缸、灶台长了芭茅，苎麻从厅堂长了出来。麻雀在芭茅筑巢。屋前的柚子树，结了满树的柚子，拳头大。因无人管理，柚子也长得不饱满。橘树也结满了鹌鹑大的橘子，橘叶稀稀拉拉，叶被虫蛀白了。橘子酸得牙齿生疼。柚子成了野柚，橘子成了野橘。大山雀在橘树上蹦跳，喊喊叫。摇动一下橘树，橘子啪啦啪啦落下来。

一栋一栋的民房，我一一看过去。雨水经年累月，人迹湮灭。潮气和蛀虫、细菌、白蚁，最终彻底消灭梁柱、器物。草和藤，最终一一颓圮。入户的小路被草覆盖。它们抹去人迹，抹去人。人把一切归还了大地，毫无保留，也无可保留，让人确信，大地上的一切物种，皆为过客，无永恒的生物学意义上的生命，唯有生命的更替，让大地繁盛如初。更替，是自然最伟大的法则。

树林里的古道与村舍相连。因山洪，有的路段被冲毁了。这条古道是先人去山谷深处干活走出来的。先人挑担子,扛木头,去深山烧炭,需要一条经久耐用的路。沿着溪谷,徐徐而上,进入最深处的山麓。溪在古道下,湍急而流。溪床有四米多宽,石块叠着石块,溪水跃过石块,飞跳下来,又跃过石块飞跳。水往下流,有一层一层的白瀑。小乔木、灌木长在溪边沙层,冠层蓬松,枝丫斜伸,覆盖了溪面。巨石之下,有了三五米高的流瀑,瀑下有清澈见底的水潭。水潭里,有一种动物,似虾虎鱼、似蝌蚪。我不识,龚晓军兄也不识。龚晓军兄说是虾虎鱼,我说是小鲵或蝾螈。冬天了,溪里不会有蛙类的蝌蚪。这种体小、黝黑、灵动的动物,贴在水下石块上,近乎透明。只有洁净的溪流,才有如此美的水生动物。

古桥横跨溪床,连接古道。说是古桥,其实就是两块条石,横在溪面。桥头天然竖着两块巨石,如一扇门。一座土地庙供在巨石后面,摆着水果、香炉。站在土地面前,可俯瞰三吴坑。在龙头山方言,三吴坑被称作霜乌坑。可霜是白的,哪有乌黑的霜呢?

桥侧一片沙地,是一丛芭蕉。芭蕉原产琉球群岛,台湾也有野生的,在我国内陆地区,早有栽培,可见它是一种生命力极其旺盛的植物。李商隐的《代赠》写过芭蕉:

楼上黄昏欲望休,玉梯横绝月如钩。
芭蕉不展丁香结,同向春风各自愁。

元代著名散曲作家徐再思有"一声梧叶一声秋,一点芭蕉一点愁,三更归梦三更后"之佳句。南宋词人蒋捷也有"红了樱桃,绿了芭蕉"之偶句。芭蕉是古典的艺术意象。雨打芭蕉,雨声令人惆怅、思归。三吴坑的芭蕉,是谁种下的呢?种下三两棵,可能种芭蕉是为了提取芭蕉粉,或做药物。居民外迁了,芭蕉开始旺盛地繁殖,占据了数亩之大的沙地,绿叶肥阔,高如中小乔木。芭蕉茂盛了,草与灌木就被阴死。那个种下芭蕉的人是有福的,可以一夜听雨,点滴到天明。

在一个被大香樟包围的山坳,开发山谷的人建了一栋板房,作为办公用房。板房里,三个人在吃茶。他们在闲聊着什么,不时发出哈哈哈的大笑声。山坳被推土机推平,作为停车场。推出的地,并无硬化也无绿化,赤裸裸的。土就沿着山坡堆着,被雨水冲出浅沟。一个进山谷捡板栗的人,见了破烂不堪的山坳,大大咧咧地说,这哪是个做事的人呢?这是糟蹋我们的土地。好好的山坳挖成这样,太不像话了。

入了深秋,每天都有人进山麓捡板栗、甜槠,摘野山柿。山麓之下,有许多板栗树,到了深秋,板栗裂开壳斗,掉下栗子。栗子深红,有金属的光泽,油亮油亮。糯谷熟了,机了米,用板栗焖糯米饭,是山民爱吃的。板栗树也是三吴坑人种下的,外迁后,没人打板栗了,就任由

栗子掉下来,被松鼠、山鼠藏着过冬。王维写过《秋夜独坐》:

> 独坐悲双鬓,空堂欲二更。
> 雨中山果落,灯下草虫鸣。
> 白发终难变,黄金不可成。
> 欲知除老病,唯有学无生。

不知廖水仙是否读过这首诗。摘了油茶籽,在院子里晒干,堆在厅堂,在竹筛上剥油茶籽。她剥下壳,分拣出油菜籽,装在箩筐里,送到油榨作坊榨油。她坐在椅子分拣,她爱人吃茶。因剥油茶壳伤手,指甲翻脱。山谷摘下来的油茶籽,可榨四千多斤茶油。现无人摘了。刘富荣也只摘自家山边的油茶籽。他爬不了山,即使爬上了山,也挑不下山。一担油茶籽,有一百八十多斤重。油茶籽就自然脱壳,落在山里,被环颈雉吃食。走到山里,听到油茶籽啪嗒啪嗒落下来,心一阵阵荒凉。

在山谷做事(做护坡)的人,休憩了,就到刘富荣老人家吃茶谈天。来做事的人,都是山下的人。刘富荣老人门前有二十余亩山田,也鲜有人耕种了,少部分种了稻谷、红薯,大部分荒着,长了芭茅、芒草。菜地大多种了芝麻、白菜、萝卜。芝麻已收割,鸟天天在芝麻地找食吃。他坐在厅堂，看着这片山田，和对面高高的青山，天渐渐明亮了起来，太阳照了下来，天又渐渐暗了下去，被暮色填满。溪水咕嘟咕嘟叫着，野鸟一样叫。他的两个孩子在市区买了地，建了房子，他也少去。他不喜欢人多嘴杂。

村前有一条小水沟，终年流水，水冲出了许多白沙。沙面上游着小虾、小鱼。沟边的部分巨石，被红线做了红漆标记，将被钻机钻洞切割。标记是一个圆圈，圆圈里打着"×"。天然的石头有时间的痕迹，裹着苔藓，石凹处还长出了蕙兰、菖蒲、槲蕨。槲蕨一丛丛，根部发白。石头与石头之间，长出了杜英、苦楝、岩樟。已彻底倒塌的屋舍，被推平，埋在了土里，成了一片地，似乎那栋屋舍从来就不曾存在过。油灯、锅、火熜，埋在地下。蓑衣、碗、棉袄，埋在地下。床、长板凳、木箱，埋在地下。

山巅在高处。太阳在山巅之上。森林纷披。

山麓深处有一条黄土机耕道，在森林间弯来弯去。机耕道坑坑洼洼，但很适合走路。脚踩在黄土上，松软。路面上，落满了树叶。茶树开着白花。天越寒，花开得越白越灿烂。寒气催逼花苞打开，迎接阳光。茶叶也无人采摘了。苦楝子挂在秃秃的枝丫上，一串串，铃铛一样被风摇响。去山麓捡板栗的人，暮色降临了，他们还没出来。他们终究会出来。进山的人，是一定会出山的。但出山的人不一定还会进山。山始终在,不会老,老去的是树,是草,是一头头野猪。山巅上的云,也不会老,被风飘散,成了云丝,飘着飘着就没了。天蓝得苍翠,山一样苍翠。水时流时新,上午流出山谷的水,不是昨夜的水。那个开钻机的师傅,还在溪谷嘟嘟嘟钻石块。他在谷底钻石头钻了五年了。溪谷,是他的深渊。

山麓越来越高,比月亮还高。月光照下来,一片银白。月影被树叶熏黑了。霜一样的月光,落在树梢上,又朗朗又乌黑。

风暴坞

穿迷彩服的父亲穿着黄色高筒雨鞋,蹲在地上播种。他儿子挨着父亲,用小木棍固泥。这是一个怒放的少年,十五六岁,笑容毫不掩饰地展露出来。这个少年去了哪里呢?父亲是否安在?在一栋后墙倒塌、瓦砾破碎的夯土房,我看到张贴厅堂木壁上父与子的照片。

照片一共有二十四张,有横照竖照,其中有七张褪去色彩,剩下相纸,有三张照片记录了父子一起耘田、播种、收割,有七张照片记录少年种菜、驮谷袋、收红薯,还有一张三岁男童正面照,两张春田翻耕照。春田白水茫茫,一级级向山外延伸。多么亲密无间的父与子,与春草一起勃发。住户外迁时,留下了这些照片,让我这个异乡客久久泪目。父亲多么爱儿子,田野拥抱了他们。如果我有这样的父亲,该多好。那些照片,就是爱与生命的真容。我们要去爱具体的人,爱身边的人,深切地爱与自己共度的人。

屋前空地长满了一年蓬、南瓜藤。瓜藤被霜冻冻透了叶子，软软地趴在地上。藤交叠着藤。一年蓬结了花籽，已枯死，手折，发出啪的断秆声。一年蓬、芒草、高粱泡、矮灌木、白茅、金色狗尾草、莎草、蒺藜、马塘草、紫花苜蓿，包围了土夯房，统领了山田、溪边、旱地。门环锈蚀，蒙了白尘，门角斜靠着四卷篾晒垫，一张粗糙的八仙桌摆在堂中，一只扁篓摆在八仙桌上。一根棉布条做扁篓背绳。少年背扁篓去抓泥鳅、摸鱼，妇人背扁篓去摘瓜豆、采茶。

站在厅堂，仰头望屋脊，阳光洒了我一脸。土灶坍塌了半边，烟囱直竖屋顶之外，大水缸还储了半缸水，木材橱柜的四脚长出了一朵朵小木耳。厢房还留有一张厢床，床上罩着一副婴儿蚊帐，帐内还铺着婴儿被，似乎这张木床还会有婴儿来安睡。阳光照在窗下，黄如胶漆，给人恍如隔世之感，温暖又酸涩。

张孝泉兄对我说，2009年，风暴坞还有最后两户人家。他来买土鸡。山坞开满了梨花，白如胜雪。土路沿溪边石砌上来，又平坦又酥软。枣树、板栗树发出幼叶，一簇簇绿意。紫云英开出一浪浪的红花。他还记得那个卖鸡的老婶婶坐在门前，一只猫蜷缩在她双膝，一条土黄狗卧在脚边。美人蕉发出了苞芽，青黄、紧实。他的外婆家在马坞，在孩童时，每到过节，他就从瑞港走到马坞，拎着蒸糕、粽子、甜饼，给他外婆吃。马坞与风暴坞，一山梁之隔，两条溪水在炉里村前并流。

二十年前，塘湾村、炉里村以南的群山上，有广袤的原始次生林，南岭栲、丝栗栲、萝卜花树、杜英、苦槠、大叶青冈、赤皮青冈、细叶青冈、落叶木莲、黄檫、厚皮香、猴欢喜、大叶桂樱、栓皮栎、麻栎、椰榆、光叶榉、红毛椿、火炬松、江南油杉、深山含笑、石笔木、木荷、石栎、枫香树、五角枫、冬青、女贞、江南桤木、苦楝、乌桕、青榨槭、香樟、豹皮樟等等，广有分布。2003年，绿野木业通过与农户联营投股、租赁承包等方式建立了二十二万亩工业原料林基地，开始大量砍伐原木。原始次生林和人工种植林长达六年被砍伐，给德兴生态环境造成了毁灭性破坏。绿野木业虽在被砍伐的山地种植了人工林，但成林时间漫长，即使成林，单一林也无法取代生态林，缺乏林业生态的丰富性。在炉里村程家湾自然村，黎方荣老人告诉我，绿野木业在五百米以上海拔山地，没有植树，低海拔植了连片的湿地松，因没有抚育，松树长得很缓慢。

风暴坞因无货车交通道路，避免了刀斧之灾。老枫香树伫立在山尖，如一座高塔，俯视山窝人家与一川田畴。山坞分两条山垄往深山直伸，被竹林、芒草、茅覆盖。田垄高草比人还高。山垄在村中合拢，两条山涧也随之合流为溪。七株老枣树、一棵老梨树、十数棵老板栗树，被霜剃光了叶,分叉的树丫遒劲、弯曲或孤直,高高盘踞在空中,勾勒风的形状。老枣树裹满了苔藓,有一层层的白藓衣。老树与老人一样,有着经年的沧桑。

两水泥电线杆横跨溪面,铺上厚木板,有了短桥。木板彻底腐烂,裸出溪床。溪床有黑色的圆石、块石、条石,杂乱横陈。溪边竖着变压器,高高的水泥电杆还拉着电线。电线与溪,与山外的村舍有着勾连。芦苇、芒草,以及野山茶、火棘、高粱泡、野葡萄等植物,遮蔽了溪面。溪淙淙有声,与风盈耳。石桥头有一棵百年苦楮树,有人在树上挂了一只金属风铃,叮当当叮当当叮当当。风铃在摇,金色狗尾巴草在摇,风扑打着山坞虚无的门。

从山边进坞的路泥泞,泥浆烙了一个个牛蹄印和羊蹄印。牛是水牛,被山外的乡民放养在风暴坞。牛粪很新鲜,还没封皮,一筒套一筒,套出粪堆。一圈一圈的筒节如横纹。牛是食草动物,牛粪有鲜草香。水牛进了最深的山坞,到了傍晚才出来。羊蹄印更浅一些。2018年6月,我来过炉里及召口、程家湾。沿途徒步,与乡民喝茶闲坐,乡民就告诉我,三十年前,常有豺下山捕家禽,也有狐狸来村中游荡,山上也有野山羊。

在赣东北的群山,我只看过一次狐狸。我结婚第三年时,曾与爱人去万年,拜望爱人的外婆。在万年与弋阳交界的盘岭,在下坡的半道上,一只狐狸走了出来。狐狸通身全白，眯着眼睛对我们笑。它那么友善、可爱。2019年正月，我在郑坊镇听人说，洲村有人捕获了一条黄毛狐狸，偷偷杀掉吃了。我心里异常难受。

我一直相信在大茅山山脉有狐狸存在。动物最大的天敌是人类，只要有以捕以杀为乐为趣的人存在，动物就不会安生。我曾请教过我三舅，他说，当然有狐狸，还有熊和云豹呢。他足迹遍布大茅山山脉，这些动物，他都近距离遇见过。

风暴坞就在高山之下，层林梯级分布。野猪、山麂、野兔、狗獾、花面狸、黄鼬，就藏在深草、灌丛中。在左边山垄，我看见草丛边有许多动物粪便，有算盘子状，有鸡蛋大的圆团状，有枣大的颗粒状。野兽种类不同，脚印和粪便也不同，捕猎人便以脚印和粪便作依据，辨识出兽类，并寻找野兽走的路，进而找到兽窝。现在已鲜有人捕猎了。树上的梨、枣，留给了鸟。一棵老枣树可采百余斤米枣，山中无人居住，七棵老枣树可供养多少鸟啊。板栗则留给了松鼠、山鼠。

陈志发兄找了一支木柄火叉，撩蜘蛛网，也作探路用。若是在立夏与霜降之间，我是不敢来到风暴坞的。陈志发也不敢。因为蛇太多。溪草之地，尖吻蝮、短尾蝮、竹叶青蛇、眼镜蛇、银环蛇等剧毒蛇，遍布溪边、草丛、竹林。金环胡蜂也非常活跃。余佃春兄就说，今年夏天，他生活的阪大乡有一个三十多岁的男人，被金环胡蜂蜇死了。金环胡蜂就是当地人称的虎头蜂，是赫赫有名的"杀人蜂"。

风暴坞有五栋夯土木结构的土房，在其中三栋（有一栋土房进不去，被芒草和灌丛完全遮蔽了），我看到了胡蜂巢。一个蜂巢挂在木梯背面，形似黄瓜，有一百六十八个蜂室；一个蜂巢挂在厢房木楼板下，形似大莲蓬，有九十二个蜂室；一个蜂巢挂在窗户角，形似小莲蓬，有七个蜂室。巢壁松软，巢外层也松软，是蜂唾液和木浆营造出来的，应该是小型胡蜂的蜂巢。至于是哪类胡蜂，不得而知。

有黄瓜形蜂巢的那栋土房，厅堂木桌上有七个啤酒瓶、一瓶花生和十二张彩色照片，其中一张照片在塑封上标有"2014年8月22日"。这是一张少女像：少女端坐草野，脚边野花怒放，笑容娇艳欲滴，双腮桃红，白衬衫衣领是圆角，身后山茶花初绽，涧水从竹渡流下去。她的坐姿自然，与一丛绿狗尾巴草相映。我们每一个人的内心，都镌刻了一幅少女像，随年岁日增，日显清晰。在厢房，床头挂着一张大匹蓝布，布上用毛笔写了字：

　　酒醉人生初梦醒，
　　见色心静业如水。

关积钱财施天下，
有气不生真修行。

春草无争花开暖，
……
落阳他去又何恋。

一张布写了九首"古体诗"。笔锋圆柔、随意。床板烂了。余佃春兄据乡村生活经验判断，有老人在床上病逝，床便弃用了。屋子里，陈放着酒缸、碗、茶杯、自制的婴孩学步木车、圆匾、木洗脸架、坐凳、木风车，地上杂乱，扔着酒瓶、易拉罐、破毛衣、女性三角短裤，门槛外有六双少年穿的塑料凉鞋，晒衣杆上还挂着十三个晒衣架。门框上钉了一对竹香筒，插着香杆，筒中落满了香灰。一把镰刀插在窗台缝，锈蚀了。镰刀割稻子割麦割高粱，也割荠菜、马兰、马齿苋、野麦。握镰刀的手，也握柴刀、斧头，还做砖、打铁、砌墙、挖地、播种。一只木箱放在屋檐角，盖得严严实实，红漆剥落。似乎是姑娘嫁入风暴坞带来的嫁妆，箱里放着布鞋、银手镯、肚兜、袜子，用红布包着。有七块长木板从木楼横穿出来，搁在檐廊横梁。木板约4厘米厚、50～60厘米宽。龚晓军兄说，树做出这么宽的木板，得长几个百年。

洗脸架上有一面方镜,我照了照,看见一张有老年斑的脸。

3月的梨树开雪花,8月的梨树结甜梨,9月的梨树飘黄叶。12月,院子里,芭蕉叶冻黄。黄是枯黄。南天星在台阶前挂着一串串的红果。红是胭脂红。枯死的一年蓬,在做最后的摇曳。这是刘家老屋,有十四个大房间和一个大厅堂,二楼(木板结构)与瓦檐的通风口,密封了防虫纱布。房子不知道建于什么年代,木板和木柱都变为黑麻色了。土夯的院墙爬满了络石藤。古朴的木门垛,有些歪斜。门垛外,是一条狭窄的石道,弯下溪边,被荒草吞没。我站在石道,望着山外的田畴,草浪绵绵起伏。

山阴处,结出薄薄的霜冰,终日不化。霜冰如花也如地衣。泥浆被冻得铁硬,又很松脆。

风暴坞呈双纺锤形,过了召口,山中盆地豁然开朗,田野有着枯草的朴素、简白。再转一个东边山梁,又一个山中盆地突现。盆地内收,形似袋口。袋口就是两山的隘口,过了隘口,又是一个"Y"形山谷,山陡然竖立,两边的山梁却斜长,缓缓向北。山麓被阔叶林和竹林覆盖。翻过山巅往东下去,便是闵家坞。闵家坞、马坞,在二十余年前,已无人居住。人把生活之地,交还给了草、树、鸟和野兽。人在山中无论繁衍多少世代,终将是客人。我们在大地上借居而已。在刘家老屋,我看到很多种子,有黄豆、绿豆、豇豆、扁豆、白玉豆、蚕豆、黄瓜、南瓜、西瓜、冬瓜、瓠瓜、甜瓜、黑芝麻、黄芝麻、白芝麻、辣椒、茄子，用草纸分门别类包着，塞在一个土缸里。没有土，见不到阳光和雨水，它们终究不会发芽。

这是荒凉、野性的山坞。我怀有一种伤痛感生活着，不是因为过去有多艰难，而是因为未来茫然。因此，我焦虑。每次进山坞，我都有期待，期待山中生活的教诲，让自己过得更从容、平静、庸常一些。其实，生活从不给人教诲，即使有，我也无从领会。虽然那些废弃的，甚至化为朽烂的屋舍，随处给予到来的人强烈暗示，以隐喻的方式存在。

目睹风暴坞梨花开的人，安在？何在？

风摇着风铃，日夜不息。叮当当叮当当叮当当。

从春到冬，从冬到春，风一直在吹。

桐西坑

如巨大的石棺,沉在大茅山南麓,陷入地层,山与山对撞、挤压,有了大地的凹槽。凹槽自银岭(山名)向西,由高而低,苍苍莽莽。银岭之下,有小村因山而名,称银岭头,村户十余家。

"你家屋柱这么粗,哪里扛来的呀?"客人问。

"银岭头。"屋主答。

"怪不得屋柱这么粗,这么直筒。头尾一样粗。"客人问。

这是上饶县(2019年6月后撤县设广信区)郑坊镇、华坛山镇一带乡民的问答。当然,这样的问答发生在20世纪80年代。银岭产最粗最直的屋料。屋料大多是杉木和松木,以及栲槠。老木出自深山。银岭不仅山高,还偏远,被群山包围,远离交通路。离银岭最近的交通道,徒步进去,也得翻山越岭,走大半天。一座山,为啥取名银岭?除了森林还是森林,哪来银呢?站在桐西村口公路桥，可以远眺三十里外的银岭，峡谷深锁，山岭叠山岭，最东最高的山峰，就是银岭。银岭常年被云雾遮蔽，久晴后露出峥嵘，呈屏风状，银光闪闪。

银岭之北，便是里华坛，曾有林业垦殖分场驻扎。林场人以种茶、伐木砍竹、榨桐油、采草药为营生。与我住对门的奶奶，中年丧偶，招夫入赘。赘婿便是里华坛林场工人。他一年回家两次，入春后一次，入秋后一次，过年也不回来。每次回来，他用麻袋带很多茶叶、笋干、香菇，分送给我们这些邻居。也带很多糖果给我们这些孩童吃。他敦实，不善言，脸上漾着酒红色，衣着光鲜整洁。分场住了十余户人家，很少外出，自种自给。他们略显神秘。

凹槽汇聚了群山的涧水，沟谷深且狭窄，多乔木：枫香树、苦楝树、豹皮樟、香樟、长序榆、裂叶榆、杭州榆、大叶榉树、光叶榉树、青皮槭、青钩栲、刺栲、鳖蕄栲、苦槠、甜槠、朴树、深山含笑、麻栎、青皮栎、青冈栎、大叶冬青、齿叶木樨、山乌桕、杜英、木荷、黄栌、黄山松、华山松、偃松、银杉、南方铁杉、南方红豆杉、蓝杉、崖柏、福建柏、穗花杉、木莲树、闽楠、喜树、鹅耳枥、黄檫、鹅掌楸、山矾等等。尤其多山桐子、油桐、梓。初夏，山麓与溪谷开遍了油桐花、梓花，白花胜雪，蓝花似海。大地之槽被称作桐梓坑。乡音中，梓与西谐音,故称桐西坑。坑中溪流故名桐溪。桐花凋敝,飘落溪中,一朵推送一朵,似白帆片片,又似白云过隙,树影叠叠。官道依溪而建,村落沿官道分布,自东而西,是银岭头、苏家、火烧板(现改名花鸟畈)、外火烧板、黄家棚、张家湾(又名姜家棚)、桐西。大尖底、姚家地、火烧山、养马泉、沙子坞等自然村,分散在各个大山坞。

我表妹爱香离婚后,于1989年订过一门婚事。男方是火烧板人。男方来我家做客,对我妈说:"舅妈,菜少烧一些,饭要够。"我妈就笑了。那个男人与我同龄,身材魁梧、高大,张开的巴掌比我脸还大,又厚又糙。他用大蓝边碗吃饭,吃了三大碗饭时,又对我妈说:"舅妈,你家米饭真多。"

邻居问爱香的订婚对象是哪里人,我妈说:"火烧板人。"邻居就哦一声:"山卜侬。"卜是肚子的意思。山卜侬就是生活在山肚子里的人,表示没见识,颇有轻视的口吻。

表妹看到他吃饭,就退缩了。吃饭凶猛的男人有气力,凭气力讨生活的人难养家,命苦。婚事最终没成,表妹去了台州和前夫复婚,再也没回来。2021年冬,我第一次去火烧板,从桐西进峡谷约走了八公里之远,荒山野岭,渺无人烟。火烧板在山腰,仅有五户瓦屋,已破败不堪。整个下午,我只看到一个中年人骑摩托车去里华坛。

他是桐西人,送货去里华坛,经过火烧板。送货人说,1998年以后,银岭头、里华坛、火烧板已无住户了,迁往桐西或姜村(华坛山镇驻地)建房,或移民入城。2018年,有一对年轻夫妻来到里华坛,开了山中民宿,夏季,城里人来避暑,也有很多年轻驴友来里华坛,观看星空。送货人问我:"你去过里华坛吗?那里的星空很低很低,星星很璀璨。你爬上树,可以摸星星下来。"

送货人把星星当作了树上的果实。他戴一项旧雷锋帽,骑摩托车的时候,帽耳一抖一抖,像鹓鹐断了的翅膀。

事实上,除了桐西、苏家,其他自然村鲜有住户。火烧板有中屋庙,也不见人,屋庙倒料理得整洁、有序。香堂绕着烟。曾有一个老太太守庙,数年没回家。也不知她是否健在。明代,就有人在桐西坑建山庙。

官道从火烧板往大茅山南麓丛林切进去,羊肠一样,绕上山腰悬崖,再往东斜切。古道以石片砌台阶,约半米宽,穿林而去,直通华坛山(山名)、银岭,往北折去往龙头山,往东折去往玉山县怀玉山,翻山直走,便是华坛山镇高畈村。这个方圆,便是上饶北部高山地带,有着最广阔的原始次生林。在没有公路的时代,桐西坑人出门就翻山越岭。他们去龙头山、去樟村卖货或买货,也为了通婚。桐西与德兴市绕二镇交界、与玉山县怀玉紧邻,他们会说郑坊话、绕二话、龙头山话、樟村话。桐西方言的部分字眼则带有广东客家口音。他们的先民来自客家。但他们自己不知道。代代相传下来的口音，成为无法辨认的原乡。

三十年前，古道被弃用，台阶石缝长出了檵木、赤楠、野山茶等缓生树。刘禹锡在《陋室铭》说"苔痕上阶绿，草色入帘青"，这条古道便是这样。山中湿气太重，青苔易生。我走古道，便看见遗弃在路上的鞋子、棉袄、塑料桶，都长满了苔藓。僧侣、商贾、走卒、山民，都化身为苔藓。这是时间之伤、肉身之痛。万物皆会腐朽，唯苔藓常绿。

溪中大石、岸石、老树根部、草须、枯树、沙地、木桥，都爬满了泥炭藓。泥炭藓厚厚的，油青，用手抓一把，滴出水。桐西坑是蝾螈、小鲵、棘胸蛙、中国雨蛙等珍稀两栖动物的栖息地。中国雨蛙在水中产卵孵化，在树叶、草叶栖息，吃昆虫及虫卵，头小体宽，呈三角形，雨天鸣叫，声动山野。小鲵在泥炭藓下栖息。冬季孵卵，春季孵出蝌蚪，小鲵就钻入泥炭藓下。泥炭藓既是小鲵的粮仓，也是小鲵的隐身衣。蛇和鸟，发现不了它。

我那个爱打猎的老舅，在年轻时，走遍了大茅山山脉的东南部群山。他出门，无论远近，一把双管猎枪不离身。在四角坪，他打过黑熊。在银岭，他多次打过野山羊。在陈坑，他打过云豹。花面狸、豺、野猪、赤麂、小麂、狗獾、猪獾，他经常捕获。他走一天山路，到了桐西坑，捉小鲵。捉小鲵要在夏天，听到沟谷传来婴儿啼哭似的叫声，便循声捕物。捉两个夜晚，可以捉半竹篓小鲵。直到20世纪90年代初，禁猎了，他才收了手。

桐溪栖息着非常多的中国石龙子。中国石龙子全身覆盖着橄榄色的细鳞，有四肢，吻钝圆，颈侧及体侧红棕色，色斑有五条浅色纵线，以昆虫为食，也吃蝌蚪、小蛙。我同学叶云是桐西人，很讲义气，是个大块头。有一次他回学校（住校生星期天下午返校），在教室里抖出一个竹筒，吓得同学们跳上课桌，喊着：蛇！蛇！好多蛇！其实那不是蛇，是山泥鳅。山泥鳅就是中国石龙子。我数次去桐西坑，在菜地在溪边在稻田在屋角，都见到过中国石龙子。它呼吸的时候，下腹前部分会起伏。

马溪是大茅山梧风洞唯一的溪流，自北向南而流，在桐西，飞崖而下，注入桐溪，溪一下子有了河的壮阔，再向西流一里，注入双溪湖。双溪湖是德兴人的自然母体，水域面积三千六百余亩。桐溪是一条保有自然面貌的河，河石堆叠、横陈、垂悬，砂石丰富。每年3至6月，湖里的鱼开始斗水，溯流而上，进入桐溪。斗水而上的鱼有鲩鱼、鲫、鲤鱼、翘嘴鲌、马口鱼、青鱼、鲈鱼、鳊鱼、白鲦、黄颡鱼、鲇鱼、鲢鱼、团头鲂、鲮鱼、圆吻鲷、长吻鲍、鳉鱼等，它们扑着水浪，腾起水花，跃过石瀑，择草丛或沙砾的藻层孵卵。暴雨过后，我们站在公路桥，可以看见成群成群的鱼，斗水上来。它们就像水中的乌鸦群，乌黑一片。

2008年初夏，我和大毛、戴川来入湖口钓鱼，钓了一天，也没钓上一条。鱼如集市上的人群，密密麻麻。因为鱼在产卵季，忙着往上游斗水，很少进食。

桐西坑峡谷有十五公里之深，一直伸到大茅山东南部。多自然村的地方，就是姓氏庞杂之地，他们的先祖来自不同地域。在20世纪50年末至70年代初，因组建林业垦殖分场，来了过半的移民。移民有镇外的，有县外的，有省外的。他们挖山种茶，种油桐树，种油茶树。省外的移民留下生活。各自的出生地不同，风俗和口味也不同，但最终归于群山之下——吃辣椒，喝绿茶，晒笋干，蒸红薯粉丝，泡冬菜，榨山茶油，炖萝卜丝咸肉，腌猪脚。

入了冬，桐西人就开始晒萝卜丝、蒸粉丝。从菜地拔一担白萝卜洗净，刨萝卜丝，用圆匾晒在院子墙头。一担白萝卜刨出的丝需用三个圆匾晒。翌日，翻抖一遍，又晒。晒了七日，三圆匾萝卜丝装在一个圆匾晒，又晒七日，萝卜丝晒干了。一担白萝卜晒出的萝卜丝，不足两斤重。来年春，从肉缸拿出咸肉，切薄块，盖着萝卜丝用碗炖。吃一餐，炖一次。这是至味。

秋收冬藏。红薯藏在地窖，淀粉快速糖化。洗三四五担红薯，拿去机粉。机了粉，用纱布包红薯粉渣，以揉挤压水分，反复加水揉挤，粉浆入桶沉淀。翌日清早，挖出淀粉，翻晒数日，晒出干红薯粉。请来蒸粉丝的师傅，端出干红薯粉，加水荡匀，用竹蒸笼蒸粉浆，熟一层添一次粉浆，添了二十二次，一笼粉丝蒸熟，再用粉丝刨刨，粉丝从刨孔溜出来。溜一卷，用棕叶丝扎一卷，挂在竹竿上晒。这是地地道道的红薯粉丝。上饶市人开车百公里，来桐西买粉丝，年年来买。我也去买，20块一斤。2023年冬月，我去买粉丝，提着帆布袋，从村头问到村尾，也没买到。因为我去得太晚了，粉丝被买光了。

村中有传统的榨油坊，瓦屋顶上日夜绕白烟。山茶油的油香荡在全村。一个大水碓，一个大圆形碾床，一个长筒状榨油槽，一个大蒸锅，三张烘焙床。烘焙床下有灶膛，木柴在灶膛里旺烧，满屋子热气。三个老年人在烧灶膛，一个中年妇人在舀油，一个中年妇人在蒸油茶籽末。一张烘焙床一次可以烘焙一担油茶籽（约120斤，烘焙时间约两个小时），烘好了的油茶籽倒入碾床，碾半个小时，成了油茶籽末。油茶籽末用大木桶蒸，一次可蒸50斤。蒸熟了油茶籽末，用稻草、铁箍团饼，送进榨槽压榨。在榨油坊，我站了半个来小时，全身冒汗。我脱了外套，和他们一起团饼。我喜欢干这个活，吃力又好玩。我对那个舀油的妇人说:"你回家拿几个红薯来,烤红薯吃。"

妇人拿来了红薯,我又说:"你拿个钢精锅来,带几斤肉来,我们在灶膛炆肉吃。吃肉就要在榨油坊吃,那个香味,没法说。"

妇人说:"你买100斤茶油,我就回家拿肉。"

山茶油60块钱一斤。榨油坊一天一夜榨300斤茶油,榨期约45天。烧大蒸锅的妇人说:"年轻人外出了,山上还有一半多的油茶籽没捡下来。"我透过巴掌大的窗户,看了看山,陡生伤感。

窗下就是桐溪。水潺潺,水声低得像秒针转动的声响。村中灯火在不知不觉间,亮堂堂了。风压着峡谷,低低沉吟。大货车擦过村边,拐个"C"形弯,又拐个"U"形弯,不见了。

峡谷被夜色填满,又被溪水浮了上来,缥缥缈缈地荡着。群山彻底消失。此时,时间出现了幻觉。一粒星星也没有,唯有灯火。

引浆源

水寒则不见鱼,鱼藏在石缝。鱼是厚唇光唇鱼,桃花开败了才会钻出石缝,穿着有六条黑色垂直条纹的筒裙,在砾石间的湍急水流斗水。百十条鱼成群,黑色条纹忽闪忽闪,翻出白水光,叉形尾鳍剪出水波。桃花到了4月才映照野山,满冠撑起来,远远看过去就像一把红油纸伞。叶村河以半圆形弯过引浆岭头,九曲八弯,与王村河汇流,始称银港河。

最早的木本迎春之花是野樱花,远看似白雪,近观似红绸,开遍了峡谷的山坡。荒凉、肃杀的早春,野樱花是多么宝贵,给山野煦暖、温情之感,令人觉得,即使孤身在野,也是零落。叶村河被两岸紧紧夹住,山陡立且巍然。河床有二十余米之宽,水似乎凝固在树影之中。其实,是激流,却无声无息,波澜不兴。水中万般皆为静物:光秃秃的枫香树,浓绿的栲槠,斜在水面之上的朽木,茂密灌丛,重重叠叠又错落有致的树影,轻轻摇曳的芭茅，废弃的红砖瓦房，电线杆，两只山鹧鸪，一个脸色憔悴的人……淤泥、霉烂的油桐子壳、鹅卵石、落叶、腐殖物。

西谷大段与北谷龙须源的涧水在外罗汇流，才有了叶村河。西谷狭窄、陡峭，纵深约半公里。2020年之前，这里有一条仅容一个人行走的小道。说是小道，不如说是野径，在树木之间供人挤身而过。人拽着树丫或抱着树干，移步而走。也不知是哪个有心人，凿石建石拱桥、依山势砌台阶千级，迎人入山。山中有瀑布，一叠一叠又一叠，瀑高三十余米，水奔泻。石阶太陡，又狭窄，我这个恐高症患者，不敢回望，每走一步，都得紧紧抓住树枝或石块，以致手指被石片划出三道伤口。血淌满了手。其实，石道之下，并无悬崖，树茂密，树干直挺如一道密匝的篱笆，即使人落下石阶，也不会伤着。但我没办法克服恐惧，手不紧紧抓住实物，身体就会颤抖，脚就会发软。人的内心中，某些恐惧可以破除，某些恐惧只能臣服。我的内心对陡峭的山坡并不存在恐惧，而是紧张，肢体因此绷紧，显得不灵活。绷紧的人就是举轻若重的人，易自伤，有焦虑感，身陷在自己堆积起来的泥淖。

引浆源峡谷约八公里之长，无人烟，曾被原始森林覆盖。在20世纪60年代，通了机耕道，山民开着拖拉机进山伐木。山上都是粗壮的老木，栲槠、松树、杉木、木荷、大叶冬青、青冈栎、椴树、银杏、红豆杉、苦槠、麻栎等高大乔木，被砍了二十余年，山只剩下了灌丛。没了木头砍伐，山民就去挖兰草卖。

山中多珍稀兰草，有金线兰、霍山石斛、铁皮石斛、天麻、春兰、寒兰、建兰、蕙兰。他们四季挖采，卖给浙江人。山上没了兰草挖，他们去了浙江，成了第一代打工人。他们老去了，树又覆盖了峡谷。除了钓鱼人，再无他人去峡谷。

可钓的鱼是厚唇光唇鱼，即溪石斑。厚唇光唇鱼腹圆侧扁，唇部圆钝，下唇厚，下颌似铲，铲藻类、腐殖物和水虫吃。这是赣东北山溪分布最广的一种小鱼。我的故地有饶北河，每年4至9月，清朗的河面便有光唇鱼追逐，在砾石小落瀑急跳，逐水之声啪啪响。捉光唇鱼，有非常简单的方法，柳枝编织柳环，套在小落瀑，叠四柳环，盖上杂草，鱼跳进去，就出不来了。捉了鱼，用柳条穿鱼，一条条穿进去，就有了一挂鱼。一只手提一挂，带回家。

这是一种对水质要求严苛的鱼，对栖息环境要求更严苛，须水底有沙砾、砾石，有流瀑。光唇鱼与马口鱼、宽鳍鱲一样，以斗水为毕生之业，在斗水中掠虫吃。我们捉了鱼，塞进圆肚小口的大玻璃罐，埋在水中沙层，它再也出不来。它不知道自己被囚禁了，忘我悠游。河被污染了，光唇鱼鲜见了。

叶村河一直多光唇鱼。2023年7月17日，我去油料林场，在水坝底下，拥挤着光唇鱼。在浅港村至油料林场，这段短短的河道有十几个鱼群，每个鱼群有上百尾。有人接近了，它们忽而东、忽而西，散开逃窜，快如闪电，不一会儿，它们又聚为一群。2018年6月，我去叶村，在桥上，看见光唇鱼在啪啪啪斗水。我捡起一个小石块，扔向鱼群，鱼逃窜，溅起满溪面的小水花。

暑夏，有钓鱼爱好者去引浆源钓厚唇光唇鱼，择一处水较深的河段，坐在大栲槠树下，抛线垂钓。鱼线缓缓入水，鱼钩被水缓缓漂远，漂着漂着，鱼线被鱼拽直，直坠而下，钓鱼人抖竿头，拉起鱼线，鱼在钩上蹦跶。光唇鱼耐氧性较强，装在浸入水的鱼篓，又悠游起来，忘记了鱼钩穿唇之殇。

东谷的纵深约三公里长，山更陡峭，原始次生林显得阴森。涧水称龙须水，水流清浅但湍急，石瀑比邻一个石瀑，整个溪面看起来，就像一幅斜淌的流瀑。乍暖还寒，岸边石块爆出水露，树干也是湿湿的，有些树被湿气蜕去了树皮，树干树丫变得霉白，根须烂死。死树拥挤在山麓，一片灰白。树死了还站着，灰白色与青山苍郁之色格格不入，但又融为一体。

石瀑之声叮叮咚咚，一刻也不歇。声音停歇了，涧水也就死亡了，河也死去。石瀑之声就是生命之声。进引浆源岭头的路，便是岸边石块。去年秋，有乡民在修小道，糊水泥、铺石块，用栲槠和杉木的原木搭建最简单的木桥。五根或七根原木并排铺，下面用木架支撑，两头嵌入地槽，便是木桥。但我始终没有见到那个修路的山民。他一块一块石头砌，一级一级石阶铺，自己劈山石，自己挑石块，自己糊水泥，路一米一米地伸进了山的最深处。

木桥应该是在月内架起来的。木桥边，有好几棵树被锯断，树蔸露出年轮，一圈圈，皱纹一般散发出木质的香气。锯下的树冠倒在林缘，树叶尚未枯萎，叶背翻出青灰色。原木树皮新鲜，保持原样，尚未被脚踏破踩烂。

整个峡谷空无一人，我走一段，吆喝一声：有人在山里吗？

既无人应答，也无回声。在东谷有几处深水潭，我看见鱼饵包装袋、快餐盒、食品袋等生活垃圾被遗弃在潭边草丛。也有水潭还浮着断了线的绿色浮标，网兜沉在水底。一块涧边岩石还盖着一件黑色秋装，布料在脱纱。一座坟落在林中，墓基以青石砌，坟头很矮，几乎都塌了下去，青石墓碑直竖，碑文字迹了无。碑前用三块青石条架出一个立体三角形。这是个老坟，也是个野坟，在峡谷中我看到的唯一的坟。

山在群山的迷阵之中。山在回转。山在涌动。山在漂流。我一直往里罗走。里罗是最深的山，龙须源在此发端。进里罗,想遇上那个铺路的人。我很想看看他的脸、他的手、他的脚,很想看看他身上的衣服、脚上的鞋子,很想看看他的电锯、他的泥刀、他的水泥桶、他的水罐。他的一切,都会令我着迷。他说话的语气,他走路的姿势,他坐在河边休息的样子,他抬头看太阳照进林子的深情,都令我神往。我很想与他促膝长谈。他是我未曾谋面的故人。他是山神。

里罗与龙须源之间,有一道岭,叫岭头。据叶村人说,岭头有一栋瓦屋,居住着一对七十多岁的夫妇。他们自种自吃。他们穿树林走二十多里路,到叶村买生活必需品。我没找到那栋房子。他们是峡谷中唯一住户。他们和树一起生长、老去。林中是不是发出喔喔喔的兽叫声?鸟声也很奇特,像刀落在树上,嘟嘟嘟。

引浆源是三县交界之处,往西走是婺源的江湾乡、溪乡,往东走是浙江开化县的苏庄镇,是古田山、石耳山、王尖鹅这三座高山的交错地带,山峦纵横。高山向南部渐渐低矮下去,过渡到新岗山丘陵地带。古田山是国家级自然保护区,栖息着黑熊、云豹、鬣羚(俗称四不像)、野山羊、黄山短尾猴等,它们会来到引浆源觅食。2023 年秋,黑熊就出现在里罗,沿着龙须水游荡,发出沉闷的嚎叫。黑熊被一个采药人遇见。

住在占才桥头的王太仁对我说,他表弟在引浆源养石鸡（棘胸蛙），有十几个年头了，对峡谷非常熟悉。2023年，他儿子在德兴市第六中学高中毕业，考上武汉大学，开了六十余席宴请乡亲。南宋时，李宅王氏迁居叶村河边，村名谓"瞻阳"，因人才鼎盛，故名"瞻材"，今简写为"占才"。晴耕雨读，文脉延绵。王姓是占才乡最大的族姓。

多县交界之处，便是荒僻之处，口音也繁杂。古田溪沿岸的人口音属于吴方言，叶村河沿岸的人口音属于徽方言。婺源属于古徽州，在语言、风俗、吃食、民风等方面，对银港河流域有着深刻影响。他们嗜辣，餐餐不离蒸菜，重读，勤俭持家。引浆源还出产优质的红花山茶油、土黄豆、辣椒。

早春，油茶树开出了红花，花瓣肥厚、阔大，花朵如红绸扎的蝴蝶结。在山谷，山茶树间杂在灌丛，一树红花旁溢，映照一片山野。与白花山油茶树相比，红花山油茶树一丫只结一粒果，果落地而捡拾；白花山油茶树一丫结多果，人攀树摘果；红花早产，白花晚产；红花山茶油营养更丰富，白花山茶油香味更浓郁。叶村河沿岸最贵重的吃食，便是油泼小豆腐泡。取自家黄豆磨浆做豆腐，油炸小豆腐泡，取红花山茶油与自家辣椒粉熬红油，油泼豆腐泡，封罐待客。香辣是其至味。

余村扼守峡谷口，平峰山巍然而立，长条形的盆地似一条冻僵了的蟒蛇。田野泛青,油菜花含着暖阳,羞答答。河水比冬季丰沛了一些,但尚未上涨。河上涨了,厚唇光唇鱼就开始孵卵了。它们逐水而上,进入龙须源。

山鹡鸰喧闹。

近些年,我非常喜欢去人迹罕至的峡谷和荒村。我也不知道为什么。在无人的旷野,我就如雨滴,凌空而落。雨滴是落在草叶还是河面或地上,并不重要。置身于旷野,如老烟囱被通了烟尘,一下子顺畅了。人如河流,会干涸,会堵塞。去旷野,相当于增加了水流量,河水磅礴。假如有一些时日,我没有去旷野,就会暗自唉声叹气,这是枯萎的一种状态。

美国作家西格德·F. 奥尔森在《低吟的荒野》里说:"当你感受这种宁静时,当这种宁静向万物悄然逼近时,时光暂且停悬,仿佛说话都是一种亵渎。突然,天空中飘起雪花,之前的紧张感荡然无存。雪花飘然而至落在树叶上,落在树皮的裂缝中,落在覆盖着地衣的岩石上,瞬间分解,融入更广漠的湿润之中。随后,大地不再是褐色,而是近乎奇迹般地呈现出片片白色的斑纹。此时,当雪花落在树叶和落叶层上时,传来细小的声响。白色迅速铺开,随之而来的是,大地封冻,秋季已过。"(《瑞雪来临》)

旷野从来不让我失望,无论在什么季节。水流声,鸟鸣，枝上的花朵，地上的落叶，已斑黄的苔藓。自然之物，毫无矫饰。站在旷野，我会感觉到世界停止了运转，唯一的地球在转动，牵引着时间的马车踽踽独行。车轮声哐当哐当，赶车人的草帽上插着芭茅花，雪粒轻轻敲打在车篷上。

涤荡我内心的什么？拯救我内心的又是什么？

在人世间，我们匆忙赶路，不顾风雪，忘记了驻足、瞭望、内察。我们去认识、凝视、互瞻，那些与我们为伴的事物。它们是朝霞落日，被霜打落的树叶，去往山巅的林中小路，溅起又落下的水花，烂在淤泥里的果壳，蟋蟀，玫灯蛾，雨声，潜游的鱼，埋在地下的蝉卵，飞逝的鸟，夜空的蝙蝠。它们永恒，它们幻灭。

引浆源黧青，马脊般的山梁裸呈在雨丝里，一会儿近，一会儿远。雨以时间的形式存在，缥缈、辽远。

盘石山峡谷

瑞港至双溪，有一条盘石山峡谷，鲜有人走过。当然，游泳爱好者例外。山谷有数十个水潭，深则三五米，浅则齐腰，水清澈明净，可见鱼翔潭底。早上6点游半小时，下午5点游半小时，是赖永忠四季雷打不动的作息时间。他一口气可游千米。在雨季，他不敢去游。随暴雨而来的山洪，惊涛骇浪，振聋发聩。峡谷外，可听到轰隆轰隆的逐浪声。

洪水冲出了狭长的水潭，也把巨大的山石卷入河道。8月，山溪枯水，河道被洗劫一空，河石裸露，水潭以镰刀形、瓠瓜形、双月形、茶盅形、铁锅形，分割了河床。水潺潺，渗透了砂石层，蓄在了水潭里。河床阴湿，有深灰色的水痕，凸出来的石块则是青黑色或麻褐色。青黑色的，是石灰石；麻褐色的，是花岗岩。山坡上的花岗岩体被风与水割裂，滚入了河道。河床的基石有石灰石，也有花岗岩，花岗岩被水冲出一个个臼槽。臼槽有的如脚印，有的如牲畜的食槽，有的如舂米臼。水改变了石头的形状，也赋予了时间的形态。时间有时是液态的，有时是固态的，有时是气态的，随物赋形，随物塑形。

低矮处石崖盛开着黄花菜，在整个山野，显得很挑眼。石崖长七节芒、石蒲、知风草、白茅、黄茅，一株黄花突然冒出来，斜斜长长，给杂色的秋天涂了一抹厚重的色料。黄花菜又名萱草、忘忧草，属于阿福花科萱草属植物，因花色金黄而得名，因花苞片披针形，又称金针菜。萱草属原归百合科，黄花菜与黄百合颇有相似之处，让人误以为是黄百合。寒露至秋分，正是迟熟型黄花菜的盛花期，花朵盛绽，又称中秋花。蒴果初挂，形似酸浆果。人的出身不一样，有的出身于大贵之家，天生就有了贵气雅气书卷气；有的出身于贫寒之家，天生就懂得吃苦耐劳，粗衣粝食。出身仅仅是出身，决定不了命运。植物与人一样，有的长在肥沃的淤泥里，有的长在盐碱地，有的长在石崖。黄花菜耐干旱、耐阴寒、耐贫瘠，就像出生在赤贫之家的孩子，模样却俊俏，面目却洁净，神采却英拔。越是长在高寒地带、干旱之地的植物，生命力越强大。

盘石山峡谷是大茅山最长的峡谷，约八公里长。峡谷如一列拐弯的火车，呈游蛇形。山上覆盖了阔叶林和低矮灌丛。平坦的山垄，乔木林更加茂密。山上多枫香树、青冈栎、苦槠、荷木、柞裂槭、五裂槭、山乌桕、黄栌。河岸两边多盐肤木、苦楝、香樟、榆、金枝槐、酸枣树、檵木、荆条、木姜子、野枇杷。盐肤木烂贱，草不长的地方它长，草长的地方它也长，过了霜降，叶先红如烈焰、后黄如金箔。仲秋正是盐肤木的花期，花落在地上，如一粒粒糙米。盐肤木从来就像个营养不良的孩子，树叶从来就不会绿，淡淡青黄，又很糙，患了皮癣一样。生命太沉重，它过多吸收了土壤中的盐分。盐注满了它的身体。

酸枣树是盘石山数量最多的树之一。枣落时节，有人提着布袋或竹篮来峡谷捡酸枣。酸枣树高达二十余米，枝丫密匝，错生而上，树冠婆娑，小枝呈"之"形弯曲，枝丫挂着枣。在枣树下喝茶，枣噼噼啪啪落在脚边，又大又青。捡枣人不打枣，落枣才是熟枣。熟枣汁液丰沛，果肉软厚，捡了回去，放在木桶里捣烂，去了核，与红薯粉一起和浆，揉团蒸熟，晒干切片，就成了酸枣糕。灵山、三清山、怀玉山、大茅山，同为怀玉山山脉，唯独大茅山的酸枣树特别多，也不知道为什么。可能与岩层有关吧。灵山、三清山、怀玉山、大茅山都是花岗岩（酸性岩浆岩中的侵入岩）地貌，大茅山的花岗岩地貌又混杂了石灰岩（碳酸盐岩）地貌，酸枣耐寒、耐旱、耐碱、耐瘠薄，萌蘖力强，很适合在石灰石发育的土层上生长。德兴酸枣多，乡间便有做酸枣糕的传统。在酸枣树下喝茶，品酸枣糕，听酸枣落，看乡民捡酸枣，便有了生趣。

夏有枣花，秋有黄花，峡谷便有了许许多多的野蜂。在一栋废弃的工房（约六十平方米）住了一对养蜂人。养蜂人七十多岁，大叔养蜂，大婶卖蜂蜜和料理生活。他们在这里养蜂养了十多年。大婶姓董，是德兴市海口镇人，大叔是中学退休老师。大叔酷爱养蜂，常戴着斗笠，裹着纱罩，一箱一箱地查验蜂。在峡谷养了蜂，他们就再也不走了。无人的峡谷清净，睡到自然醒，无梦到徽州。虎头蜂是大杀神，黄黑相间，大颚发达，螫针和毒腺相连，在秋冬季节，会抢食而杀蜂。虎头蜂又名黄脚胡蜂，巢如鸡笼，日出而出，到董大婶的蜂箱杀蜂抢蜜。董大婶就用一个火钳，钳虎头蜂。一个上午，她要钳三十多只。我看到大婶把一碗虎头蜂倒给鸡吃，就感到很惋惜。虎头蜂泡酒多好，泡上一年两年三年，可以去孩子身上的痱子、疮疖，去种田人手上的皮癣。

在大茅山东麓，我请人摘过一个虎头蜂巢。空巢挂在枫香树上有十多年了，不摘下来，太可惜。那个蜂巢有多大呢？一张床单正好包住。据说，空蜂巢挂在树上，百年也不会腐烂。蜂巢由蜂脾构成，平行垂直，一列蜂脾又由数千个蜂房连接在一起组成。蜂房六角形，由工蜂分泌的蜂蜡构筑。蜂巢撕下来，揉在手上，如草纸。蜂蜡又是由什么成分构成的呢？我不知道。我觉得蜂蜡是世界上最神奇的东西之一，通风、干燥、防潮，可寄蜂的肉身，可囤蜜，数十年也不腐烂，比乡人瓦房用得更久，还无须翻修。据老中医说，野蜂的蜂巢煮水喝，治过敏性鼻炎，比任何药厂出的鼻炎药都好。我是冷空气过敏鼻炎，但我还是没有煮过蜂巢。那样的话，太残忍，虽然无蜂了，毕竟这个蜂巢曾生活着数万只蜂，是自然界最伟大的家之一。

山坡多细流。细流如丝，一层层往下漫流。林中蛙类依赖细流生存。大茅山乡、绕二乡、花桥乡、龙头山乡有捕蛙人，夜里偷偷上大茅山，循着细流捕蛙，暗地卖给餐馆。细流边的草本，是山中最好的草药，解毒、镇痛、驱火，治蛇毒、治疮毒。

山溪之源是发端于大茅山的马溪，马溪经桐溪坑，过双溪，筑坝建了双溪水库。水库建于1969年11月，完工于1975年，并建三级坝发电。电站在二级坝下游，设了生活区，建有小学、职工用房、办公楼。1990年，双溪水库定位德兴市饮用水源，实行水源地保护，电站生活区搬迁。三十多年过去了，大部分建筑物自然坍塌，爬满了藤萝，长起了芒草、构树。当年遗落的枇杷子，长成了野枇杷树。梁断瓦碎，剩下砖混残墙。杂草作为第一批主人，占领了人居之室。杂草沿着雨水的足迹，把废墟带回了丰茂。仅存的一栋建筑物，是办公楼，暂住了两户老职工。那些坍塌的旧房，成了獾、野猪、山鼠、黄鼬、蛇、蜘蛛的临时避难所。

从办公楼的陈设看,就知道这个峡谷曾有多喧哗。内院有带水池的花园,现扔满了垃圾。一级级开垦出来的菜地,长满了野山茶和杂草。酸枣树、榆树,盖住了楼前的机耕道。

山溪还在,公路桥还在。一只白鹭沿着山溪往峡谷深处飞。前些时间(2023年9月7日),我坐滴滴网约车,问开车师傅:"你开滴滴,是专职的还是兼职的?"

"兼职的。在盘石山水电站上班。"师傅说。

"你勤快,利用闲余时间赚伙食费。"我说。

"五天,上一天班,太闲了。盘石山太清静了,待不住。"师傅说。

"这样的工作好。"我说。

"去过盘石山吗?"师傅问我。

"去过。去得少。有什么好玩的地方?"我说。

"在一个地方工作了三十多年,会有好玩的地方吗?十三四年前,有人在河里下毒,毒死了好几千只水鸟,有鸳鸯,有油鸭,有斑嘴鸭,捞了好几天,才把那些死鸟捞完。真是可惜。活活的水鸟被毒死,欠下几千条命。后来有好几年,水鸟都不来了。鸟真聪明,知道这里有坏人。直到前五六年,又有水鸟来了,每年增多,到了冬春季,有两三千只水鸟在瑞港水库。有好多鸳鸯都不走了,留在了盘石山。有了水鸟,在电站上班,也就不觉得寂寞了。"师傅说。

"在德兴，盘石山是冬候鸟最多的地方了。"我说。

因为游泳的人太多，因为有人给鸟下毒，峡谷实行了管制，外人进不去了。电站管理员把守了峡谷入口。

在峡谷，我只见到一只白鹭。一只水鸟或游禽也没看到。鱼倒是很多，蛇见到了一条。蛇是锦蛇，有两米多长，在七节芒草丛中游动。大鱼在深潭的上层游，一条，或两条，或三条，或四条。龚晓军说，那是鲩鱼。说是大鱼，是相对马口鱼而言的，其实也不算大鱼，约一斤来重。我说，不是鲩鱼，是红眼鱼或上军鱼。红眼鱼别名赤眼鳟，眼上缘有红斑，杂食，尤喜藻类、有机屑，喜欢在洁净的山溪浪游。上军鱼即刺鲃，栖息在山中激流，杂食、凶猛，尤喜动物内脏。红眼鱼和上军鱼均有白金色的鱼鳞，鱼鳍宽大。我看到潭中游鱼，游速快，鱼鳍近乎透明如水母绽放，白鳞闪闪。鲩鱼在潭中，忽而静止忽而游动，受惊了，才会快速游动。鲩鱼是河中的"阿尔茨海默症患者"，只有在吃食时得到快乐。

假如水潭是一面天空，那么游鱼如一架大飞机。在我眼里，游鱼更像大海中的一叶帆船。帆船在无风无浪的大海上，漂移漂移漂移。鱼之美，在于水，在于水中的自由。水潭，究竟还是水潭。鱼游不了水潭之外。河断流。我想起陶渊明的《归园田居·其一》：

少无适俗韵,性本爱丘山。

误落尘网中,一去三十年。

羁鸟恋旧林,池鱼思故渊。

开荒南野际,守拙归园田。

方宅十余亩,草屋八九间。

榆柳荫后檐,桃李罗堂前。

暧暧远人村,依依墟里烟。

狗吠深巷中,鸡鸣桑树颠。

户庭无尘杂,虚室有余闲。

久在樊笼里,复得返自然。

不知道鱼会不会想滔滔的河水。河水汹涌,鱼才会跳跃,竞相欢腾。河水上涨,它们千里迢迢斗水而上,河水退去,它们留在了水潭。水把鱼囚禁在水里。

一日,我独自一人去盘石山峡谷,早早就去了。峡谷阴阴,鸟叫得很是喧闹。每一个山坳的树林里,都有画眉叫,叫声婉转、优雅、洪亮,如一天开始的序曲。秋风微凉。山乌桕在山坡上被秋风翻动着黄叶。风在阅读每一片树叶。千峰高耸,如斗转星移。因前两日下了雨,河水淹没了河床,冲击着巨大的河石,激荡起白水花。褐河乌在河石上摆尾、抖翅,兀自独舞。

深秋,就是树叶上的寒露,枯草上的白霜。山边烂湿的泥浆被冻住了,冻出了冰凌,泥被寒气钻出了针头大的孔。山楂又红又大又甜。金樱子又黄又鼓又蜜。野吊瓜挂在枯死的藤上,金晃晃。生命有气数,盛衰兴亡,大地不会有气数。大地只负责生命轮转。须浮鸥沿着峡谷飞,驮着第一缕阳光。阳光斜斜地照在山谷,通红透亮。一襟晨光,有了凛冽之感。

须浮鸥在找鱼吃。我知道,再过半个月,鸳鸯、斑嘴鸭、赤麻鸭、普通秋沙鸭等水鸟,会来到盘石山峡谷。那是一年的终结和又一年的开始。飞走的鸟,又飞了回来。太阳依旧照,不疾不徐。太阳推着车轮,在峡谷踽踽独行。山溪断了又流。

杨源坑

王根泉老人劈柴。木头锯成约四十厘米长一截,竖立地面,斧头劈下去,裂出两块。他坐在竹椅子,抡起斧头,劈得很干脆。木头干燥,是老死在深山老林的原木,他扛下来,搁置在院子晒,晒一个秋冬。木柴码得与窗户、院墙等高。在他的生活中,似乎木柴比粮食更重要。黄灵猫在雨伞下慵倦地躺着。我移开雨伞,黄灵猫就舔我裤脚,贴着脚踝摊睡下去。这是一只老猫,黄毛夹着白色斑纹,不是眯眼就是瞌眼,一天也不叫一声。王根泉老人说:"这只猫跟了他十来年,他走哪儿它都跟着。"有一次,猫走失了,去了八里之外的占才村,王根泉老人去找,找了三天才找回来。猫回到家就不愿动,嗜睡,打哈欠,还拱起身子伸懒腰。王根泉老人说,猫是失了魂,给猫叫了几次魂,也叫不回来。猫和人一个样。

杨源坑有十五里长,王根泉一家是唯一住户。他头大,骨架壮实,满头白发。他把蓝格黄条衬衫扎在裤腰里，吸着粗纸烟，对着厅堂喊："凤，凤，凤。"凤是他爱人，十七岁嫁给他，育有三个儿子两个女儿，已有八十一岁了。他八十六岁，他爱人姓汪，但他忘记她姓什么了。从过门那天起，他就叫她"凤"。姓氏失去了实质的意义。汪凤老人坐在厅堂，穿着厚棉袄，佝偻着身子，欲睡未睡。院角的老梨树有三棵，开着白花，一簇簇。泥蜂贴墙时飞时舞，在找适合的墙洞营巢。梨树之下，是一条约三米宽的溪涧。涧水潺湲，夏天无开满溪畔。花淡紫，娇嫩，羞答答。一座三根原木拼接起来的老木桥，欲断未断。

数十亩山田荒废，长满了鸡肠草、鹅肠草、牛筋草、苎麻、马齿苋、野蘁、马兰头、萋蒿、蒲公英，绿茵茵。十余只鸡在荒田吃食，白番鸭在溪涧划水。1960 年，王根泉从里杨源外迁七里，在外杨源建了青砖红瓦房，与汪凤成婚，长居于此。我看了一下，木柱直径足有四十厘米粗，上下等粗。后堂木板楼梯铺设的木板，也足有五十厘米宽。木梁独根横跨，有十五米之长。这些木料均取自四周山上。年轻时，王根泉是猎人，但他从不猎杀猪熊和云豹，他捕狗獾、猪獾、野兔、野鸡。春末至秋末，他每天会遇上猪熊。他不怕猪熊。他默默站着，不直视猪熊眼睛。他还捡过死猪熊。猪熊掌与手掌相似，有又尖又硬的趾甲。1968 年以后，他再也没见过猪熊了。1976 年以后，他再也没见过云豹。

"黄毛狐狸真多,来村里找东西吃。"王根泉说。他背一杆猎枪上山,随便进一个山坞,就可以看见狐狸。狐狸喔喔喔叫。1990年后,狐狸也不见了。

杨源坑分里杨源、外杨源,从里杨源往西北走,便是浙江开化县苏庄镇茗川,往东南走便是德兴市新岗山镇板桥。群山锁关,锁不了山路,山路直通外面世界。1998年,外杨源剩下王根泉一户三口、里杨源剩下两户(一户男哑巴,一户女哑巴和她老头)。2008年,里杨源两户也外迁了。王长贵是王根泉小儿子,未婚,和父母住在一起。在一栋废弃的老房子里,我查看独轮车、碗柜、烘茶篓、木床等老物件,我回头一看,发现背后站着一个陌生人,个头偏矮,精瘦结实,理个平头,双目有神。我被惊吓了一下。这个人就是王长贵。他走了进来,悄无声息。他在给电瓶车充电。

2022年,王根泉老人还下田,种了三亩多水稻。他自耕自种自收。晒出了稻谷,由王长贵拉到占才村机米厂机米。路沿溪涧弯弯绕绕,坑坑洼洼。这是土路,随处是积水、泥浆、落叶、柴枝。积水淹没了鞋面。老人养蜂。他的蜂是山上收来的野蜂。蜜白,板油一样浓稠。他端半碗蜜出来,说:"我这个蜜,外面人吃不上。"蜜100块钱一斤。他一年卖蜜收入12 000多块。这是他的主要收入。王长贵抓石鸡（棘胸蛙）卖。市价一斤180元，他卖60元。

平日无人进杨源坑，常来的客人便是牛，和养牛人王来付。王来付是占才村人，年少时，骑牛摔下来，伤了脊椎骨，再也直不起身子，佝偻着腰背。三十多岁时，他娶了一个乐平姑娘。姑娘下半身不遂，下床、上桌，都需要他抱。岳丈收了两万块聘礼，在王来付建房时，又退还了。岳丈说，我女儿嫁给王来付，有了托付。王来付在峡谷养牛，养了二十多头。在峡谷，他沿路扎木栅山门，防止牛乱跑，也防止牛伤害农作物。他骑电瓶车进峡谷，上午两次，下午两次。他半个身子塌在电瓶车上，车却骑得稳当。牛吃草，他割草。

溪边、路边、田埂边、荒田，有茂密的芒草。王来付割芒草嫩叶，用藤条扎起来，拖归家。牛肉卖60块钱一斤，一头牛可剥四百来斤牛肉，牛熟（煮熟了的牛下水）、牛排、牛尾巴、牛头、牛蹄、牛鞭、牛骨、牛皮，还可以卖一笔钱。在路亭，一头母牛和一头公牛带着四头牛崽，在荒田吃芒草。远远地，我就听见踩在烂田的牛蹄声，啪嗤啪嗤。牛躲避着人，护着牛崽。牛撩一口芒草，抬头望一眼人。草在齿槽被咀嚼得嚓嚓响。牛崽互相磨蹭。荒田有一块烂泥塘，是牛滚浆滚出来的。牛皮囊孔滋生寄生虫，多牛虻、蝇蚊，牛滚浆去虫。牛皮密实，无法排汗，滚浆也是降体温的一种方式。牛为什么爱游泳，就是为了降体温。溽热天气，牛不游泳不滚浆就会中暑而死。王来付在溪涧横了竹竿，防止牛通过河道游到外面的村子或走失。

王元德也是王根泉老人常见的进山人。王元德是占才村森林巡护员，隔天就要来杨源坑巡护，发现山火、路险（塌方、桥断、泥石流）、偷猎、砍伐，他就立即上报。他巡山巡了五年。之前，他是个钟表维修匠，手机普及之后，他失了业，做过各种乡野杂事，身体也弱了下去。当了巡护员后，他天天走十多公里山路，身体也硬朗了。他走路很快，水车一样不停地摇动。走到王根泉老人家，正是走了峡谷半程。在老人院子坐坐，喝一碗茶，王元德再进里杨源。

杨源坑有多个自然村，有古楼墩、大锣坞、插旗山、外杨源、里杨源等。这些地方，都是王元德经常走的。哪栋房子倒了墙，哪栋房子的主人是谁、外迁去了哪里，他都熟悉。王姓是占才乡最大的姓，王元德参与过修王氏宗谱。他说，王根泉先祖从占才迁往古楼墩，生活了三代，外迁里杨源住了三代。森林巡护员是以脚丈量山川、以眼描绘时间色彩的人。占才的山川地势、河流走向、地方风物，王元德熟络。他见过猪熊，见过豺。那是以前的事情了。走山后，他常见刺猬、狗獾、猪獾、貉、环颈雉、白鹇。貉是犬科中唯一在冬季休眠的动物，外表与浣熊（浣熊科浣熊属）极为相似，以其他动物弃洞为巢，穴居。我没见过貉。甚至我以为，在赣东北根本没有貉这种动物。我无数次访问赣东北森林与乡野，第一次听闻有貉频繁活动。貉栖息在临水的开阔田野、草地，性怯而易受惊。杨源坑有十数公里长的溪涧，有沿河的荒田，山上林密，确实是貉理想的栖息地。

进峡谷，在雉鸡坞外，我就看到一对环颈雉、两只绿翅鸭。荒野四周无人，走在两米多高的田埂下，一对环颈雉突然从荒田草丛起飞，一雄一雌，飞行田边树林。雄鸟靓丽，雌鸟朴素。杜鹃花开，正是环颈雉求偶、营巢、育雏的季节。雄鸟长出了七彩羽毛。

又走了半里，溪涧又飞出两只野鸭。野鸭与赤麻鸭体形一般大，羽毛乌黑，次级飞羽呈白色。我见过绿头鸭、赤麻鸭、绿翅鸭等体形中大的鸭科鸟，可我从没见过羽毛全黑的野鸭。这是什么鸭呢？我边走路边想这个问题。山中溪涧，水浅，河床狭窄，很少有鸭科鸟类栖息。仲春，冬候鸟已北回。我求教肖辉跃老师。肖老师可听音辨鸟八百余种，是资深鸟类摄影家。肖老师说，绿色在逆光时显黑色，应该是绿翅鸭。我豁然开朗。因为这一对鸭，是朝向东边峡谷飞行，正是逆光。

出峡谷，走了一半路程，我看见一对雄白鹇从北边山麓飞向南边山麓，而后，一只白鹇又回飞，落在溪边疏林。白长尾在空中荡动摇摆,如白浪滔滔。在德兴境内,我是第二次近距离看见白鹇。另一次是在桐溪坑去大江桥(地名)山塆,白鹇掠飞下来,落在竹林里,翩翩若舞,如仙女舞白练。我多次看见白鹇,每次看见白鹇,就会想起李白《赠黄山胡公求白鹇》之诗:

请以双白璧,买君双白鹇。
白鹇白如锦,白雪耻容颜。
照影玉潭里,刷毛琪树间。
夜栖寒月静,朝步落花闲。
我愿得此鸟,玩之坐碧山。
胡公能辍赠,笼寄野人还。

诗有并序:

闻黄山胡公有双白鹇,盖是家鸡所伏,自小驯狎,了无惊猜。以其名呼之,皆就掌取食。然此鸟耿介,尤难畜之。余平生酷好,竟莫能致。而胡公辍赠于我,唯求一诗。闻之欣然,适会宿意,因援笔三叫,文不加点以赠之。

胡公是谁?黄山山民,名晖,家住碧山。

我想，做胡公多好，白鹇在掌上取食，又有"文不加点"的知己，真是平生幸事。可我俗念如荒草，遍地生长，沐猴而冠，哪做得了黄山胡公呢？又去哪里做胡公呢？我便羡慕那个叫王元德的巡护员，日日走山，逍遥自在。

峡谷开遍马银花。入山时，我还以为是野山樱开花。"人间四月芳菲尽，山寺桃花始盛开。"清明尚未到来，山中春迟，开野樱花也属正常。但龚晓军说，野山樱花早落了，这是杜鹃。走近了，我才看出来，山花白朗朗，是马银花。杜鹃花通常指映山红，与马银花同属杜鹃花科杜鹃花属，种不同。花色、枝茎、叶片也大相径庭。这里湿度大，日温高，马银花与杜鹃花同时开花。灰胸竹鸡便毫无节制地雄叫。水灵灵的鸣叫，散发草叶气息。气息是野生世界的荷尔蒙。

空气潮湿，崖石、老树、朽木、墙根，便长苔藓。在外杨源一处山坞，我们去查勘三栋黄墙瓦房，山路上，有一根朽木，长了很多角质木耳。朽木是山桐木，斑斑点点，裹满泥炭藓，在树皮脱落的地方，木耳长出来。木耳，就是木头的耳朵。木耳薄嫩，透射太阳光。一朵大三朵小，一朵大四朵小，一朵大五朵小，一簇簇的。木耳是撑在七个小矮人手中的油纸伞。我采下了大朵木耳。七朵大木耳在碗上泡了一个多小时，与鲜肉一起炒。我孩子不吃木耳。我叫孩子尝尝。他吃完了，问："没木耳了？"我半片木耳也没入口。我看着孩子吃。

杨源坑幽闭，山其实并不高耸。最高的山是帆山，山形似海船上的悬帆，海拔八百余米。林密。20世纪70年代，百年老树遍布山麓。老树砍完了，在峡谷里生活的人外迁。荒迹三十余年，树又粗壮了起来。黄土屋日渐倒塌，厅堂长出了芒草、乔木。木桥烂断。被人抢夺走的自然之物，其实从未被人带走。人带不走自然之物，只是暂时使用、保管。人只是个保管员，保管谷仓、酒缸，保管碗盏、棉被，受命保管自己的生命。临时保管。

也许无力外迁，也许不愿外迁，作为唯一住户的王根泉，有福了。八十六岁，他还种菜、收蜂。客人来了上茶，无客上门就还劈柴。有木柴就够了，大门关上，暴风暴雨暴雪与他无关。

第 3 章

虫鸟记

锯木郎记

客居之地有一片人工针叶林,从山巅往两边山梁披垂下来。从初春到初秋,黄麂夜夜狂叫,忽而东忽而西。针叶林四季单调,林下也仅生长菝葜、金樱子、七节芒、知风草、楤木、野山茶等耐贫瘠、耐阴植物。赤腹松鼠、灰胸竹鸡、野兔、环颈雉、黄鼠狼等却多,在山脚荒田、蔬菜地、芝麻地、矮竹丛、矮灌丛,找食吃。霜降后,有一日,一只黄鼠狼竟然跑到我阳台上吃鱼干。我打开阳台门,它从水管溜下去,往后山针叶林逃窜。针叶林青黄,稠密,冠层还蒙了苍褐之色。我拿了一根木棍,去针叶林。

在半腰山岭,有好几棵松树烂了木心,木纤维烂纱布一样,地上是一堆木屑粉,树拦腰倒下来。烂木心的树,有大如土钵的,有小如饭碗的,枯枝切得齐整。沿山岭而上,我发现有二十多棵松树从腰部以下烂断,木纤维霉黄霉黑。是天牛蛀空了木质,树慢慢斜倒,最后烂在地上。

我察看针叶黄黄的松树,有七棵,树干有四个豆大虫孔,孔下地面有木屑粉。这是天牛透气孔,也是排泄孔,排木屑粉和木屑粉一样的虫粪。放眼望去,山坡有好几棵松树针叶枯黄了,不是被松毛虫吃死了,就是被松褐天牛蛀空了。我过去查看,果然树下有一堆木屑粉。木屑粉黄白色,摸在手上,非常细腻。

2021年4月,我去庐山豆叶坪观白鹇。豆叶坪原是林场,在20世纪90年代末,林场改制,只剩下一对老夫妇看守。豆叶坪处于海拔约七百米高度,是一个不通公路的大山谷,有广袤的人工针叶林、野生阔叶乔木林,是白鹇在庐山的主要栖息地之一。针叶林有黄山松、土松、香叶扁柏、柳杉、杉木,乔木林有锥栗、大叶青冈、苦槠、罗浮栲、青栲等。山谷中央有一块茶地,茶地后面有一栋大石屋。老夫妇在石屋起居生活。石屋东侧有一大片香叶扁柏树林,树壮如水缸,高达三十米之上。树林里,倒下了三棵老香叶扁柏,根部树干爆裂,树干下截腐烂,木纤维如晒干的冬瓜瓤丝。我抓木纤维,捏在手上,化为木齑粉。香叶扁柏被双条杉天牛日蛀夜蛀,蛀空了,轰然坍塌下来。

2018年11月,我在浙江龙泉市凤阳山猎人山庄附近山坳,看到胸径1.2米的柳杉,横倒在水坑,根部一半拔起一半埋在地下,树干呈圆筒状,有二十余米长,树冠有十余米长，穗状针叶烂在湿泥里，化为湿泥的一部分。用脚跺枝丫，啪啪啪，碎断。树皮一块块脱落下拉，烂破布一样。树干断裂处，爆裂，散开一片片，裂口之下，是烂纤维。应该是这样的——天牛蛀空了根部之上的树干，日久月长，木质化为齑粉，巨大的树冠和圆柱形树干，重心下压，虫蛀部分无法承受重力，树整个往下垮塌，裂口爆开，柳杉就像挨了铁锤的水牛一样，瘫倒了下去。潮气加速了柳杉腐熟，苔藓爬上了树干，菌类滋生，木质腐化。

柳杉不是死于刀斧，不是死于飓风，不是死于暴雪，而是死于松墨天牛，死亡的姿势让人触目惊心。

天牛被称作锯木郎，是植食性、完全变态昆虫。成虫在地面生活约半个月，就开始交配、产卵，雄性成虫一生多次交配，完成交配后即死亡，生命很短暂。雌性成虫以口器在树上钻孔，卵产于孔内或树皮之下。卵孵化出幼虫，蛀木柱，蛀出一条"隧道"，侵入木心，开始度过暗无天日的幼虫阶段。幼虫被称作天牛蛴螬，以木质纤维为食，从孔道排出木屑和虫粪。天牛一年繁殖一个世代，或三至五年繁殖一个世代。天牛蛴螬又白又胖，如蚕蛹。秋冬季，山民挖葛，找三叶木通藤瘿、云实树瘿、胡秃子树瘿、茶树瘿、橘子树瘿，葛块里，藤瘿树瘿里，有天牛蛴螬。

常有孩童尿床，久治不愈，吃几次天牛蛴螬，就不尿床了。天牛蛴螬富含蛋白,提高人体免疫力,油炸或爆炒,松松脆脆,香味浓郁,孩童很喜欢吃。葛根是天牛理想的产卵植物,埋在地下,水分充足,淀粉含量高。山民挖葛根,顺带掏天牛蛴螬。2004~2008年,我住在白鸥园,每到秋冬季,八角塘大菜场就有乡民卖天牛蛴螬。乡民称天牛蛴螬为葛蛹。一条葛蛹卖五块钱。我常买葛蛹给我女儿吃。

横峰县司铺乡属于丹霞地貌,红岩凸起,形成一个个矮山冈或山包。山冈土层很浅,鲜有高大乔木生长,大多长油毛松、矮灌木及茅草。长得最多的矮灌木是云实、菝葜。有一个大山谷,有两个四个大山坳,山坳有两个山塘、数十亩农田、百来亩旱地。山谷有一户人家,养鸡养鸭养羊,以采天牛蛴螬为主要营生。羊野养,养了两年,再也不回羊圈,爬上山崖过夜。初养了八头羊(其中两头公羊),养了五年,山上便有了数十头羊。户主捕不了羊,又买公羊放养入山谷。山谷里有非常多的黄鼠狼,找小羊羔吃。也有苍鹰来,啄死小羊羔。路边、矮山坡、旱地,长满了云实。天牛在三年龄的云实树皮下产卵,有了幼虫,云实就凸起一个鸡蛋大的树瘿。砍下树瘿,可以掏出天牛蛴螬。古人以米论实物价值,一斗米换一条长在云实树上的天牛蛴螬,幼虫因此被称作斗米虫。2015~2017年,我常去斗米山庄。山谷有禾雀藤,有高脚杯粗,藤在树上弯来绕去,有百米之长,清明前后,藤上开满了雀鸟形的蓝花。斗米虫不论斤卖,以条论,20元一条,不分亲疏。

云实是豆科植物,花期漫长,4月结出花苞、初绽,花黄,10月结荚豆,小刀一样挂在枝丫上。荚壳黄了、干燥了,斗米虫就可以剥出来了,用大剪刀剪下有树瘿的一节,劈开,虫蜷缩在虫室。虫室的木质已黑化或黄化了。户主说,某某著名导演患有白癜风,每年委托生活助理来他这里买斗米虫,一次买5000条。

全世界已发现天牛有近三万个种类,我国有2200多个种类分布。因触角形似牛角,高飞在天,遂称天牛。天牛脾气暴躁,具有侵略性,体形上,雄性天牛大于雌性天牛,更具爆发力,肢体更强壮坚硬,更好斗。乡村长大的孩子,都有捉天牛的经历。小满后,黄瓜垂在瓜架,天牛破蛹而出,羽化出来。从幼虫到成虫,天牛历经多次蜕,虫衣薄,色白黄。在南瓜藤、黄瓜藤、橘子树、榆树、杨树上,天牛常见。孩子们捉了天牛,关在药盒里,带到学校去,和同学带来的天牛斗架。

天牛体大,触角长且硬,像远古的武士,穿着黑色的铁铠甲,戴着头盔,手握方天画戟,不惜献身,随时杀死战敌。打斗时它触角伸曲、挥舞,不断试探对方。对方也同样试探,触角与触角咬住了,便开始扑腾身子。一场

"生死搏斗"就这样开始了,直至以一方"断手断脚"结束。

年少时,我有一个抽屉,藏有好多大玻璃罐、小玻璃罐、小玻璃瓶、火柴盒、药盒。大玻璃罐养蚕,小瓶小罐藏萤火虫、蜻、菜粉蝶、蜜蜂、蝼蛄、蟋蟀、蝉、尺蠖、蚂蚁、蜻蜓、蚂蚱,火柴盒藏弹珠,药盒藏天牛、九香虫。抽屉就像童话中的迷宫,居住着昆虫的小矮人。于我而言,这是昆虫给我的自然课。现在的孩子不玩这些了,玩奥特曼、魔方、卡通纸牌,玩手机游戏,整天抱着手机不放。我不知道,这是人类的进化还是退化。电子产品带给孩子的快乐是碎片化的,吞噬孩童记忆,带给人类童年难以修复的创伤。

每年5至6月是天牛羽化盛期,菜地、树林,到处都是天牛。它们吃菜叶,吃橘叶柚叶,吃桑叶,吃棉叶,吃玉米叶,吃高粱叶。它们吃叶也吃秆。它们无所不吃。6月,棉花开,花蓝蓝白白,棉叶如云浪,风中涌动。我们拿一根竹竿去赶天牛,天牛呼呼飞走,转一个圈,又回到棉树上。那么多的天牛,怎么赶得走呢?我们就抱三两只鸡去棉田,吃虫。

华坛山镇至石狮乡公路四十公里,沿路种了杨树。杨树是春天最早出现叶冠的树,浓荫蔽日,雀鸟叽叽,夏日鸣蝉。10月,杨树叶泛黄,开始飘零,落在稻田里。入了冬，公路部门雇人锯断四米以上树干，留下一截树干，俗称剁头树。去枝去丫，给树干树根刷石灰，以免天牛及天牛幼虫在杨树过冬。立春了，杨树发新枝，新枝长一个来月，有了长枝条，绿叶纷披。杨树是天牛最喜欢过冬及产卵、幼虫生长的乔木之一。河边也长杨树，长了十来年，树有水桶粗，再过两年，树干有了南瓜大的树瘿。树瘿内凹，有了皮纹扭曲的窟窿。鸭科鸟在窟窿营巢过冬，早出晚归。又过两年，杨树倒塌下来，横在河面上，成了鸟、蛇、水老鼠、黄鼠狼的独木桥，通往河中沙洲。倒下的树干烂塌，树根又长出新枝，不用三年，又长出直条条的杨树。

杨树从生至死，复而生，复而死。与杨树一起长的，还有枫杨树，根扎沙层，冠盖半个河边。枫杨树爬上了薜荔藤，树干长出槲蕨。薜荔藤粗如大拇指，暴突在树干上，细叶斜垂。藤的某一节突然膨大，硬硬的，如隼蛋。剪下肿块一样的藤瘿瘤，剥开，一条天牛幼虫在虫室酣睡。藤剪了，藤须吸树上养分，继续活。

猕猴桃的藤，天牛幼虫最多。几乎每一株野生猕猴桃，藤上都有天牛幼虫寄生，一根藤甚至有三五条幼虫。藤瘿瘤如蚕豆。村里有爱酒人杨清明，入了秋，就背一个竹篓去山里摘猕猴桃。猕猴桃形似羊睾丸，又称羊桃。杨清明摘猕猴桃泡酒。摘猕猴桃，他也顺手剪藤瘿瘤回来，剥出天牛幼虫，晒干，装在玻璃罐。谁腰脊疼痛下不了床，谁口疮烂肉了，他就取出虫干，配上水酒给病人喝。病人喝了数次，可下床了，口腔也不溃疡了。

天牛只有成虫在地面上生活，吃花粉，吃嫩叶，吃树液。它的口器就像一台推土机，把食物推进嘴巴，发出"咔嚓咔嚓咔嚓"的声音。有鸟捕食它了，它就躲在叶片背面，与鸟捉迷藏。树是虫最好的藏身之地，藏在树皮，藏在叶丛，或者干脆挖一条隧道，藏在木质里。

世界上，哪有真正的藏身之地呢？任何动物，都有天敌。天敌可以找到猎物最隐秘的藏身之地。啄木鸟用喙敲击树，树空了，会有嘟嘟嘟的回音。它便开始啄树皮，千百次地啄，啄烂树皮、木质，啄出胖虫。有一种蜂，叫管氏肿腿蜂，与天牛同时间产卵，它把卵寄生在天牛卵里，以天牛卵为营养，吸食完了天牛，蜂破蛹羽化。

狼蛛和矮蛛在菜地、草丛、树丫织网，网如纱布，高高低低挂起来，天牛扑网，被蜘蛛捕获了，刺入口器，吸食天牛肉浆。大黄蜂、大马蜂则直接猎逐，刺入毒针，咬杀天牛。

松树是松毛虫、松材虫、大蓑蛾、红蜘蛛、松褐天牛、红蜡介壳虫、蚜虫等昆虫的乐园，这些虫子造成虫害，甚至引发松瘟。松褐天牛是松毛虫的主要食物之一，松毛虫钻进孔道，吃松褐天牛幼虫、蛹并捕食成虫。松毛虫浑身绒毛，爬过人的肌肤时，绒毛刷出毒液，造成皮肤瘙痒、硬肿、溃疡，给人烧灼之痛。

动物因为有了天敌，才保持了物种的平衡。天敌是伟大的，某一个物种一旦失去了天敌，那么某物种灾害就无可避免地发生。物种无善恶之分，人类根据自身的利益，将物种分为好与坏，昆虫也因此有了益虫与害虫之分。

后山针叶林延绵，偶有落叶乔木突兀而出，树枝白灰，与山麓石崖构成一体的冬色。天牛钻木为穴。在虫室里，虫卵过着与世无争的隐居生活。这是凡尘中人所向往的。针叶林向西，山下便是德兴市区，灯红酒绿，市民在奔忙、奔袭，街道如鞭子，驱打双脚赶路。路通往每个人想达到的世界。在针叶林，我坐了坐，感到有些疲乏。中年人容易疲乏。松树倒在林子，我不觉得有多惋惜。凡是树，最终都是要倒下的，有的是整棵树倒下，有的是以木齑粉化泥入土。土是厚重的，消化一切。想到这些，我淡然了，坦然了。

黑蚱蝉记

兮咦咦咦咦咦，兮咦咦咦咦咦，兮兮兮。立夏刚过，泊水河边榆树上又冒出了蝉声，平滑音连续不断，持久不歇，如细雨声。我沿着树林走，蝉声又冒出来。这是黑蚱蝉在叫。我站在榆树下，找蝉。蝉扑在丫口下，鼓起胸腹，翘着尾部，张开翅膀，兮咦咦咦咦咦鸣叫。

黑蚱蝉是羽化较早的一种蝉，立夏前后就开声了。如果它不鸣叫，我们几乎不会注意到它。它扑在树皮上，被树叶遮挡，很少会飞行或爬动，像一粒鸟粪。我们从树下经过，熟视无睹。它对我们也熟视无睹。它反应迟钝，即使扑网打下去，它还叮着树皮。它的口器有两层，外层如皮筋，内层是坚硬细长的针管，针头刺入树皮吸树汁。蝉的食物就是树汁和露水。书法家、文学家虞世南写《蝉》诗，有言："垂绥饮清露，流响出疏桐。"蝉垂下触须，以口器汲露。

我看过黑蚱蝉羽化。蝉从蝉衣中挣脱出头部，垂直倒挂,脱下躯壳,脱下尾部,睁开眼睛,浑身粘着白黏液。蝉衣呈棕褐色,羽化出来的蝉是浅棕褐色。羽化的过程约一个小时。这个时候,若有雀鸟来,叼着蝉就入了口。有蝉鸣的树林,雀鸟特别多。瑞港有一个自然村,名大洲,三面环水,杨树、柳树、榆树、樟树、柚子树、朴树、刺槐,在这里形成巨大又疏朗的乔木林。从初夏到深秋,蝉声如瀑,以黑蚱蝉、螂蝉、松寒蝉居多。吱呀吱呀,兮咦咦咦,吱吱吱吱,各种蝉声此起彼伏。

乔木林里,喜鹊、红嘴蓝鹊、黄嘴蓝鹊、棕背伯劳、松鸦、乌鸫、紫啸鸫、白鹡鸰、黄鹡鸰、鹊鸲、树麻雀、强脚树莺,也非常多。它们各占树丫,自立为王。水多,潮气足,草茂盛,大洲也多昆虫。蝉及蝉蚁是杂食鸟类的主要食物之一。2022年夏,瑞港段公路塌方,我往大洲走机耕道,去双溪湖,被蝉声吸引。我绕大洲走了一大圈,寻找蝉。

蝉、萤火虫、蜻蜓,是乡间童话式的昆虫。每一个在乡间度过的少年,对它们都会迷恋。捕蝉,是少年最爱做的事之一。我也不例外。村前饶北河有大河滩,枫杨树、樟树、柳树、冬青、洋槐很是茂密。把枫杨树的枝条锯一截下来,拍出木质,圆筒形的树皮磨薄皮口,就是哨子。我们一帮少年,吹着树皮哨子,举着竿网,去捕蝉。阳光猛烈,往地上喷火。少年赤脚,裸着上身,循声找蝉。蝉扑在树皮上，抖着翅翼，叫得撕心裂肺，竿网罩下去，沿着树皮往下拉，蝉被逮住了。蝉捉在手上，捏一下它的胸背，蝉又叫。也有不叫的蝉，鸟粪一样裹在树上，一动不动。也有很警觉的蝉，兮兮兮兮兮兮，叫得很低，草绿色，翼薄如膜。我们走到树下，它就呼呼飞走了，这是斑绿叶蝉，像个大草蜢。

流水的夏天，捕下来的蝉晒干后，用一块纱布包起来，卖给小镇中药铺。卖出的钱，用来买鞋子买袜子，余下的钱买棒冰吃。

会叫的黑蚱蝉，是雄蝉。不会叫的，是雌蝉。雌蝉结构不完整，没有鼓膜，发不了声，是个大哑巴，但有听觉，可以听到飞鸟滑过的声音。雄蝉听觉较弱、迟缓，自己的叫声也听不到。蝉声聒噪，蝉不自知。我们摇动树，蝉叫起来会抖身子，感觉不到树动。发出声音是危险的，因为声音把自己暴露给了敌人（天敌），血肉之躯做了祭品，供敌人果腹。

我们捕蝉，也捡蝉衣。蝉衣就是蝉蜕，俗称蝉壳。"金蝉脱壳"就是蝉蜕，羽化而出，长为成虫。蝉衣被太阳晒了，棕黄棕黄，又脆又薄。蝉衣卖给中药店，卖出钱，可以买煎包吃。也有不卖的，放在灶台上，有人风热感冒，咽喉肿痛，说话如鸭叫，就捣碎蝉衣，与忍冬花、薄荷、连翘一起泡热水，喝三两次，喉不痛了，声不哑了，风热退了。有人风湿浸淫，皮肤瘙痒难耐，用蝉衣与防风、苦参、荆芥一起，煮汤服饮，服两天，瘙痒就没了。蝉衣虽脆虽薄，在树上数年，也不会烂掉。

灶台是个好地方，上面挂着灶神的画像，台上放着蝉衣、鸡肫皮（鸡内金）、黄栀子、半夏子、麦冬。它们装在一个个小玻璃罐里，备着供人急用。灶膛里的火，蒸饭、烧水、烧菜，也烘着高高的灶台。冷冬，洗菜的手冻僵了，焐在灶台，一会儿就焐热了，再焐一会儿，全身发热。

捉回来的黑蚱蝉，少年边走路边捏蝉胸背，黑蚱蝉便一路兮咦咦咦兮咦咦咦。夜黑了，把蝉放在玻璃瓶（洗净了的墨水瓶），用一片菜叶盖着，叶心剪一个洞口，绕瓶口扎叶子。第二天早晨，蝉贴着瓶底，缩起来，像一粒炸焦了的老虎豆。把它抖在桌面，蝉慢慢爬动，捏它胸背，它又兮咦咦叫。叫声有些颤抖。在玻璃瓶过两夜，它就僵硬了，三对肢足往内收紧，头顶上的三只单眼没了黄褐色的光泽。它是渴死的，无露可饮。充分暴露的肌体，使它慢慢脱水，直至死去。

昆虫没有声带，鸣叫不以声带发声，而是以发声器或翅膀摩擦发出声音。我对黑蚱蝉做过解剖。它有一个声腔，以膜与内脏隔开，声腔分大室、小室，内空，互通互联。蝉有十个腹节，雄蝉在第一、第二节具发音器。鸣肌以振动小室内的鼓膜发声。鼓膜薄如蝉翼,在鸣肌振动时,鼓膜随之振动,通过声腔发声。鼓膜具有黏性,白色。黑蚱蝉有一对前翅、一对后翅,前翅大于后翅,相互分开,翅有勾齿,飞行时,前翅钩住后翅,翅膀相连,形成巨翅,为中高空飞行提供动力悬浮。它的三只单眼,像三颗宝石,以三角形装饰头部。即使是一只死黑蚱蝉,脱下腹部,捏住背胸肌,翅膀也会振动。它有着强大的肌力,为长时间飞行作动力保障。它的三对肢足带有勾毛,伸曲灵活,强健粗壮,很适合攀爬,而不被大风刮落下来。它的后背鼓起,硬如蚕豆,保护着胸腔。黑蚱蝉的头与背胸黑色,下腹、后腹淡黑色,肢足褐黄色,蝉翼薄得透明,有淡色翼纹,从而具有隐身术。

蟋蟀、蝼蛄、油蛉,先于蝉鸣叫。在大茅山,差不多在3月中旬,就可以听到鸣虫叫了。白天叫,晚上也叫,稀稀拉拉。过了夏至,夜晚一片鸣虫声,密集、清悦、响亮。蛙在清明后开叫,唢唢唢唢。这是癞蛤蟆在叫。癞蛤蟆就是蟾蜍,背皮起一层豆状的疙瘩,看起来很吓人。癞蛤蟆叫了半个来月,青蛙就开叫,叫声荡漾了整个山坞。蝉叫了,灰胸竹鸡也叫了,嘘叽叽嘘叽叽。黑蚱蝉是日出性蝉。日出而鸣,日落而息。

天越热,蝉越叫。天暴热,蝉暴鸣。蝉声随气温上升,声量越大。蝉声是空气的体温计。2023年7月23日,我去油料林场，正午时分，占才西桥头的树林响起一阵阵蝉声，油锅沸腾了似的。唧嗯嗯唧嗯嗯，唧嗯嗯唧嗯嗯，唧唧唧唧。是南蚱蝉在叫。声调抑扬顿挫，上扬下滑，接着是一串平滑音。在各种蝉声，南蚱蝉的鸣声很容易让我厌倦。它鸣叫，仿佛受到了迫害，哭诉一般。这个不大的树林，有樟树、枫香树、枫杨树、苦槠树，沿着叶村河分布，河约十米宽，水流浅缓，河东岸是一片青青稻田。黑蚱蝉不疾不徐地叫着，兮咦咦咦咦，兮咦咦咦咦，与流水有着相同的韵脚。

怎么有这么多蝉呢。我在河边餐馆吃饭，吃得很不自在，时不时出来仰着头，寻找树上的蝉。

在大茅山，我见过蝉最多的地方，是富家坞。那里有一个老矿区社区，在20世纪90年代末，因矿企改制，矿工陆陆续续迁出了富家坞，留有二十余户退休工人生活。建矿厂时栽下的树，已十丈之高，树冠覆盖了屋面。楼房前后，还栽了枇杷、柚子、枣树、梨树等。入山坞口，有一座山冈，阔叶树如一把把绿伞撑开。蝉在树上鸣叫，蝉声不是落下来的，而是筛下来，一圈圈筛下来。从蝉声中，我辨识了一下，有黑蚱蝉、薄翅蝉、南蚱蝉、螂蝉、蟪蛄、松寒蝉、绿草蝉等。

长田村头的树林，蝉也多。树林临长乐河，有数十亩之大。临近村的乡民，在树林有早市，卖自己种的菜，卖鱼干，卖山货。从暮春到仲秋，树林犹如旷野中的剧场，驻场主唱是蝉与鸟。蝉声是否优美可人，与听者心境相关。心燥者，蝉声如火；心温者，蝉声如雨。在听者心里，蝉不再是蝉，是心像。

有一种或几种蝉，在夜间会叫。我住在山坞里，夏天，夜夜有蝉鸣，嘀嗯嗯嘀嗯嗯，一直叫到后半夜。我分辨不出夜叫的蝉有哪几种。它们叫得很偏执，很执拗，毫不顾忌我的失眠。

其实，近年蝉锐减，在河边在庄稼地在田畴，蝉声不像往年那么稠密了。昆虫的命运是难以入冬。冬严寒，昆虫会被冻死。黑蚱蝉是不完全变态昆虫，在树上产卵，孵化后，幼虫入土过冬，藏在树根部的泥土之下，成了若虫（虫如蚁，称之蝉蚁）。若虫有巢，巢室干净，紧贴树根，便于吸食树汁。历经数次蜕皮，完成蝉蜕，羽化而出，变作成虫。若虫在地下时间数年，甚至十数年，才完成一个世代，于是有了十三年蝉、十七年蝉。黑蚱蝉在三至五年完成一个世代。蝉是智慧的，若虫在地下，度过暗无天日的年月，躲避了风雪冰冻，躲避了天敌的啄食。地下，是一个避难所。因农药、重金属的污染，若虫避无可避，还没见到天日，便死去。气温到达22℃以上时，老龄黑蚱蝉若虫就爬出地面，上树羽化。

蝉鸣叫，大多是因为求偶或报警。黑蚱蝉就是金蝉，又叫知了,在饶北河上游的方言中,称作"吱吱呀",以拟声作名称。也有叫爬狗的。它爬树,作狗状。成虫的生命期为 60～70 天,有了配偶,便开始了新世代的繁殖。成虫以倒计时的方式存活,完成交配、产卵后,在短短几天之内死去。

蝉自然死亡,是一个较为漫长的过程,需要五个多小时。我见过黑蚱蝉死。它在树上慢慢爬动,往上爬。与其说是爬,不如说是踽踽蠕动。用树枝拨它,它也不飞走,只是翅膀抖动抖动。它的肢足抓紧了树皮,似乎树皮是它的护身符。它想爬得更高一些,死在高处。可它渐渐麻木,而后僵硬,一动不动。我还见过黑蚂蚁围攻将死的黑蚱蝉。数十只黑蚂蚁扑在蝉身上,像是死神暗中派来的分餐者,撕咬头、腹、胸、尾、翅,蝉毫无挣扎,唯有翘起尾部,抖动翅膀。黑蚂蚁越来越多,排出一条黑黑的蚁路,愉快地搬运它们的粮食。蝉很快被咬空了,剩下一具角钙质的壳。壳还保持着蝉生前的攀爬姿势。死亡将黑蚱蝉固化在树上,供数年风雨腐蚀。

2023 年 10 月 26 日,在盘石山峡谷,我最后一次听到蝉声。我一个人走在峡谷深处,酸枣树上突然冒出一串唧嗯嗯唧嗯嗯的鸣叫声。丛林有蝉声,并不意外。但我没料想,这是今年最后一次听蝉。我并不是天天去野外,也不意味着之后无蝉鸣了。但我还是有些失落。等来年再有了。有期待是美事。有很多东西,是没有期待的。这就是永失。人越年长,永失的东西越多,最后双手空空,两眼空空。

　　昆虫的宿命就是生命期短。草本迎春送秋,昆虫的生命期则以天计,甚至以小时计。成虫蝉算是生命期较长的一种昆虫,但最终屈服于严寒。现在,第二场冬雪下了,雪涂抹了大地的原色。一只黑蚱蝉被我粘在白纸上,做了标本。我从大茅山捡回它。它落在一片落叶上,飞不了,会爬动。带下山,它就死了。它将作为它自己的生命证词而存在。

小䴙䴘

泪水河流到环溪,流不了,被红山河坝拦截。水泱泱,有了河中之湖。丰水期,河水从坝顶闸孔倾泻下去,水柱喷出了喇叭状的瀑布。自东向西而流的河自新营右拐,向北淌,有了一个约八平方公里的环溪草滩。

草滩长满了芭茅、芒草、芦苇、荻、马塘草,也有稀疏的老樟树林和稠密的落羽杉林。在斜坡处,还有灌丛和刚竹丛。数十户人烟隐在老樟树下,远远看过去,像一团不飘散的炊烟。这是我经常来闲走的地方。我从竹鸡林下去,穿过入城公路,到了一片两百余亩的茅荪地(二十年前是一个山冈,被推平了,一直弃荒着),下了一个小陡坡,就到了草滩。

其实,茅荪和草滩是连成一片的。泡桐、盐肤木、苦楝、野椿树等耐旱耐贫瘠的树,已有数米之高。但看起来,似乎显得草滩更加荒芜。这一带,是小䴙䴘出没的地方。糜烂的淤泥和丰茂的草本植物,滋生蚱蜢、蝼蛄、蟥象、螳螂、蠹斯、金龟甲、蜻蜓、螟虫和各种蛾蝶,也滋生蚊蝇。细腰蜂和地蜂也在此"安家落户"。

村人偶尔下河或挖野菜或捡地耳,踩实了沙地,有了长长短短的小路。小路把草滩分割了出来,成了一块块方格形草丛。在小路上走,就会听见草丛有窸窸窣窣的响动声,草秆摇动,像是蛇在捕鸟。其实不是,是小鸦鹃站在草秆,晃着身子,呵嚅嚅哩、呵嚅嚅哩地脆叫,或者咯唎、咯唎地急叫。

呵嚅嚅哩、呵嚅嚅哩,用当地方言去音译,是这样的:"我来来呢,我来来呢。"糯糯的语气带有几分娇嗔。

若是在 8 月之后,在芒草丛、芦苇丛、灌丛、刚竹丛,圆笼形的鸟巢是常见的。以干枯的芒草和菖蒲编织的圆笼,显得蓬松和膨大,圆形巢口像一扇笼门。圆笼"挂"在灌木叶丛或竹叶丛;也"挂"在芒叶丛,新鲜的草叶穿插在编织叶,任凭风吹雨打,巢也不会落下来。

这就是小鸦鹃的弃巢。假如听到小鸦鹃在鸣叫,扔一个小石头过去,它就会飞出草丛,低低地贴着草浪飞。它栗色翅膀张开,形成一道扇边,铅黑色的双脚向后紧缩,乌黑的头呈尖锥状,如离弦之箭,瞬间不见踪影。

小鸦鹃,又名小毛鸡。在赣东北,有的地方也叫草毛鸡,是杜鹃科鸦鹃属中型鸟类。它的喙黑,粗短,坚硬,锥尖带勾,很适合啄刺昆虫;头黑,脖粗,易于隐藏。头部的形状和鸦科鸟相似。它急叫,会发出咯咯咯的单音节,像母鸡报警声。在南方,它是分布较为广泛的鸟,低山丘陵、低海拔林缘、河湖之岸,甚至稻田,都是它觅食、筑巢的地方,栖息在草甸、草滩、灌丛、矮竹丛,以螳螂、蜢象、螽斯、蝼蛄等为食,喜食蚊蝇,也吃少量植物种子。

虽机警、善隐藏于叶丛,但也出没于村郊。在环溪,有一日(2021年10月)中午,我见两只小鸦鹃撒开脚,跟着一个十来岁的孩童在草滩玩耍,问孩童:"两只小鸦鹃怎么听你的话呢?也不飞走啊。"

孩童答:"是我捡来的,一直养着,养大了也不飞走。"

大多数人豢养鸟,是笼养的。这两只小鸦鹃却没有笼养。到了傍晚,它们飞走,第二天早上又飞来。孩童说,他也不知道小鸦鹃是在哪里过夜的。

在一年前的7月,孩童去草滩玩耍,见花生地落了两只毛茸茸的小鸟,捡了回来。小鸟还没长出翅毛,肉黑乎乎,爪黑乎乎,绒毛稀稀。他把小鸟养在草筐里,给饭粒,小鸟也不吃。他就找昆虫给它吃(拍苍蝇)。小鸟长大了,也不飞走。他去上学,小鸟就去学校旁的矮树林找食吃。他放学回家,小鸟也跟着回家。

孩童伸出手,小鸦鹃就飞到他手上。他做作业,小鸦鹃就在摊开的作业本上排污物。孩童去草滩玩耍,小鸦鹃也去玩耍。孩童下河游泳,小鸦鹃就站在柳树上,叫得欢。我靠近小鸦鹃，它们就呼噜噜飞走，落在远远的苦楝树上。

我从没见过有人养小鸦鹃。有些鸟无法笼养，也无可驯化。不知道孩童用了什么方法，小鸦鹃和他很黏糊。有些鸟，需要驯化（被征服），才可以养，如鹰科、草鸮科和鸥鸮科等鸟类；有些鸟只需投食就可以养，如鸠鸽科、画眉科、莺科等。而有的鸟，却非常感恩，如白鹤、天鹅、丹顶鹤、红嘴山鸦、乌鸦、黄嘴山鸦、黑领椋鸟等。它们会感谢救助人的救治和喂养之恩。感谢的方式，就是会出人意表地出现在救助人的院落，不断地鸣叫或尽情飞舞。法律上不允许基于科学目的之外的野禽驯化、豢养。哪怕出于关爱，也会滋生非法鸟类贸易，造成物种濒危。所以我不养鸟。鸟属于天空。

在幼鸟时期，小鸦鹃很易于受伤。草丛、灌木丛，是蛇和老鼠藏身之地，也是黄鼬的藏身之地。小鸦鹃虽然营巢在叶丛，距地面约 1～5 米，可以躲避猛禽的偷袭，躲避不了蛇的捕捉。蛇凭气味寻找猎物，亲鸟护巢，也难防幽魂一样的蛇。

环溪有一个淤泥滩，是罗家墩溪注入洎水河的入口。罗家墩溪过了 8 月，就干涸了。淤泥裸露了出来，螺蛳、河蚌、小鱼小虾沉在水坑里，蚊蝇非常多。白鹭、苍鹭、黑卷尾、乌鸦，天天在淤泥滩吃食。半个滩口沉在河水下。这里是钓鱼的滩头。有时候,我也会来这里,看钓客守着河面钓鱼。有一次,我就看见一只小䴉鹬落在淤泥上,翅膀裹满了泥浆。

不知道它怎么落在淤泥上。淤泥印着各种鸟的脚印,脚印或深或浅,各种形状。也可能是小䴉鹬踩在糜烂的淤泥上,陷下去,想振翅飞走,翅膀拍在烂泥上,被裹住了。我伸脚试了一下,泥柔弱无骨,像糯糊。我找来连根刚竹,制成一个三角杈,托住小䴉鹬,缓缓平举过来,用水冲洗干净,放在草地上。

小䴉鹬趴在地上,活动着翅膀,惊慌地看着我。幸好,它没有受伤。它的眼睛透亮,虹膜有一圈红环,像一道日食。晒了十几分钟的太阳后,小䴉鹬飞走了。

河面约一百米,波澜涌动,似鱼鳞。对岸是一排落羽杉,在深秋的时候,针叶泛红,边红边落。针叶落在河面,被回水铺出一个微红的叶面。那是小鹧鹕出没的地方。岸边密密的芦苇,有小鹧鹕营巢。小䴉鹬从不去对岸——我去过十余次,也没看到小䴉鹬,于是我这样武断地猜想:河的对岸不仅是人的远方,也是鸟的远方。

对于鱼来说,是没有此岸彼岸的。

有一次(2022年5月初)在滩头,一个钓客的鱼篓里,有小䴉鹬在叫,且不止一只。问他:"你钓鱼,怎么篓里有鸟呢?"

钓客说，不是钓鸟，是在滩头捡到的，可能是它们受伤了。

我打开鱼篓，抱出两只小鸦鹃亚成鸟，检查了一下，并没有受伤。给鸟洗了一下身子，放在地上晒了一会儿，它们就飞走了。我从村人口中得知，有人在草滩空地，放了钢炮（大烟花）。亚成鸟胆子小，受了钢炮的惊吓，就掉在了淤泥上。

人会被吓散了魂，鸟也会被吓散了魂。人会被吓死，鸟也会被吓死。恐惧，尤其是突然而至的恐惧，如同电击。恐惧感，是与生俱来的。据一个医生朋友说，百分之七十以上的癌症患者，是被死神吓死的。不知道这个数据是否有科学来源。对死亡的恐惧，应该是人最大的恐惧。但对于绝望者来说，死亡就不那么恐惧了，因为死亡可以解决彻底的绝望。死亡是肉身的最后一道拦河坝。所以，不悲观地活着，比任何东西都重要。要活得不悲观，就要活得坦然，真诚勇敢地面对自己所发生的一切。有失败的人生，没有失败的生命。

有一次，我和饶祖明讨论死亡的问题。饶祖明说，最好的死法是被雷劈死。想想也是。雷来得太快，太突然。谁会知道雷落在自己身上呢？落在身上，也来不及恐惧和痛苦。

看过非常多次鸟在面前死去。有受伤死，有绝食死，有活活冻死，有老死。各式各样。也看过非常多鸟出生

（破壳）。有的鸟一出生就死了。我们哀叹生命，哀叹美好活物的消失。其实，这是非常正常的。从出生到成鸟，是一个非常艰难的过程，死亡率远大于成活率。就像种子发芽一样，大部分种子在土里腐烂了。

我没有看过小鸦鹃孵卵，喂食倒看过。亲鸟叼来昆虫，急急地钻进巢口，淡黑且具棕色端斑的尾巴露在巢口外。在繁殖阶段，亲鸟都是非常勤勉的，无论是什么鸟。

在环溪，四季都可以看到小鸦鹃。它是这里的留鸟。这是一个理想的栖息地，三面环水，北面依山，人稀草盛。也是一个非常适合观鸟的地方，地势平坦，小路交错。岸边有一棵杨柳，是小鸦鹃最爱站的地方。它两个前趾和两个后趾抓成一个环，紧紧扣在柳枝上，任凭枝头摇曳。即使大风狂卷，它也站着，像荡秋千。

我经常来环溪闲走，倒不是为了观鸟（观鸟是顺带的），而是看泊水河。河是看不透的，如星空一样。河是随时变化的，清与浊、深与浅、动与静、色与彩、静物与流体。但河也是不变的，以流逝的方式证明存在。

小鸦鹃是河的另一种方式。

黑瓜蝽记

旅舍独栋,木料建构。走进客厅,腐气刺鼻。祖明说,山柿都红透了,怎么还有浓烈的霉味?房子应该很久没人住了,快点打开窗,通通风。我拉开窗鞘,手又收了回来,惊叫了一声,窗玻璃上爬满了臭屁虫。

旅舍一楼有四扇窗户,玻璃上聚满了臭屁虫。虫在蠕动,触角张开,我拍玻璃,虫子还是粘在玻璃上。它的三对长须足似乎有黏液,粘在了玻璃上。我去请服务员来杀虫,服务员说,臭屁虫天天杀,天天来。不知怎么的,今年臭屁虫特别多。服务员拿着杀虫剂,对着玻璃喷射,喷出一股股白雾。臭屁虫磨蹭磨蹭,落在地板上。

全屋架空而建,以木桩为地基,木板为墙。木是老松木或老杉木,析出木质棕黄的原色。屋呈半圆形,一楼有环形外阳台。阳台外是乔木灌木混杂的树林。树有杨梅树、山柿树、梨树、李树、樟树、鹅耳枥、苦槠、山矾、喜树、海桐、乌桕、黄栌、漆树、青皮槭、枫香树。山柿并无人采摘,红彤彤,坠弯了枝条。李子是红皮李,烂在树上。我站在外阳台,看见乌桕树、李树、山柿树爬满了臭屁虫,背壳闪着绿茵茵的金属光泽。服务员清理了窗户,说,这里睡觉很舒服,除了鸟叫,没有杂音。

祖明和朋友午休了,我一个人去山谷深处爬山。

两条自西向东的山梁平缓收缩,与龙腾山相接,山谷如一把圈椅。山谷有温泉,山主建有二十余栋独户旅舍,遍植山柿树。一棵山柿树挂有两百多个柿子,叶片稀稀。树下都是烂柿,爬满了蚂蚁或野蜂或臭屁虫。机耕道上,一个挖机师傅在挖土坡。山谷过于逼仄,树林显得拥挤,山涧轻流,注入鱼塘。鱼塘约七亩,一群群鲩鱼在浮游,翻出黝黑的鱼脊。我扔一个石块入塘,鱼潜入水底,荡起一阵水声,无影无踪。塘水浮了一层红褐色浮萍。塘边山坡,枫香树叶飘展,红红的,叶脉间透出青黄色。

山谷外便是建节水(河流名称),向西北而流。德兴南部盆地一览无遗,金色的稻谷给深秋镶衬出暖色调。上德(上饶—德兴)省道切进田畴,如一把弯刀。十余个乡民在挖河道,取石砌堤。黄浊的河水泛起沉渣。他们挑沙挑水泥挑石头。

怎么有这么多臭屁虫呢?

其实,我的宿舍也有臭屁虫。上一年是没有的。我不敢拉开窗户纱窗,也不敢开门通风,但也有疏忽的时候。

比如晾晒衣服，比如给花浇水时。晚上，亮了灯，臭屁虫就爬在墙上、衣柜上，有时还在被面上爬动。我只得用纸包住它，扔进垃圾篓。有一次，我孩子看见臭屁虫在写字桌上，纹丝不动，触角张牙舞爪，吓得跳脚。我给他清理了房间，他才敢上床睡觉。他怕蟑螂，怕蚊子，怕蛾，怕臭屁虫。他看见蟑螂也跳脚。我说，蟑螂一点也不可怕，鞋子拍下去，蟑螂就死了。但他举着鞋，不敢拍下去。

翠园在洪家坪山坞，有一个三十余亩大的山塘，养了鱼，也有步行道，山麓青竹苍翠，阔叶林乌青青。餐余可以爬山或绕山塘徒步。一次，我去翠园吃饭，见窗户爬了很多臭屁虫。我埋怨老板娘："臭屁虫也不杀杀，见了就反胃。"老板娘委屈地说："一天喷杀三次也去除不了，天天杀，天天来，也不知道臭屁虫是从哪里来的。"

臭屁虫就是臭，并不咬人。臭就令人厌恶。臭是贬义词，有辱尊严的贬义词，等同蔑视：臭娘们，臭婊子，狐臭，铜臭，臭味相投，遗臭万年，臭名昭著，臭气熏天。屁也是个贬义词，具有侮辱性：屁话，吃屁，马屁精，狗屁，屁滚尿流，撒骚放屁。臭与屁一起命名的虫，无疑是无比恶心的。

臭是气味的一种，与之对应的是香。我们的话术中，有时，臭也是香，香也是臭。臭豆腐，臭鳜鱼，臭咸鸭蛋。作为食物，它们都奇香无比。绍兴人离不开臭豆腐，徽州人离不开臭鳜鱼,我外公离不开臭咸鸭蛋。臭屁虫含有九香虫油,油中富含脂酸、棕榈酸、油酸和蛋白质、甲壳质等,爆炒之后,芳香四溢,遂名九香虫。臭是因为虫后胸有一对臭腺,分泌一种含有醛或酮的物质,恶臭难闻。

狐狸、黄鼠狼、小食蚁兽、环尾狐猴、臭鼬、臭鼩、臭獾等哺乳动物,都有臭腺,在被天敌追逐、猎杀时,放出臭屁或分泌出臭液,"臭晕"天敌,趁机逃命。这是一种救命术。黄鼠狼遇上强大的天敌,有两大绝招逃命:装死,放臭屁。臭鼩在巢穴外,涂抹臭液,使得天敌嗅到臭味而放弃"追捕"。这是一种"防身术"。臭腺是一种分泌恶臭液体的腺体。不同物种的臭腺体,所在身体部位也不一样。哺乳动物位于皮脂腺,鸟类位于尾脂腺,啮齿类动物位于肛门腺,昆虫位于基节腺。

阳台有两个花钵,里面埋了一些苹果、橘子、梨等果皮。茶叶渣倒在果皮上。果皮糖分足,沾惹了小虫。小虫藏在茶叶渣下面,是什么虫,我也不知道。这种虫黑黑,针眼大,黑如木炭,飞的时候,肉眼无法看见虫翅。我把白醋白酒兑在一起,喷杀,小虫一会儿就死了。但过了一个小时,茶叶渣下又有很多小虫爬动。不知虫是装死还是假死,抑或虫卵又迅速孵化出来了。生命越脆弱的物种,繁殖力越强大。有一次,我清理了花钵,埋了一个小南瓜，一棵金钱吊葫芦插在南瓜上，等待来年发新芽。翌日，我晒衣服时，就看见七只臭屁虫在啃南瓜。臭屁虫头小，呈三角形，复眼凸出，虫身如小指甲，呈六角形，体背棕黑。我用筷子夹起一只臭屁虫，放在地面上，它又蠕动，慢慢爬，爬上花钵，找小南瓜。南瓜有芳香，吸引了它。它的嗅觉和触觉非常灵敏。

深秋初冬，臭屁虫行动迟缓，在树叶或瓜果或树干上，蠕动似的爬行，像个踽踽独行的耄耋老人，很笨拙，用树枝赶它，它也不飞离。其实它很灵活，在夏日，停在南瓜藤上，背壳绿荧闪闪如铜绿发光，稍一受到惊动，就呜呜呜地飞走。呜呜呜，是它翅膀摩擦的声音。它两只长长的触角，如京剧演员背上插的戏旗。

触角，使得它有了一副威武的模样。其实，这是探测气味的感觉器官，不是械斗的武器。它的体形如坦克，爬动起来，像在肆无忌惮地行驶。事实上，它注定是鸟、小型爬行动物、其他杂食性昆虫的食物。螳螂吃它，蜥蜴吃它，壁虎吃它，野蜂吃它，甚至蚂蚁也吃它。

一群蚂蚁围住臭屁虫，撕咬，分噬，一粒一粒搬回蚁穴，最后由八只蚂蚁抬起虫壳，如棺夫抬起棺材，抬进蚁穴。一只臭屁虫就这样成了蚂蚁仓库里的粮食。蟑螂则直接用口器刺入胸部，汲取汁液，汁尽身亡，被风吹走。

每一个孩童都有自己喜欢的昆虫，如蜻蜓，如萤火虫，如身披盔甲的天牛，如花里胡哨的蜡象，如蟋蟀，如蝈蝈。但没有哪个孩童喜欢臭屁虫。喜欢臭屁虫的人，只有中医。它富含脂肪、蛋白质、甲壳质，是一味很好的中药，壮阳补肾，治肝胃气痛，祛除腰膝酸痛。我在青少年时，村中一有男人得了难言之隐的病，到镇上中医诊所看病，中医就告诉他，用臭屁虫炖黄芪，天天吃，一天炖六只臭屁虫，吃上半年八个月，病痛就没了。病人便天天去找臭屁虫。

溽热的天气，也是瓜果成熟期，南瓜、黄瓜、甜瓜、瓠瓜、丝瓜等瓜类藤蔓上，臭屁虫非常多。事实上，葫芦科植物是臭屁虫的寄主植物，若虫在叶蔓卷褶处寄生，叶就慢慢枯黄、萎谢。化为成虫就爬出枯叶，以瓜果汁液为食。一年繁殖一个世代，在石缝、石块下、瓜棚、墙洞等越冬。臭屁虫属于兜蝽科瓜蝽属，以瓜为食，全身黑不溜秋，故命名黑瓜蝽。

这是一种幸福的虫，食物都是新鲜的瓜果，香香甜甜，甘汁滋养。屈原在《离骚》里喻示蝉的高洁，是这样比兴的："朝饮木兰之坠露兮，夕餐秋菊之落英。"

蝉翼美如银箔，鸣叫如胡琴低诉。蝉假如有臭腺分泌液，放出一股股臭气，会是高洁的象征吗？臭屁虫因臭腺，被人厌恶。它可是吃瓜饮露的虫啊，从食谱上看，比蝉讲究多了。蝉喜食柳树汁液，又苦又涩，还有轻轻的酸味。柳汁怎么可以跟瓜汁相提并论呢?

臭仅仅是一种气味,但成了原罪。

一日,村里来了一个张贴卡片广告的中年人。礼堂门口、杂货店门口、菜铺店门口、麻将馆门口,他一一张贴。卡片上写着:高价收购臭屁虫干,400元钱一斤。联系电话:1380359××××,蔡先生。

菜铺店老板娘问他:"鸭毛鹅毛才保存,谁还会保存臭屁虫啊。"

他说:"以后捉了臭屁虫,晒干了,保存起来。臭屁虫可以用纱笼养。蚕也是养出来的。"

老板娘说:"臭屁虫怪恶心的,看见臭屁吃不下饭。你收臭屁干什么用呀。收去了,又不能吃。"

他说:"新鲜臭屁虫收200块钱一斤,炒起来吃,可香了,比猪油渣香。古话说,富人吃鹿茸,穷人吃臭屁虫。臭屁虫跟蜂蛹、蚕蛹一样,营养价值很高。"

老板娘哇的一声,说:"比老番鸭还贵。"

细问之下,张贴广告的人说,药材商收购臭屁虫,给药厂提取一种物质,做抗癌药。他的话令我惊讶。红豆杉、喜树等植物,可提取物质做抗癌药,没听说过臭屁虫含有抗癌物质。

与人类永远相伴的是疾病。尤其是恶疾、痼疾、不治之疾、传染之疾等,推动着人类探索自然,寻找良药。从这个角度说,病菌的繁殖与演变、遗传与变异,是人类探索自然最伟大的诱因之一。新型疾病的产生领先于人类的发展。

初冬,我去凤凰湖,在报德寺旁的一栋民舍,废弃多年,无人看管。透过窗户,见有一个空房间,墙上爬满了臭屁虫,足足有上千只。民舍前是老鱼塘,养了十余只白番鸭。潮湿、暖和、瓜果飘香的环境,益于臭屁虫滋生。山边,早晨气温较低,臭屁虫爬进了屋舍,以躲避寒气。

与蜻蜓、蚱蜢、蚂蚁、黄脚胡蜂等昆虫一样,臭屁虫也是群栖性昆虫,在一片瓜地孵化、觅食,也群体性地在某一个空间避寒。在气温较低的情况下,臭屁虫会找温暖、潮湿的房间或树洞等空间集体避寒。龙腾山旅舍临水,周边树木茂盛,早晚温差大,屋内又久无客人入住,潮气之味重,臭屁虫嗅出了气味、感知到了室内暖气流,便从周边飞来,聚集在一起,往窗户缝钻。

昆虫对气温的感知,对气味的感知都是极其敏感的。这是昆虫的生存之道。

已经初冬了,臭屁虫还没进入冬眠,还没有在石块下蛰伏,是因为如今是暖冬,且多雨。2023年农历十月下旬,气温14~18℃,有霜期还没到来,我窗下的垂丝海棠还二度开花。我查了一下气象资料,农历九月初一至十一月初一,德兴下了九场雨,有阵雨,有暴雨,有雷雨,有细雨。雨增加了河的水流量,也带来了潮气。

昆虫既是气象员,也是气象记录员。昆虫不但给我们预报了天气,还给我们预警了气候的变化。久旱多蝗虫、蚱蜢,暖冬多臭屁虫、大臭蜻。大臭蜻吸食泡桐、油桐、白栎、板栗、木荷等高大乔木树汁。2014年2月19日,在引浆源,我看到很多白栎死去,死因就是大臭蜻之灾。

2023年12月18日,德兴进入了寒霜期,最低气温在-3℃以下,连续霜冻十七天,甚至出现了-7℃的寒冷天气。霜蒙了大地,岩石挂满了冰凌,经日不融化。山民家中的水缸被冻裂。

我再也没看见臭屁虫。它在蛰伏。

蛰伏是生命的一种状态,等待生机的状态。

画眉

画眉就落在窗下的鹅掌楸上,嘻哩噜哩地叫着。太阳还没升上山梁,云析出淡淡的霞光,流岚萦绕山冈。院子里有樟、栾、鹅掌楸、桂花树、山矾、枣树、枇杷树、枳椇、樱花树、玉兰树、湖北海棠、紫荆、枸骨树、合欢、茶花、南天竹、竹柏、银荆、含笑等树木。在晴朗的早晨,画眉随意择一枝头,穿着棕褐色的演出服,下摆橄榄绿,眼周描得白白,略显高傲地翘着头,唱起了被人忘却的乡间民谣。它是一个美声歌唱家,钟情于歌唱:喊哩兮兮,噜哩嘀嘀,唧嘘唧嘘。这位歌唱家没有乐谱,每次都是临时谱曲,音符在开口的瞬间,哗哗哗,肆无忌惮地倾泻出来。它歌唱的乐曲随它的性情而起伏,它随天气和周围的色彩而调节音色。它的音质是一贯的淳朴、华丽、优雅,善于运用颤音、滑音、转音,时高时低。

它高傲,是有原因的。曲由心生。画眉多么快乐啊,在枝头间飞来飞去,忽而东忽而西,像一只梭子在冠层飞窜。它的尾羽时而像蝴蝶兰怒放,时而像花斑鲤摆动尾鳍。即使不飞,它也张开麦秸扇一样的翅膀。它没有忧伤、悲戚、抑郁。它的美声有着无可比拟的优美,节奏由它的心情调控,舒缓时如绵绵细雨,激烈时如瀑布飞溅。美妙的自然景象在它曲调里浑然天成:溪流越过了苔藓覆盖的涧石;石菖蒲开出了白花;树叶在颤动,旋飞而下;雪下了一天一夜,白茫茫;林中水滴,啪嗒啪嗒;风在山脊跑动……

早晨,在画眉的即兴演唱中醒来。我去了院子里。它还在鹅掌楸上引颈高歌。海棠花积雪似的,缀在枝丫。4月,院子里比往常的月份多了很多鸟,有纯色山鹪莺、双斑绿柳莺、黄腰柳莺、红胁绣眼鸟、银喉长尾山雀、煤山雀、大山雀、绿背山雀、纯色啄花鸟、叉尾太阳鸟、山麻雀、麻雀、栗背短脚鹎、太平鸟、虎纹伯劳、黑枕黄鹂、灰椋鸟、红尾歌鸲、栗腹矶鸫、白眉地鸫、棕腹大仙鹟、白颊噪鹛、红嘴相思鸟、白鹡鸰、黄鹡鸰等等。它们来来去去,去去来来。画眉、白鹡鸰、山麻雀、煤山雀、麻雀,一直没离开过这个院子。它们吃马陆,吃蜗牛,吃草籽,吃落在地面的饭粒和面包屑,吃树上的浆果,吃一切可以吃的。它们忙着吃食。唯独画眉在忘情地鸣叫:唧啾哩哦,唧加哩唧,啾唧哩哦……

它的曲调永远不会重复,即使鸣叫一辈子。如果把它每次鸣叫的旋律，谱写出来，永远不会相同。唯有尾音相同：嘤叽咿——嘤叽咿。它的鸣肌十分发达，急速震颤，它的舌就像笛膜振动，鸣声如行云流水，如玉珠落盘，如流沙漫过，如风扑树杪，有着无与伦比的美妙。

喝酒的人，喝到了微醺，算是尽兴了。唱歌的人，唱到全身通畅了，算是尽兴了。画眉鸣叫到什么时候尽兴呢？那要等到配偶出现了。

春分之后，雄性画眉便一直在鸣叫。它换着枝头鸣叫，悠扬婉转，如笛如箫，待有了配偶，便去筑巢。这个院子，画眉已经无比熟悉。所有的树，它都停留过。呼呼呼，它带着配偶飞到池湖边上的一棵矮香樟树上。

矮香樟树上，有它去年的巢。巢在冠层中间三角枝杈，距地面约 2.8 米，呈杯状，被树叶遮挡住了，藏得严严实实。巢由枯枝筑了外壁，内壁垫了枯草、草须。这是个难得的"风水宝地"，透风向阳，隐蔽严实。一对画眉衔来干草，铺在巢室，安安稳稳落个家。

我数过四次，院子里一共有九个鸟巢：三个山麻雀巢，两个黄腰柳莺巢，一个画眉巢，一个栗腹矶鸫巢（石缝），一个白鹡鸰巢（墙洞），一个棕腹大仙鹟巢（我挂在枳椇树的人工鸟巢）。画眉为什么选在矮樟树营巢呢？

任何一种鸟，选择在什么地方、什么部位营巢，绝不是随机和随意的。它会考虑躲避天敌、方便觅食、雏鸟试飞、风向等因素。巢位没有选到优佳，会给鸟的家庭带来灭顶之灾。就像人类建房子，不可能建在洪水通过的地方，不能建在山体塌方的地方，不能建在没有阳光和不通风的地方。

这个疑问，我久久找不到答案。一天中午，我站在池湖边看数十尾鲫鱼在游，有序地在石块间绕来绕去地游。一只画眉在石块上扎水洗澡，抖着翅膀，腾起细碎的水珠。约9～16时，煤山雀、纯色山鹪莺、红尾歌鸲等鸟，会来洗澡，当然，不是天天洗澡，是偶尔洗澡。画眉则每天来洗澡，有时一天洗两次澡。它把头扎下去，抖翅膀，抖头，回到石块上，又抖翅膀。湖池是栖息在院子里的鸟唯一的洗澡、补水处。画眉离不开树林和水。它在树上鸣叫和觅食，天天在水里洗澡。而矮樟树是离池湖最近的一棵树。

湖池很小，只有六百余平方米，水非常洁净，养了八十多尾红鲤鱼和八尾鲫鱼，养了三钵碗莲。红鲤鱼养了半年多，有过半死于鱼虱，施药也治不好。我投了八尾鲫鱼和十只小乌龟下去，红鲤鱼再也没生鱼虱了，却不繁殖，鲤鱼繁殖了六十余尾，乌龟剩下三只，其余的乌龟不知道爬哪里去了。碗莲一直不开花，叶子也壮硕不起来，水太清，肥力不足。乌龟爬在石块上晒太阳，画眉在石块上抖羽毛。

爱洗澡的鸟，是自爱的鸟，是有洁癖的鸟。

5月17日，矮樟树上的鸟巢露出了四个毛茸茸的小脑袋，眼睛闭着，绒毛稀稀，显得半死不活的样子。破壳而出的小鸟，都是有气无力的。两只亲鸟站在巢沿，呜哩哩喊兮兮地叫着。它们摆起了尾巴，显得惊奇和兴奋。

一日，我去厨房后面折桂花枝，手伸过去，一只画眉呼噜噜飞出来，发出"哇哇哇"的急叫声，短促有力。我缩回来，掰开浓密的枝丫，看见有一只鸟巢，五只幼鸟趴着，探着脑袋。原来这还有一个画眉巢，藏得太深，没找出来。

应该是这样的。院子里还有画眉的巢，只是我没发现而已。不然的话，天天哪有那么多画眉在叫。

画眉每年产卵3～5枚，孵卵期约半个月，再进入漫长的育雏期，入秋后，雏鸟换羽两次，才发育为成鸟，独自生活，翌年求偶，繁殖后代。有了配偶的雄鸟，善斗，先以叫声威胁"情敌"，接下来就是上天入地的缠斗。

换了羽，鸡爪梨（枳椇的果实）熟了，黄中透黑，又甜又软又绵。枳椇树上，每天落着十几只鸟在吃。栗腹矶鸫不鸣不啼，在树上吃金龟子、甲虫。画眉、太平鸟、白颊噪鹛、红胁绣眼鸟散开在树梢上，吃鸡爪梨。这是院子里的最后一季树果。南天竹的果子缀满枝，红透了。画眉属于画眉科噪鹛属鸟类，与其他噪鹛一样杂食，吃昆虫及虫卵、吃植物果实、吃草籽。食物短缺了,它就把藏在石缝、石洞、岩石边的"粮食"翻找出来。画眉和乌鸦、红嘴蓝鹊、喜鹊、鹦鹉一样,有藏食的习性,有备无患过冬。

假如一天下来,没有画眉在叫,那么院子就失去了生趣,让人内心很空落。填充我们内心的,使我们获得内心丰盈的,恰恰不是结结实实的物质,而是虚无的、自由的、空荡的东西。比如新鲜的空气,比如百听不厌的鸟鸣,比如静夜的雨声,比如怒放田头的野花,比如头顶上的星辰。这些东西,让我们获得自然的丰足感和存在感。但我们往往忘记了这些东西,去追逐物质,因此,我们得到了无边无际的疲乏感,并因此而沮丧、伤神。每一个人身上背负了太多的、无谓的世俗意义,蜗牛一样活着。

有时候,我非常渴望自己是一个通晓鸟语的人。约翰·巴勒斯[①]就是一个这样的人。我没有这样的天赋。要是我能听懂画眉所唱的是什么,该有多好。我愿意睡在树上,与画眉为伴。据鸟类行为学家说,画眉有九种鸣声:哇哇,表示报警;丘丘,表示恐惧;咕咕,表示与异性对眼;呜呜,表示准备战斗;唔唔,表示友好;呵呵,表示

[①] 约翰·巴勒斯(John Burroughs,1837—1921)美国作家,善于体验自然、书写自然,著有《雪夜,狐狸毛茸茸》《醒来的森林》等。

示弱；噶噶，表示投降；噢噢，表示威胁。

对此我一点儿也不接受。画眉是鸟类的声乐天才，它怎么可能整天就是哇哇咕咕呜呜呢？画眉的鸣声很少重复同一个音节，而是一个音节接一个音节划过去，形成一连串的起伏音调。

画眉神奇的歌喉，鸣唱出奇妙的鸟曲，也因此"获罪"——被人类捕捉，豢养在金丝笼里，或贩卖。在民国时期，中国有大量的画眉被贩卖到英国，供贵族玩耍。据说，越南的画眉已成了极危物种——画眉被鸟贩子疯狂地贩运到英美。一只画眉值万金。画眉成了富人的玩偶，会唱歌的玩偶。

画眉栖息在低山地区、丘陵、平原的树林，以及山边的村舍、有林木的庭院，是中国常见鸟类。在客居的大茅山脚下，画眉常来到院子里，因为这里有水、有树林、有草地。来了，就很少走。它的觅食范围不大。我没事时，便坐在窗前，静静地听画眉鸣叫，有时一听就是半个下午。听着听着，我的心就亮了，被阳光照了进来。我需要这样的下午，排去内心的废渣、废气，让自己活得更干净一些。像人该有的那个样子活着。

红隼落脚之地

田头插了一根四米多高的细竹竿,竿头挂了一个风响铃,嘟嘟嘟,被风一阵阵吹响。风响铃铝合金材质,四瓣对称结构,瓣形似白果壳,响声清脆,悠长如哨音。它没有响的时候,呜呜打转。我头一次见这个东西,还以为是雷达或通信发射器。我有些好奇,细看之下,也没发现有电线连接,且在小小的坞龙坑就竖了三竿,便问汪德发:"这是什么东西?"

"驱鸟器,这里的老鹰特别多。"汪德发说。汪德发是坞龙坑唯一住户,和他爱人一起生活。他个头偏矮,头发稀疏,额头叠着一层皱纹。他穿着青色棉布衬衫,腰上扎了一个刀匣,匣子里插了一把大柴刀,正往田垄走。他去割田塝,田塝长满了茅草、覆盆子、扛板归。割下的杂草压大蒜地,防霜冻。过两天就要立冬了,有霜期即将到来。霜来了,就天寒地冻。

用稻草人驱鸟,或用穿蓑衣的假人驱鸟,在山坞或盆地常见。山麻雀、白鹡鸰、斑鸠、环颈雉、金翅雀等鸟类,吃冬麦种,吃蚕豆种,吃油菜种。乡人便扎假人驱鸟。秋割后,他们扎个稻草人,插在竹竿上,"手"上握一根竹梢,粘着长条红塑料皮,随风飘动。过不了三五天,鸟就识破了乡人的"诡计",黑压压一片,来到惺忪的田地,又开始吃种子。"老鹰吃鸡鸭,不吃种子。"汪德发说,老鹰就藏在对面的山林,神出鬼没,一年要吃好几只鸡鸭。

早上入坞龙坑,在石桥,就见一只红隼在田垄上空盘旋,而后飞往山腰混杂林。龚晓军兄说,老鹰,老鹰。我说,是红隼,母红隼。它背部棕色,尾部棕色,脚红黄色。它散开的尾羽有粗重的灰黑色外缘。它无声无息,绕着田垄飞,飞行高度约二十米,可以清晰地看见它铁青色的钩喙。我对龚晓军兄说,在大茅山见到红隼很难得。

坞龙坑是华坛山镇桐西村的一个自然村,有六栋土夯房,唯有汪德发没有外迁。在大江桥,有一条机耕道入山坞。机耕道约四里长,逆溪涧而上。溪涧羸弱,被野荔枝、檵木、构树、野桐、野山樱、甜槠、野山茶、午饭树等乔木、灌丛所遮盖,溪不见溪,也听不到溪声。机耕道尽头突现山坞,有山田二十余亩,稻茬间长着油青的马塘草。山田呈梯级,往山边竹林、落叶林伸延而上,或者说从林缘往溪涧伸延而下。溪涧约两米宽,杂草、树木被割得干净,裸露出清澈的水、沙层、鹅卵石。石桥就在山坳口,通往众福殿。

众福殿是一座山寺,无人看管,门口挂着一盏白色节能灯,木门大开,红纸楹联被雨水洗烂。殿内很是干净、阴沉。山寺之侧有一栋简易的房子,有桌有灶有床,角落堆了锄头、簸箕、箩筐等劳动器具。木头霉腐的气息,令人难以忍受。在山中耕田、插秧的人在此避雨、午憩。山寺旁有一座小社庙,名南管社。在赣东北,我见过很多山寺、山庙、野庙,社庙还是第一次见。社庙是庆丰收的祭祀之所。农耕时代,在乡村,即使无社庙,也村村结社。凡有大事商量或行动,如抬桥灯,如修桥铺路,便以社召集。我出生的那个自然村叫龙兴社,意即龙兴宝地。每个社,有自己的渊源。南管社的渊源是什么呢?在闽北,我见过社庙,建得像个小祠堂,精致但不失巍峨。我去参加他们的庆丰收活动,他们摆三牲祭祀,请戏班唱戏,摆数十桌宴席,吃麻糍。

山寺与村户隔溪相望,紧依乔木阔叶林,樟高椿壮。榉树高高扬起麻黄色的叶,又旋飞下来。金环胡蜂落在泥地上。我用干草拨它,它也不动。死了。翻它身,四脚朝天。它胸宽头窄,触角窝的三角凸起,黄如黄金,背腹橙黄,有一道道黑褐横纹。它的四脚紧缩,铁丝一样僵硬。我摘了一片苎麻叶,包了蜂,收进口袋。金环胡蜂啃食瓜果，汲取糖分，在树洞、墙洞、岩石缝、高树上的其他鸟类旧巢等处营巢，过夜、产卵、繁殖、过冬。乡人抓金环胡蜂泡酒，治关节炎。有金环胡蜂出没的地方，果树一定多。果不其然，在地头屋角，有许多橘树、柚子树、梨树、桃树和枣树。橘柚无人采摘，变成了野树。山垭口还有许多野山柿，挂着红柿子，被灰椋鸟、暗绿绣眼鸟啄食。捡一个小石块打过去，鸟扑腾腾飞走，过几分钟，它们又回到枝丫。树下有一些烂柿，剥皮吃，涩涩甜甜。汪德发说，这是个养蜂的好地方。他在屋边空地和院子石墙上，摆了十箱蜂，养了三十多年了。一年刮两次蜜，蜜色如红茶汁。他院子之下，就是机耕道，一座木桥与山田相通。

蜜是珍贵的，花也是珍贵的。大地尽最大可能献出鲜花：千里光、毛华菊、菱叶菊、矢车菊、长梗紫菀、褐毛紫菀、油茶花、野山茶花。在早年，山民种了很多油茶树，因多年无人打理，油茶林长出了甜楮、山毛榉、冬青、青冈等杂树，油茶树也成了野树，花却开得旺旺，大朵大朵的白，白出叶丛。在林缘地带，白白一片油茶花浮在绿浪上。

木桥，其实就是四根松木排在一起。木头的两头被踩烂了，中间却滚圆、结实。桥头有一个埠头，仅容一人蹲下去。三只鸭子在溪涧觅食。鸭子绿翅、褐身、灰嘴。山田有一条狭窄的山路，绕着田边，一直伸进斜缓的山坡。

山坡覆盖了竹林。这是挖笋人走出来的山路。

　　风响铃嘟嘟嘟叫，在加速转动。红隼从林子飞出，有两只，往山脊飞去。一个养鱼的人来了。他是桐西人，三十多岁，穿一件白色圆领衫。"挖这两块鱼塘，我花了一万多。"他重复了三遍。他提一桶红薯渣，倒进塘里，掺上水，荡一下桶，又倒水。桐西人在机红薯，洗红薯粉。红薯粉、野葛粉、山茶油、蜂蜜，是桐西人的主要物产，卖价（分别是每斤 20 元、30 元、60 元、120 元）也可以。现在无人养猪了，红薯渣没了用处，他便收下来养鱼。鲩、鳙、鲢、鲫、鲤，围着红薯渣抢食，溅起一阵阵水花。我抱起一卷南瓜藤扔下去，鱼四散。从溪涧引水入塘，终年不枯。塘面漂着乌桕叶、槭树叶、樟树叶、杜英叶、板栗树叶。树叶与树叶之间，有蜘蛛网。蜘蛛不见了，网丝结满了露珠，晶晶莹莹，透出阳光。这个叫小春的桐西人说："我很想买这栋土屋，价格谈到了一万二，房东又不卖了。去年，房东修整了一下房子，花了八千多。空了三十多年的土屋，家具全烂了。花床的四只脚全烂了，真是可惜。"

　　空了的土屋成了野猪的窝。野猪把木板拱烂，拱烂地面，在屋子里产崽，一窝十余头。汪德发赶了好几次野猪，野猪走了，但隔三五天又回来。再好的草窝也不如土房，冬暖夏凉。墙壁被拱出大窟窿，窗户被拱破。土房成了野猪的地道。汪德发有三个孩子，都在山外或县城成家，他都不去。他爱人烧饭，他种地、养蜂。他舍不得这栋土房。土房是木构架的，柱子、横梁、楼板、挡板、椽条，都是他从火烧板（现名花鸟畈）扛来的。火烧板到坞龙坑，有十三里路，他扛来的木料，都是老木。"这些圆柱都是栲树，驮来的时候，有三百多斤重。这一屋子的用料，我驮了两年多。从火烧板一根根驮来，没驮过的人，哪知道做房子有多受苦。"汪德发说。柱子圆通通，直挺挺地撑起屋架。屋架盖了瓦，夯了墙，才有了这栋土屋。汪德发祖辈从华坛山镇革畈村迁来，在坞龙坑开荒，生了五个儿子，由此开枝散叶。"住上三代人，这个村又没了。"汪德发说。

土屋夯了三米八高的墙，中柱有四米六高，屋子看起来高高大大，通透、光亮。楼板的横梁下挂着辣椒干、玉米、豇豆干。院子里，四张圆匾各晒着扁豆、芝麻、黄豆、红薯干。她爱人站在厅堂看对面的青山，咒了一句："老鹰又来了。死老鹰。"

乡民把鹰科鸟隼科鸟，统称老鹰。隼科鸟与鹰科鸟除了外形和习性之外，最大的不同在于捕食方式。隼科鸟在俯冲时，瞬间迸发出加速度，急速下坠，直扑猎物。游隼是加速飞行最快的鸟类。红隼比游隼体形略小，属于小型猛禽，却十分阴鸷、凶狠，甚至敢于捕杀黄鼠狼。为什么大茅山独有坞龙坑经常有红隼出没呢？汪德发也说不明白。他就知道采菇、养蜂、种地。他爱人少语，家中料理得干净、简洁。他种地了，就用锄头对地说话。他劈柴了，就用斧头对木头说话。他养蜂了，就用蜂对蜜说话。他上山了，就用树对山说话。他对我说，翻过山梁，走三里路，就是大畈了。我经常路过大畈，数户人家，是个屋顶拉满鸟屎的地方。我有一个初中同学就是大畈人。我有四十年没见过他了。他脸肥肥，一餐吃一斤大米饭和一钵红烧肉。

对于他的堂兄弟、儿子、侄子们，汪德发有失落感，他说："坞龙坑赚一碗饭吃不难，他们离开这里就是为了多赚几块钱，赚那么多钱干什么？好好的房子扔在这里，烂了也不痛惜。"汪德发堂兄留了一栋砖瓦房，用一根铁丝闩了侧门。铁丝都烂了。我数了数，计有十六个房间、一个厅堂。灶台抹得干净，锅盖罩着锅。四条棉被用塑料皮包着，大衣柜里挂着大衣、棉袄、衬衫、长裤。衣柜和五斗橱的脚霉烂了。石墙围起来的院子，长了芭茅、蜀柏、刚竹，两棵橘子树始终没长高，黄不溜秋。他堂弟的土屋塌了半堵墙，里面有很多干燥的动物粪便。后屋檐下的八个蜂箱，已被青苔爬满。蜂还在进进出出。一根南瓜藤爬上屋顶，结出大南瓜。那个养鱼的小春站在蜂箱边，说："我养鱼就是为了钓鱼，在这里钓鱼，太舒服了。"

山坞虽只有一户，也通电、通移动电话。电线杆一杆一杆地从大江桥竖进来，电线往下弯曲，停着山麻雀、大山雀、黄鹡鸰、灰卷尾。哈哈哈，灰卷尾叫着，有些惊骇。大白鹅在山田吃草芽，脖子伸得长长。一对大白鹅，并排吃，停下来，喙对喙，呃呃呃，低声叫。一群鸡，在菜地边扒食吃。扒一下草丛，咯咯咯，叫数声。

这畈田，有一半多是桐西人耕种的。有了农活，他们才来。田肥，又是冷浆田，他们便用来种糯谷。他们用糯米酿酒，有甜米酒、水酒和糯米烧。这是山民喜爱的酒。好水酿好米，于是酒醇厚。有一个桐西人，在山坞放养了一批鸡，有四十只。他从不管理。鸡在山林找虫子吃，找草籽吃，找野果吃。这群鸡晚上在屋檐下睡觉，一只挤挨一只，白天去树林吃食。鸡在草窝产蛋、孵化。养了五年，养鸡人也不知道到底有多少只鸡了。在鱼塘边的草窝，我就看见一只母鸡带着十三只半大的鸡，找食吃。

想吃鸡了，养鸡人就晚上来，手电对着鸡眼，鸡呆呆傻傻，伸手即捉，不惊不叫。山坞也有鸡贼时常出现。鸡贼就是红隼。大鸡听红隼叫声，就躲进草丛，鸡崽跟着母鸡跑。落单的鸡崽就被红隼叼走了。红隼俯冲而下，贴近地面，快速伸出双爪，钩住鸡崽，往树林飞去。当然，鸡贼不只有红隼，还有蛇、黄鼠狼。蛇和黄鼠狼不但捉鸡，还抱走鸡蛋。草窝每天都有鸡蛋，如地主家的余粮。

红隼吃小鸟、蛙、蛇、野兔、蜥蜴，也吃松鼠、黄鼠狼。它迎风飞翔,可停在高空,搜寻猎物。它是鸟中的小红马。在南方,红隼属于留鸟,一年一窝,窝卵数4～5枚,在食物丰富时,窝卵数可达八枚之多。我不知道是山上的野养鸡引来了红隼,还是野养鸡之前就有了红隼。在坞龙坑,鸡是红隼的主要食物,因此有了红隼的种群。高大的乔木阔叶林已三十余年无人进去了。

我很想认识那个养鸡的人。他怎么有这个想法呢？他肯定是一个非常有趣的人。甚至我觉得他是一个不会走出桐西的人。我就想着,我也要找一个偏僻的地方,野养数十只鸡,无人知晓。枯燥乏味的生活,似乎会多出许多惊奇的期盼。有了期盼,生活不会那么枯燥乏味了,也可以忍受了。

黄脚胡蜂记

我一眼就看到了大蜂巢吊在枫香树上，像个大蒲袋，也像个褪色的手提灯笼，细看之下，还像个竹丝油篓。蜂巢泥白色，呈长筒状，吊在枫香树冠层下斜出的枝丫上，被泛红的树叶缀饰。枫香树高约二十五米，从溪岸的常绿阔叶林突围而出，露出塔形的枝杈。溪叫焦坑水，大源林场在溪的最上游，蜂巢就吊在林场老屋后。

林场仅仅作为地名存在，在二十多年前，屋舍已成废墟。屋舍是一栋木结构的排屋，有六个房间，房门紧闭，一条大黑狗拴在一个木桩上，见了陌生人就汪汪叫。洪德泉老人说，三年前，有养蜂人在此居住，后来不养蜂了，屋舍又空了。屋舍左侧、右侧被竹篱笆围出两个大菜园，篱笆爬满了扁豆藤，藤上是密密的叶、不多的花，结着零星的扁豆。这是两块菜地，种着黄芽白菜、油冬菜、芥菜、卷心菜、白萝卜、香葱、大蒜。站在篱笆门，就可以看见蜂巢招招摇摇地悬吊着，像个用旧了的长脚鼓。洪德泉老人站在门槛前的台阶上，抬眼就望见蜂巢，自言自语：吊得太高了。他一直想把蜂巢取下来，他接了两根竹竿，在竿头扎了一把勾刀，割蜂巢，可刀够不着。他说，割下蜂巢，取蜂蛹泡酒，可以治牙痛、顽癣、腰疼、明眼、祛风湿、关节痛。他长期生活在山区，就想祛湿气。

在大茅山南麓、灵山西北麓的大山区，有非常多的大蜂巢挂在高树上，尤其在溪边高树常见。这是黄脚胡蜂的蜂巢。当地人称黄脚胡蜂为油篓蜂。油篓是指蜂巢形状。也有当地人称之游锣蜂。黄脚胡蜂是昼行性昆虫，飞行时，翅膀舞起来，发出"当当当"的振翅声，像打锣。它在林中飞舞，就像打锣人在漫游。黄脚胡蜂以蝗虫、蚱蜢、中华益蜂、蛾、蜻蜓为食，它尖长的螫针细如蚕丝、硬如蒺藜，扎入猎物体内，注入毒素，猎物瞬间瘫痪。家蜂（学名中华蜜蜂）扎螫针，针钩入肉，拔出时会拖出自己内脏，扎一次，自己也死掉了。家蜂以死相拼，防卫自己或蜂群。黄脚胡蜂的螫针无钩，像一支注射针头，可以无数次使用。黄脚胡蜂尤喜吃家蜂。

与林场排屋隔路相对的，是一栋废弃的木构民房。民房较为低矮，檐廊却宽，摆放了九个蜂箱，房子侧边的余屋（通常堆放杂物或圈养家畜）也摆放了八个蜂箱。蜂箱上盖了棕衣，棕衣上盖了破圆口锅。养蜂人走了，蜂箱还空留着，箱蜂口的箱板被蜂油浸透。檐廊角一个蜂箱还有蜂，在进进出出，嗡嗡嗡嗡，虽已入了深秋，蜂还在采蜜。这是残留蜂，过了三年，它们还在繁衍生息。一只黄脚胡蜂在箱蜂口，在杀蜂，它用肢足撑住蜂，螫针刺入蜂的腹部，蜂振了振翅膀，就瘫在地上了。

卖蜂蜜是山民很重要的收入之一。山民大多养蜂或收蜂。洪德泉老人会箍桶、会育菇、会剥篾，也会收蜂。他一辈子没有离开过大源。在20世纪80年代，林场有四十七户，到2000年，只剩下他一户。大儿子亨勇、二儿子亨平成家后，外迁了，去了城里和绕二镇重溪生活。洪德泉和爱人王细你留在了大源。大源不通移动通信和电话，他要打电话，得往下游走三里到施家。施家有二十余户，溪环村向西而去，枫香树、樟树、枫杨树等高大乔木，遮了半边村舍。他爱人王细你是绕二镇炉里人，1975年，她二十二岁时嫁来大源，就是看中了他厚道，会养蜂、收蜂、育菇，不然，哪会走三十多里路来大山区过一辈子呢？

在山上，洪德泉放了二十多个蜂箱，蜂箱放在石崖之下或倒塌的老木之下，收野蜂。野蜂大多是山蜂。山蜂产蜜量高，蜜质清香醇厚，无杂质，蜜价也高。可一年也收不了几箱蜂，2023年一箱蜜也没刮上。他又箍了十二个圆桶蜂箱，用栲木箍，粗铁丝箍桶板，桶盖桶底都是栲木。栲木有浓郁的木香。他在蜂箱内板涂上蜂蜡，一个一个背到山崖上。他说，他最想收的是油篓蜂，但始终没收到。

没收到，是因为他爬不了高树，捉不了蜂王。

有了蜂王，蜂群才会跟着来。油篓蜂以蜂王为首，蜂王到了哪里，蜂群就到了哪里。新出的蜂王大多被创始蜂巢的蜂王杀死、吃掉。油篓蜂会种内相食，确保创始蜂王的"王位"。年轻时，洪德泉敢爬高树，用绳子绑住腰身，穿上防护服，去捉油篓蜂蜂王。他把蜂巢剥开，群蜂飞出来，叮住他，密密麻麻。

剥蜂巢极度危险，胆小的人被蜂围攻，掉下树，不是摔死就是残疾。且油篓蜂是剧毒蜂，蜂毒可致人死。油篓蜂脸如虎，颊、后头、颜面下部、触角为赤褐，有黄黑相间的腹节环，被当地人称作黄马蜂。我有同学在大茅山东麓革畈教书，他有一个学生在山上砍杂木，惊动了树上的油篓蜂，被蜂群围攻，导致全身赤肿，当夜就毒发而死了。这是多年前的事。去年，畈大乡有山民去山中干活，被油篓蜂攻击，痛了两天，毒发而死。被蜂蜇死，也是因为山民对蜂毒的危害程度不了解，耽误救治时间。有一种收蜂王的技术，不用剥蜂巢就可以直接收，叫呼蜂。呼蜂需要准确算出新世代的蜂王破蛹时间、飞离蜂巢时间，以与油篓蜂相同的口哨声呼叫，把新蜂王呼叫过来，收进蜂箱。新世代的蜂王不会在创始蜂巢里久留，离巢创建新蜂巢，形成新蜂群。离巢、建巢，是收蜂人唯一捕捉新蜂王的时间。呼蜂是难度最高、最神秘的收蜂技术，洪德泉不会。在大茅山，我见过很多收蜂人，但没见过掌握这门技术的人。

在武夷山脉北部余脉的龙泉山张老岩，我见过呼蜂人。他世代在山里养蜂、育木耳香菇。他对油篓蜂的世代繁殖烂熟于心，他根据蜂进出蜂巢的数量，就可以判断新世代处于什么阶段。油篓蜂是全变态昆虫，一生经历卵、幼虫、蛹和成虫阶段。9月下旬至10月初，雄蜂先用一两天羽化，等待与新蜂王交配。交配后，新蜂王寻址营巢，产卵过冬。在羽化期，他几乎守在高树下，等着新蜂王离巢出来。油篓蜂不产蜜，收蜂，只为它的蛹。蛹富含氨基酸、蛋白质、多种矿物质，既是食物，也是药物，很是金贵。

大源峡谷是绕二镇境内最长的一条峡谷，约八公里长，从重溪村转入米亭畈，一直往东而入，过了横港，入了喇叭口状的大山谷口，曲折弯回，两边山梁渐渐抬高，像两条斗旋的草龙。溪约十米宽，从乔木林之间隐约奔流。溪哗哗哗，有一种古老、不朽的韵律。这种声音会掩盖一切的声音：鸡鸭啼叫声、电瓶车声、秋蝉声及人声。与溪水声相较，一切的声音都是极其短暂的。溪对于辽阔大地，不仅仅是流水，也是一把竖琴，被水不知疲倦地弹奏。过了施家，峡谷荒芜村烟，树在兀自生长兀自枯死，鸟兀自飞翔兀自鸣叫。溪石黑色，裹着厚实的青苔，或长着石菖蒲、水蕨。数十米高的枫杨树从溪中拔地而起。溪边开了各种紫菀花。大源林场再深进峡谷一里，便是洪家，这里是交通道的尽头。交通道并无车辆往来，平常只有一辆爬山虎拉砂石进来。开爬山虎的师傅叫苗苗，半秃，高大，年轻时可托举手扶拖拉机头，甩起拖拉机以后轮为圆心打转。这么长的峡谷，在溪边，有三个黄脚胡蜂蜂巢吊在树上。

交通路的尽头，并不是路的尽头。路哪会有尽头呢？路在走路人的脚下。交通路在水潭前分岔，往右边山麓而上，是龙潭穴，翻过山，是横峰县第一高山米头尖；往左边山麓而上，是更深更陡峭的山谷，枫香树、漆树、青冈、木荷、杉、翠竹等遍野，翻山而下就是华坛山镇刘家林场。往左或往右，路是荒废的老路。山田长起了杉、野山茶、野枇杷。两条溪流中间的山尖，叫茅草杠。山尖是稀草地带，再也无乔木。

在野路边的石崖缝，放着洪德泉的蜂箱。他在收山蜂。这里是野花的世界，也是山蜂的世界。山蜂比家蜂小，尾部金黄，头部漆黑，抗寒，一个大蜂群有数万只。黄脚胡蜂吃山蜂。胡蜂以群袭击山蜂巢穴，绞杀、猎食。若是三五只或数十只胡蜂入侵巢，山蜂就分割小胡蜂群，一团一团地包住，将其反猎杀。黄脚胡蜂反成了食物。

溪谷有很多老树自然死亡，倒下来，横在岸边或溪面。老树有水青冈、枫杨树、枫香树、土松、栲树、苦槠、麻栎。栲树木质坚硬，洪德泉锯了树头、枝丫，拖原木回来，解板，做蜂箱。倒下的树，有的是他见证了发育、生长、茁壮、衰老的，有的是他自小就见到一直苍老到现在，毫无变化，直至突然倒下的。老树倒下，会引起他内心一惊。很多老树倒下，是因为被白蚁蛀了树皮，树腐烂了。也或因为被天牛蛀空了木心，木质蛀出纱布似的纤维，被风或山洪推倒。露在树皮外的白蚁，被黄脚胡蜂当作了食物。

不做蜂箱的老木，锯成两米长一截，堆在门前空地，育菇。菇是平菇，菇菌沿着木头寸寸发出菇。菇肉厚，麻褐色。他已经四年没有放菇菌了，木头还在发菇。菇成了野菇。这是地道的纯菇。黄脚胡蜂喜欢在菇木上歇脚。朽木多昆虫、多蛾。初夏时节，毛毛虫羽化为蛾，翩翩然飞舞。那个离开大源的养蜂人，我没见过。是不是因为黄脚胡蜂太多，杀死了他家蜂，放弃了养蜂呢？

严厚福兄是重溪人，也是我同学，他问："大源油篓蜂多，普通鵟多，可为什么只有冬春季时看见普通鵟呢？"

"普通鵟是冬候鸟，4月之后就回北方了。"我说。

鹰科鸟，大鹰为雕、中鹰为鵟、小鹰为鹰。普通鵟翼展122～137厘米，腹白，初级飞羽有白斑，有栗色的髭纹，背部褐色或灰褐色，以蜥蜴、野兔、鸟类、蛇、蛙类等为食。在吃饭的时候,王细你老人说:"昨天下午,我去溪边洗菜,看见大鹰(普通鵟)吃我的番鸭,翅膀啄烂了,头啄空了,我挥手赶它,它飞走了。留下了这半只鸭。大鹰吃过的鸭,谁吃?"

说罢,她很开心地笑了起来。她说,番鸭太重了,大鹰叼不走,就用脚踩在石头上撕肉吃,鸭子养得肥,还是好处多。大鹰叼了鸡,就飞到大树上吃,一只鸡被吃得干干净净,树下一地鸡毛。

洪德泉老人说,山上野鸡、野兔多,大鹰吃不完。野鸡在茅草杠以下的两边山谷栖息,有环颈雉、白鹇、白颈长尾雉。他的话让我一下子激动起来。环颈雉、白鹇我见过很多次,可白颈长尾雉没见过,它的栖息地我也没去过。据我所知,大鄣山、五府山、铜钹山等高海拔腹地,有白颈长尾雉栖息。但我都没有登上去过。在大茅山山脉与灵山山脉交会的大源,出现白颈长尾雉,令我惊喜惊讶。我便约他,明年开春了,去龙潭穴山林寻看白颈长尾雉。

"开春好,油锣蜂也出巢了,满山都是蜂打锣的声音。"老人说。

洪德泉老人四季种菜,不施化肥,不喷杀虫剂。他两个孩子每个星期来大源,带时蔬去吃,菜头菜脚用来喂鸡鸭。白菜、卷心菜、菜薹、甘蓝、芥菜等十字花时蔬,是很多蛾类、蝶类的寄主。两个大菜园孕育了虫蛾，也养育了黄脚胡蜂。一个大峡谷有一对老夫妇，可称天地之合。蜂巢吊在枫香树上，有十余年了。黄脚胡蜂是老夫妇最近的邻居，相互仰瞻。

黄脚胡蜂营巢需要八个月完成。巢就是安居之所。随着蜂群增大，巢也增大。在大茅山东麓，我取过一个箩筐大的蜂巢。据山民说，这个蜂巢有四十多年了，一直有蜂进出，空巢还挂了十多年。取下巢，我一片一片掰开，发现死蜂蛹和死蜂极少，正边六角形的蜂室看起来像一个个孔。孔连着孔，形成了一层层的巢瓣，巢瓣正圆形，叠出了圆塔，塔端如笠帽。黄脚胡蜂是死在巢外的，死不占室，空出巢室，供下个世代的蜂使用。蜂巢挂在野外，十几年也不腐烂和霉变，手捏搓一下，破如废纸屑。巢无蜂蜡，由吐木浆垒巢。一个箩筐大的蜂巢，其实非常轻，4斤来重。我数了中间一层巢瓣，有967个孔，全巢有17层巢瓣。一个创始蜂王，在一个蜂巢里创建了自己的帝国。正边六角形创造出了极限生命空间。

第 4 章

物则记

树叶

脚走出来的路,是有尽头的。尽头是一座独木桥,连接一个杳无人迹的东山源。桥没有桥板,只有一根圆松木架在溪涧,湍急水流奔泻而下,没入常绿丛林。桥高悬,因湿气太重,结着苔藓,即使是冬天,苔藓也是油绿的。遇水即生之物,蕴藏幽深之境。一条长满了牛筋草的机耕道,往山谷深处切入,两道拖拉机碾辙还深深嵌在泥坑,似乎在说:走这条路的人,都是孤单一人,都是第一次走,也是最后一次走。只有走过的人,才知道山谷到底有多深。

长在树上的叶,也是有尽头的。叶的尽头,是树底下的那块大地。无论叶子有多肥厚,常绿也是短暂的,一年或两年,要么焦黄要么绯红,要么麻白要么黑褐。节令到了,叶就要飘落。

群山自东向西横截,山谷被高山夹紧,东山源便显得逼仄、斜深,谷底沟壑层叠。站在谷底,满眼都是树叶。

香樟、豹皮樟、青冈栎、麻栎、苦槠、椴树、水团花、大叶桂樱、匙叶栎、闽楠、枫香树、木荷、山桐子、木樨、榆树、朴树、黄山松、雪松、杉、厚朴、大穗鹅耳枥、锥栗、野栗、岩石栎、青栲、喜树、吴茱萸、青榨槭、灯台树、香椿树……这些高大乔木，在冬月，有的还满树青绿、墨绿，有的残叶飘飘、片叶不剩。垂珠树、漆树、盐肤木、虎皮楠、华瓜木、垂枝泡花树、野鸭椿、番樱桃、牛鼻栓、云实、赤楠、油茶、野山茶、榛、山毛榉、金缕梅、山照花、结香等小乔木或灌木，它们也是如此。余建喜兄站在岭腰上，看见枫香泛红，满树赤燃，不禁赞叹："枫叶似火，真是美。"严厚福兄看到山乌桕叶，黄如蜡染，也赞叹："黄得跟金箔一样。"

叶长在树上，我们就叫"某某树叶"。叶是树的一部分，树是叶的出生地，也是寄身之所。叶在风中抖动，那是快乐的表达。叶在静默不语，也是快乐的表达。只要还在树上，叶都是快乐的。叶落下来了，贴紧了大地，我们再也不叫"某某树叶"，不分它栖身的树种了，统称落叶了。落叶，似乎成了绿叶的亡者。亡者哪需要名称呢？我和余建喜兄、严厚福兄一起进东山源，我们踩在落叶层走野路。不是路的路，或者荒废多年的路，叫野路。野路上积着厚厚的落叶。落叶被风吹得四处都是。风走到哪儿，落叶跟到哪儿。落叶是风的跟随者。风托举、拖拽、席卷落叶。落叶被野莉钩住,被藤条挂住,或者沾满了泥尘,或者泡透了雨水,风再也带不走落叶,被大地紧紧抱住。落叶上,又有落叶叠上来。一叶一叶地叠上来,就有了落叶层。落在溪涧里的叶,风卷不走,被水流冲走。叶在水面漂浮,和水一起当啷当啷鸣叫,浪着水波,在水涡里打转,一圈圈转动,又转出了水涡,随水波轻轻颠摇,在石块与石块之间的急流冲下去,被分流的水带到岸边,停泊在菖蒲丛。

落叶是世界上最小的轻舟。它比水中的月亮还小。它不用舵也不用桨橹,不用悬帆,撑竿也不需要。站在溪涧边,我看着落叶一叶一叶被水摇下来,载着树影、鸟鸣、四季、云朵。最小的轻舟也最灵巧。像个小摇床一样,摇啊摇。它不会沉没,只会停泊,停泊在溪石上、水草边、横在水面的枯枝上。沿途都有它的码头,与虾虎鱼、点纹银鉤、小鳡、糠虾、溪蟹、小鲵、蜾蜾、棘胸蛙、水蜈蚣、蝼蛄、水蝇、蜘蛛、竹叶青蛇共存。

有不落的树叶吗?不知道有没有这样的树。应该是没有的。叶生叶长叶落,是树的一种代谢方式,叶不生不长不落,树不会长高长壮。叶是树的嘴巴,一棵树有百千万张嘴巴,吃进阳光、雨水和霜露、二氧化碳(悬铃木、桑树、刺槐、杨柳、槐树、椿树等树木还吸收二氧化硫,净化有害空气),吐出氧气。叶长在树上,是会累的,要经受风吹、雨打、冰冻。会受累的物体,不可能不落。有一次在大茅山的梧风洞,我遇上6月的暴雨,先是骄阳,烈火似的熏烤,树叶都晒白晒软了,过了中午,云一下子沉在山巅之上,厚如石墩,黑如木炭。闪电忽而显忽而隐,如电焊的氩氧弧光,撕裂云层。云层碎开,山峦崩塌似的,暴雨猛降下来。风抱住了树,抱住了每一棵树,猛烈地摇动,树冠被卷成团。暴雨斜注,箭镞四射。我站在林场老屋舍的檐下,看着冠层被卷出海浪,浪头被高高抛起又重重落下。浪头一团团,巨石一样翻滚。约一刻钟后,门前菜地和公路铺满了落叶。落叶有枯叶、半黄叶、绿叶、新叶。

暴雨下了四十多分钟,骤停了,云消失,阳光又出来。水在路面横流,推搡着落叶,冲下了马溪。马溪漂满了落叶,浮荡着往下游流去。暴雨对每一棵树洗劫、勒索。暴雨后的树,显得更挺拔、更簇新,树冠轻轻摇摆,抖落雨水。雨珠是抖落不尽的,在叶面闪着银光。我踹一脚树,又落下一阵水珠。

大雪前后,大茅山会有一场降雪。有时降雪量很大,雪盖了山野,树在雪中隐身,如一个个雪人站在山麓。一座山有了亿万个雪人,各有站姿。它们是风雪归人。高山上,气温低,冻三五日,雪也不化。雪冻在树叶上。一片树叶就是一根雪糕。野猪成群穿过树林下山,碰撞了树,树叶沙沙作响,可冻雪就是不掉下来。冻雪把树叶紧紧攥在手心。雪化了,北风催送,叶又落一地。冻雪了,我就上大茅山,从双溪湖徒步上去,看被雪冻住了的冠层。不管雪冻多久,常绿树上还留着密密匝匝的树叶。弥眼望去,山上仍然是苍翠绵绵。树叶是落不完的,无论在一年之中,会遭受多少次极端天气,总有绵密的树叶裹着山峦。有很多树被雪压倒了、压垮了,树越婆娑越易于被风雪摧残,粗重的身躯横在地面,连个垂死挣扎的样子都没有,像被宰杀了的水牛一样,倒在地上四脚朝天。但树叶还留在枝丫上,从冻雪中析出绿意。

我是个喜欢育苗的人。秋冬,去山里,我会采集一些植物种子回来,晒干,装在玻璃瓶里。过了大寒,我就垦出一块地,把种子播撒下去。我对种子发芽入迷。南五味子、三叶木通、酸枣、枫香树、苦槠、锥栗、茅栗、野山柿、山矾、刺槐、枫杨树、漆树、盐肤木、楤木、山桐子、泡桐、广玉兰、木姜子等木本植物,我都收集过它们的种子。芽尖拱出泥层,张开一叶或两叶或三叶或四叶的小叶芽,我就满心喜悦。叶芽羞嫩,或浅青或浅黄或白青或白黄或嫩红或青黄,叶一片一片抽了出来。有芽才有了叶,继而有了枝枝干干,有了树。

世界上,有许许多多的神秘事物。在我眼里,最神秘的就是种子发芽和动物胚胎发育。一泡鱼卵孵千万尾小鱼,一粒种子育出一棵树,多么令我感动。这样的世界,永远蓬勃,不会灭绝。我就相信,死亡是暂时的,所有的死亡也都是暂时的。看到死亡的面孔,虽然仍会号啕大哭,但我不那么悲观了。我们不要悲观地活下去,虽然活下去仍会遭受万般苦痛。满山的树叶在飘展,那是一种无穷无尽的生机。生命之所以是所有神秘事物中最神秘的,是因为有永不枯竭的源泉。我们有一颗爱的心脏。

有一种树叶,我很害怕看到。就是白背叶野桐。白背叶野桐属于大戟科野桐属的小乔木或灌木,喜长在山坡、路边,特别喜欢在贫瘠的黄泥地,与苘麻、金樱子、檵木、知风草长在一起。野桐叶互生,卵形或宽卵形,下面是灰白色星状绒毛。这种南方常见木本极其普通,也从无人在意。我也不在意。2019年12月,在鄱阳县谢家滩镇福山村,我一个人走在一块约两平方公里的荒坡上,还以为走进了野坟地。四处都是白背叶野桐、盐肤木、知风草。盐肤木落尽了树叶,独独一杆。白背叶已经析出了所有的杂色,一半飘零一半挂在树上,白白的树叶像一顶顶白帽。看过去,野桐就像吊丧的人,站满了山坡。我心中大骇,狂奔而逃。乌鸦叫得很犀利。

树叶有各种形状,有长圆形、披针形、椭圆形、扇形、心形、掌形、卵形、三角形、匙形、菱形、锥形、线形、条形、羽毛形、刺形、角状形、锯齿形,生长形式有对生、互生、轮生。同一棵树在不同季节，树叶颜色也不一样，由浅入深，由细入粗，由温暖入苍凉，叶绿素由多至减，直至叶绿素退尽，剩下叶黄素，入了秋冬时节，有了"山山黄叶飞"（王勃《山中》），有了"霜叶红于二月花"（杜牧《山行》），有了"数树深红出浅黄"（刘禹锡《秋词》），有了"满阶红叶暮"（李煜《谢新恩》）。

过了霜降，我便三天两头进山。蛇冬眠了，虫蝨还活着，树叶开始飘零，秋水如中年人苍茫。"最是人间留不住，朱颜辞镜花辞树"（王国维《蝶恋花·阅尽天涯离别苦》），似乎脚下的路在变得更短，苍山也更邈远。我和与我一起进山的人，有了知音之感。余建喜兄、严厚福兄、我，以冬雨做伴，入了东山源，不见人，不见兽，但见满山树叶。东山源的尽头是箭岭，在四十年前有十余户，现已剩一片颓迹。从箭岭翻过山梁，往北而下，便是华坛山镇叶家村。

我常常走这样的荒野，不知道为什么。需要一座山陪自己。我在山中独坐，冠层树叶在摇动。树叶沙啦沙啦，很有节奏地发出山野之声、寂静之声。似乎有一条河流盘在头顶之上，水声舒缓。沙啦沙啦，回环往复。这是天籁。树叶在合唱，风在伴奏。自然之妙在于无端而发，有灵有慧，浇灌于心。

东山源山谷口尚有人家，山边有两户，其中一户在五年前迁至外村，七十六岁的刘金水与爱人潘氏居住在老瓦屋里。一条巴掌宽的小路斜斜而上，入他家。门前有三级台阶，木门槛，阶下是层层菜地。菜地荒废多年，种了桂花、油桐树、山茶树。他从箭岭迁于此。年轻时，他伐木、挖笋、捉棘胸蛙和毒蛇，以此为生计。他右手大拇指畸形，内弯、僵硬。不知是天生，还是被蛇咬伤的。阶前种了一株烟草，正开花。油桐树也开花，他狠狠责骂：该死的油桐树，冬天了还开花。桂花是箭岭移栽下来。烟草一直种，种子是箭岭带下来的。烟草只种一株。

山脚下也有两户，一户大门紧闭，一户木头老屋住着一对老夫妻（邱氏与陈氏），檐廊码着三十年也烧不完的干木柴。老屋撤了半边，供儿子建了新房。大叔见我站在他院子远眺深山，很急切地问我："你是搞测绘的吗？在山里找金矿吗？"他的两个儿子一直在外谋生，今年还没回过家。溪涧从他门前横过，没入山外的盆地。他的屋顶上，铺满了落叶。山上飘下来的落叶。这些落叶，有的烂在屋顶，有的被风继续吹走。

落叶终归烂在大地上。所有的纤维、脂肪、蛋白之躯，都烂在大地上，没有例外。无可例外。大地是公正的，因此获得所有物种尊重、理解，并以此栖身。钢铁都会在大地上腐烂，何况血肉之躯纤维之体？有何悲伤可言？我做过树叶腐烂的实验。把落叶均匀铺在菜地上，铺十厘米厚,不再理会它。一年烂叶,两年烂叶柄,四年化为腐殖层。雨水泡烂了纤维,阳光供给源源不断的热量,加速了发酵、霉变、腐烂。树叶的生长离不开雨水(雾露也是雨水的一种)和阳光,腐烂也同样离不开雨水和阳光。催之生,也催之死。

叶落一轮,树就长高(老去)一轮。没有不落的树叶。叶一轮生一轮,草一年枯一年。在花林的山谷,我还看到一棵三角枫,一枝发幼叶,一枝半黄半青,一枝红似火,一枝枯红。一棵树上有了四季的颜色。四季的渐变色,让我怦然心动。也许是2023年是暖冬,雨水也较多,有了两头春的自然现象。

树叶落,不仅仅是因为叶绿素消失或衰退、破损,也因为叶柄在霉变。叶柄需要脱离枝头,空出空间,让给新叶。冬雨落在树叶上,叶脉清晰透亮,纹路如彩绘。我们细细地端详一片树叶,其实就是端详一张脸。树是落叶的纪念碑,向上生长的纪念碑,叶柄脱落的痕迹就是碑文,写着生命的箴言。

寒枝

盘石山还覆盖着残雪。雪积在山阴处的沟谷、竹林、稀林,白如卷云。山阳处披上一层棕黄色,阳光直照。雪在消融。崖石滴下水珠,瞬间被冻住,从石面挂下柱形冰凌,悬着冰珠。冰凌被当地人称作蝴蝶钉,如白蝴蝶栖在石崖或枯枝上。草木有枯荣,白蝴蝶在冰凌复活。山坡上,很多乔木如野荔枝、苦楝、三角枫、长柄槭、青皮槭、大叶合欢、重阳木、皂角树、绿黄葛树、刺槐、榆、野山柿树、栾树等,只剩下枝条,叶落光了。雪压着枝条,形成一条鱼脊骨似的雪脊,欲坠未坠。风吹一下,枝条抖一下,雪沙沙落。

枝条灰黑色、灰白色、青灰色、青褐色、麻黄色、黄白色、青黄色、黑黄色……颜色显得深沉、简白。没有了树叶和花朵,枝条独守空山,视野之中,显得单一、孤怜,与雪映衬,加深了山野的寒意、寥廓、冥寂。鸟是多余的,假如鸟没有栖在枝头的话。野柿子还没落完,小鸡蛋大，一个或两个或三个，缀在枝丫，红扑扑地鲜艳着。野柿树并不多，只在常绿阔叶林侧边的斜沟见到，有十来棵，稀稀的，却格外挑眼。

瑞港河从峡谷慢悠悠地流出来，无声无波。岸边坡地长有很多苦楝树、酸枣树。雀鸟在苦楝上啄苦楝子吃。据说苦楝是最苦的木本，味苦无比，堪比黄连般的生活。不知苦楝子是否味苦。苦是五味中的一味，却无人愿意渴饮。对喜鹊、乌鸫、红嘴蓝雀、黑头鹎、白头鹎、灰椋鸟、黑领椋鸟、鹊鸲、领雀嘴鹎等鸟类来说，苦楝子是它们过冬的食物。灰喜鹊尤爱。剥开苦楝子，露出一粒粒黑籽，尝一口，又苦又臭。苦楝子一簇簇，黄澄澄，散发金片似的光泽。灰喜鹊很专注地吃，时不时抬起头，四周望望，预防天敌伏击。

吃了苦楝子，雀鸟四处而飞，排出粪便，苦楝籽落地发芽。鸟是种子的传播者，播撒四方。苦楝尤喜在低海拔的旷野、岸边或路旁、疏林贫瘠处生长。这是一种砍不死的树，砍断了又长，一年长四米多高，树皮可以整片撕扯下来。树叶也是又苦又臭，新枝晒三天就脱皮，麻秆一样脆。这是一种无人喜欢的树。秋冬霜雪，树叶落尽，苦楝留下满枝的苦楝子，随风摇摆，雀鸟叽叽，给了山野鲜有的繁闹。2021年冬月，在大茅山南麓的花鸟畈，一棵苦楝树有一百多只鸟在啄食。鸟眷顾了的树，有福了。

酸枣树既无树叶也无酸枣,高二十余米,枝丫突兀,向苍天伸开臂膀。苍天那么高,酸枣树极尽可能地拥抱,被抱住的是山顶跑下来的风。风凛冽,干硬且带有尖刺。山变得更加苍莽,山谷变得幽深和沉寂。酸枣树下的水潭被冻住了,冰薄且白得透明。我扔一块小石头下去,小石头在冰面上滚,当啷啷当啷啷。一尾光倒刺鲃在冰下摆动尾鳍,恍若悬空游。

瑞港电站水坝下,筑有一道约一米高的拦河坝,蓄水成湖,供冬泳爱好者冬泳。六个人(四男两女)在冬泳。湖面荡起白雾,水清澈呈碧色。他们边仰泳边喊着:"真过瘾呀,冷得过瘾。"游了三五分钟,他们就上岸了,跺着脚,嘴巴哈着气,裹紧了毛毯。他们开着车走了。湖面浪起细纹。太阳照进了整个峡谷,金光闪闪。山谷的竹林在沙沙抖雪。红嘴蓝鹊叫一阵,竹林就应声抖雪。枫香树和榆树则岿然不动,一副无动于衷的样子。对岸的山峦呈圆锥形,山基又圆又大,山尖白雪皑皑,与白云相衔。山尖之下是连片、广袤的竹林,竹林下铺着白雪。竹冠层青黄,林缘抵近湖边,裸露出棕黄色的土层。灰胸竹鸡在叫:嘘叽叽,嘘叽叽。

灰胸竹鸡叫,立春便临近了。坝头上,一棵十余米高的乌桕树斜出湖面。雪融而滴,咚咚咚,雪水坠入湖,既是入水声也是入水声的回声。水在水里引起回声,悠远、纯粹、简单。似乎湖进入了夤夜的冥寂。其实湖落满了阳光，山影倒扣下来，于是湖面之上有一座山，湖面之下也有一座山。山与山等高，山色如一，山形相同。湖是胞衣，一胞生两山。乌桕树数十支枝条在滴雪水，入水声缀连着入水声，树枝如檐铃，摇动不止。湖不仅仅是湖，还是制造天籁的乐器。

盘石山公路桥下的岸边，有一个六十多岁的男人在钓鱼。他戴一顶黑色呢绒帽，帽檐遮住了额头，灰色的冬装与树林很配。他坐在岩石上，鱼竿横在湖面，默默地看着浮标。树林是乔木与灌丛的混杂林，林色略显深沉。浮标一直浮着，纹丝不动。我告诉他："你鱼钩挂的鱼饵，可以换一下了。"他也不回头看我，也不提竿。他用的鱼饵是发酵面团揉油菜饼，钩上饵料早溶化在水里了。可他就那么一直坐着，一声不吭。湖面翻着几个雪团，那是路边堆的雪人，被人踢下湖。雪人就半沉半浮着，浪着水。

我又问钓鱼人："你什么时间来钓鱼的呢？"

他还是不答。我再问："你天天来钓鱼吗？"他还是不答。我递了一支烟给他，他接了，含在嘴皮上，却不点烟。他就是寒枝。

2023年12月26日，我和祖明一起去龙头山乡山中小村，就被旷野的秃树枝吸引了。漫山遍野的野生树，秋叶树凋谢了树叶，光秃秃，枝条白灰色或铅灰色。那是三角枫、山乌桕、木油桐、山桐子、黄栌、团花树、水杉、池松、金合欢、大叶合欢、银合欢、榉树、刺槐、枣树、含笑、枫香树、青皮槭、毛脉槭、漆树、梓。在河滩边村舍,垂柳、枣树、石榴树、无花果树、板栗树、梨树,也都落尽了叶子。枝条被风纠缠,弹奏起呜呜呜的风声。枝条斜横或竖直,空拉拉,柔软且富有韧性。

以前,我觉得种子是神奇的,花是神奇的,树叶是神奇的,见了挤满视野的空枝,又觉得树枝是神奇的。

种子发芽是奇妙的事。花苞张开,舒展出花瓣,花蕊吸引了蜜蜂,各花各香,是奇妙的事。树叶从抽芽、发叶,展出叶形,叶脉如哺乳动物的脑血管分布,新绿至油青至青黄至红黄至麻黄至麻白,四季在一片树叶上轮转,如地球在公转,是奇妙的事。树枝自弯自曲自直,随性横斜,任由阳光牵引,风雪对它也无可奈何,鸟和昆虫就在树枝上营巢或寄生,是奇妙的事。

这么多奇妙的事,发生在一棵树上,树就神奇了。树供奉了微物之神。树林就是山的神庙,树枝是神庙盖瓦的木条。

2024年1月21日,赣东北开始普降大雪。翌日,我就一个人去山野看雪了。说是看雪,不如说是看寒枝。雪被一只无形的手抛撒下来,纷纷扬扬。公路上、田畴、山坡、屋顶,全是雪。白茫茫的旷野,唯有雪花飞舞。我沿着上乐（上饶—乐平）公路，一路往南。我发现，每个山谷的降雪量并不一样，以双河口、黄土岭最为雪厚，过了华坛山镇，一粒雪也没下。

在双河口、黄土岭，很多茅竹被雪压爆了，竹梢下弯，竹中间爆裂。这就是竹林的"雪爆"。有些樟树树冠被压塌，拦腰而断。山上落叶树依然兀立，枝条压出雪脊，被冻住。冰冻把雪留在空枝上。在双河口公路边的山寺前，有一棵蜡梅树，空枝积满了雪。我拨开雪，蜡梅花花苞露了出来，花苞包得紧致，鲜红欲滴。花与叶不相见，是蜡梅树。深切寒意抑制不了蜡梅花的萌动。天越寒，蜡梅花开得越盛。

雪下了两天两夜，时歇时停。大茅山积雪有十厘米之厚。融雪两日，我又去盘石山和界田的翠竹坞看寒枝。盘石山入口的云瑞山庄废弃多年，杨家村人在山庄院子摆了二十多箱蜂。蜜蜂死在蜂孔入口，死蜂成堆。但仍有少量蜂在进进出出，嗡嗡嗡飞舞。院子里铺满了落叶：玉兰树叶、梨树叶、李树叶、杜英叶、橘树叶、蜀柏叶、梧桐叶、木槿叶、樟树叶、枣树叶、柚子树叶、桃树叶。落叶或黄或褐或麻黄或赤红。橘树被冻死。李树上有一个喜鹊巢，装满了雪，足足有脸盆大。

翠竹坞有十余亩荒田，山坞两边覆盖了针叶林和混交林。有村人在捡枯枝。雪落后，很多枯枝被雪压断，自然脱落下来。枯枝有粗有细。他们捡了枯枝,抱进水塘里,任其腐烂。一棵树,在生长的过程中,会不断长出新枝,老枝会自动脱落,不脱落的老枝长成了树丫。树丫又分长更多的树枝,有了树冠。树冠是生枝的堆积,以死枝作为肩膀,梯度堆积而上。

有两个村人背着竹篓,挖雷竹笋。村人说,竹林盖了砻糠,雪一下,雷竹笋就冒出来了。村人用锄头扒开雪,沿着竹鞭挖,挖到笋头了,往下深刨,刨出一棵麻黄色竹笋。竹笋圆细且长,被笋壳包裹得严实。不知是因为雪光反衬,还是下午的天色,山麓石崖上,泡桐、梓、乌桕、绿黄葛树,变成了死灰色,给人一种哀哀的色调。

山塘边有一片枫香树林。这是一片"年幼"的树林,有二十余年,是人工种植的。我摇动枫香树,雪团沙啦沙啦落下来。灰白色的树枝,相互交错,且不会彼此纠缠、交叠。树是神造之物,便会露出神迹。自然之神对有关生与死的法则,深思熟虑。

真是奇异,一根树枝不会影响另一根树枝的生长,永远给另一根树枝"活路"。树枝有了"活路",树才有了"活路"。树因此成林,有了滔滔林海。法则善待生者,生者旺盛;宽宥死者,死者入土。生者往上长,死者往下落。

这个山塘其实很小,只有半亩之大。塘主在挖塘泥。

他挖出的塘泥,填在塘塝。塘泥黑黑,糨糊一样浓稠。我对塘主说:"天这么冷,还挖塘泥呀。"

"最冷的天挖塘泥,塘就没了病菌,养几条鱼自己吃吃。"塘主说。

"挖到泥鳅、黄鳝了吗?"我说。

"去年挖塘泥,挖了三斤多泥鳅、捡了半篓蚌。今年才捡了两个蚌,黄鳝没见一条。泥鳅挖了一些,不多。"塘主说。

"为什么这么少?"我问。

"我放了三条红鲤鱼、四十八条草鱼、六条鲢鳙、二十条黄鲫入塘养,收了一条红鲤鱼、十七条草鱼、八条鲢鳙、三条黄鲫。上半年雨季,鱼被水冲走了。泥鳅斗水厉害。塘太小了,鱼不好养。养鱼是自己吃,不在意多少。"塘主说。

塘边有一棵垂柳、一棵板栗树。垂柳苍老,枝条很密集。柳枝垂下绿绦,春天就荡荡漾漾了,柔媚了。我们误以为世界就是这个样子的,温暖、柔情。柳树空枝了,世界一下子变得无依,空空洞洞,满目千疮百孔。

雪最终消失了。客居之所的院子,空无一人。院子种了百余棵垂丝海棠、八棵马褂木、四棵枳椇、六棵山矾等落叶树,还有其他常绿乔木和灌丛。夏初,垂丝海棠花开,令我心旷神怡。入了秋,我一天天看着落叶树泛起黄叶或红叶。叶黄，垂丝海棠结起了鲜红鲜红的小浆果。大山雀、相思鸟、太平鸟、暗绿绣眼鸟，自早入晚，落在枝头上吃小浆果。我也摘几个小浆果，放入玻璃瓶，灌水。小浆果浮起，经过光折射，变得更大更红。

马褂木的叶一日复一日黄，透过阳光，析出叶的原色。夕阳下坠，马褂木显得空茫，树叶如一袭黄袈裟。从青衫到袈裟，就是从春到秋。袈裟脱下来了，便是严冬。四季从树梢走过。空枝一叶不留，是一种决绝，也是一种慰留。慰留又一春。以古人笔法，寒枝写意是空间、时间与人，是浓缩与拓展，是截断与续存。苏东坡在《卜算子·黄州定慧院寓居作》言："拣尽寒枝不肯栖，寂寞沙洲冷。"寒枝是最干净的憩所，孤雁都不愿意留宿，宁愿去草丛藏身，真是孤绝。唉，孤雁何苦呢。乌鹊也是，"绕树三匝，无枝可栖"。

枝寒，是因为天寒地冻，需要休眠。立了春，枝就冒出了青白的芽尖，春雨浇几次，油淋淋了，复苏了。以耐霜寒熬，迎接复苏。

空谷四季

峡谷口如一个敞开的口袋,有几十亩稻田。大多数的稻田已撂荒,有的被水淹了,成了小野塘;有的成了泽地,长满了菰草;有的成了旱地,被地锦和牛筋草所占领。没被撂荒的稻田,种上了各种蔬菜。乌鸫、卷尾、白鹡鸰、山麻雀等成群地在荒田吃食。它们的巢筑在山边的灌木林。3月,雨水洋洋,草在田水下泛青,稀稀朗朗,不多的草芽浮在水面,被水荡着。旧年的枯草衣也被水来来回回荡着。失群的白鹭站在田中央,也不专注觅食,偶尔仰起脖子,不知所望地叫着,嘎嘎嘎。

茅荪抽绿,新绿被枯叶一层层地包裹着。枯叶顺着风,向北倒伏。绿似乎抽得很艰难,绿中透出浅青浅黄,一株茅荪抽出卷筒状的两片叶。小蝗莺一窝窝地藏在荪丛里。荪叶沙沙沙地抖动,秆子在瑟瑟地摇晃。扔一个石头过去,小蝗莺呼噜噜地飞向山边芒草。两条水蛇惊慌地游出来。3月的雨水时盛时歇。雨抽丝,抽密密的丝,被暖风揉成一团，雨团又被风捏碎，成了液体的菌粉，空空蒙蒙，洒向各个角落。雨歇，太阳晕黄，油粉粉。新绿要不了半个月，吞噬了枯叶。它们怎么长得那么快呢？苏叶油油。主茎以春笋的速度往上长，一节一节地拔，一个节抽两片叶，而枯叶从茎节上烂，霉变发黑，落入水中。万物生长可能是这样的吧：将生长的便加速冒进，将死亡的便加速败退。这是一个同时进行的过程。也是一个彼此映照的过程。生长的与死亡的，以最近的距离逼视，彼此守护。

秧鸡在小池塘、烂田、泽地出没。清早，在某处草丛，秧鸡亮起嗓子咕咕咕地叫。一声一个单音节：咕——嗓子眼（发声器）如塞了棉团。似乎秧鸡不是为了啼鸣，而是想咳出棉团，以至于失去了情韵，让人觉得秧鸡不解风情——呆若木鸡。其实，秧鸡是一种很活泼的涉禽，在近水的灌丛或草地或沼泽地栖息，红喙如长夹，黄腿如长弦，走步飞快。它很隐蔽地吃食。吃虫蛾，吃螺贝，吃鱼虾，吃蛤蟆青蛙，吃蜗牛蜒蚰，吃蜥蜴蜈蚣。它的身子胖墩墩，但轻巧。乡人不识秧鸡，把秧鸡当作野鸡之一种，称之水野鸡。水沟里的紫堇花刚开，红红绿绿，一丛丛，铺满了视野。秧鸡从远方迁徙而来，在草叶茂盛的地方，筑巢、孵卵、育雏，度过漫长的夏季。

咕——咕——咕——正是秧鸡的求偶声。它在召唤伴侣。仔细听听求偶之声，会发现，秧鸡是一种羞涩的鸟。它张起了翅膀，在草泽中抖着暗灰褐的翅膀，跳起了捕虾舞。当蒜长出了茭白，秧鸡便有了自己的小家族。它们列队出来觅食，从草窝嗖嗖嗖地跑出来，嘎嘎嘎嘎地叫，声音短促激烈。秧鸡叫一声，仰一下喙，叫声如电音，震动人心。

小秧鸡破壳了，小池塘和泽地的荸荠长出了青苗。小池塘是个空塘，无人养鱼也无人种藕。乡人清理田埂割下来的野荆野藤，便扔在塘里。藤荆硬质，被水常年泡，皮和荆霉变发黑脱落，成了硬邦邦的干条。干条是翠鸟和白颈鸦的捕鱼台。塘里有许多野鱼，小如羹勺。鳑鲏、白条居多。翠鸟或白颈鸦站在干条上引颈高歌，或作冥想状，见了鱼，以迅雷不及掩耳之势，一个俯冲，叼上鱼，远飞而去。塘泥之下，多泥鳅和黄鳝。木匠老五在无工可做时，就拎一个鱼篓，蹲在塘边，用针头麻线钓黄鳝。

无荷无菱的塘，空着多么可惜啊，在燥热的夏秋，塘面还浮着萍。一个浮着萍的塘，无由地让人伤感——旷无，是人的晚境之一种。我去菜场买了二十多斤荸荠，在春分之日，撒向池塘、泽地。零零散散地抛撒。荸荠是莎草科泽生植物，烂贱易生。烂贱之物有着极强的生命力，端午之后，塘面和泽地便漾起了葱白色的荸荠花。入冬了，有村中妇人提一个篮子，来挖荸荠，布巾裹着头，蹲在泥地，翻出泥。荸荠是挖不完的。荸荠往地下扎根，落下的茎块、根须在来年都会发芽。即使是剥下的荸荠皮，也会长根发芽。

池塘边的一座无人山庙，破败了。但庙侧的一棵桃花开得十分夺目，在千米开外可见。这棵桃树，我也不知道是谁种下的。谁这么多情这么修心呢。桃树栽在密密的油茶林中。桃树是乔木，长得高，盖过了油茶树，花枝便雨伞一样婆娑撑开了。桃熟了，也无人采摘，桃树熟成了鸟树。鸟是桃树上的另一种花朵，啾啾喳喳鸣叫的花朵。鸟以伯劳、鸦雀、姬鹟居多，吃桃胶和粘在桃胶上的昆虫，也吃桃肉。桃树是鸟的筵席。红蚂蚁在山庙墙根下筑窝，来到树上吃桃子。红蚂蚁密密麻麻地爬出一条红线，翘起上颚，举着鲜白的桃肉，往窝里搬。搬着搬着，桃被鸟吃进了嘴里。吃得半空的桃子，要不了两天，烂了，落在地上，浆肉四溅。山麻雀在树下安静地吃着。没吃完的桃子留给了虫。

与桃花开得一样艳丽的，是野山樱。十年前，我在山谷，只看到五株野山樱：谷口右边山崖一株，山腰一株，山谷坳口一株，泉水井坳口一株，石岩山沟一株。在野山樱开花的时候，只要站在山谷沟的石道上，往山上眺望，便能一目了然——花艳艳，堆在一棵树冠上，呈草帽状，树叶全无。这是野山樱独自灿烂的时候。在立春后它即开花，花期比桃花早一个半月，山野还是萧黄糅杂，落叶树尚未发青，野山樱便涌泉一样喷出了花朵。它给人一种暖烘烘的感觉，让万物肿胀。识得野山樱的人并不多，以为那是野桃树，说：野桃树开得真野啊，烧得眼睛发亮。它和白菜花、萝卜花、春菊等，都是迎春的花。它们是春天的报讯人，举着花盏，站在山间或田头，冷冷瑟瑟，告知春的消息。野山樱花期很短，十来天便谢了。野山樱初开，红得绚烂，阳光越烈越红越盛大，时隔三天，花色渐变为白色，花瓣如丝绸，水分饱满，失水后生出淡淡黄色。南风吹来，花飘向山野。百花将开，山冈欲燃。

石岩山山腰上有了成片的野山樱丛林。虽然树不高，但花覆盖了半边山体。我不知道野山樱是如何繁殖的。可以确定的是，种子繁殖是野山樱的主要繁殖方式之一。有一个好心人，想把山道两边坳口的杂木清理一下，砍得干净一些。我得知后，赶紧制止了他。我说，山谷有野山樱和垂丝海棠，泉水井坳口有垂丝海棠，哪舍得砍啊，再说了，灌木茂盛了，山泉水也就丰沛了。

有一次，我看见西边山腰上，有一株野山樱盖了好大一块地。我估算了一下，树冠簇拥的繁花足足覆盖了一亩地。这要多大的树呀。我没见过这么大野山樱树冠。我一个人登上山去，探寻那棵野山樱。这是久雨之后的晴朗天，山涧咚咚，山地有些湿滑。我登上了山腰，浑身汗湿。野山樱长在一块废弃的番薯地上，树干如圆木桶，在三米之上开枝，斜张而伸，一层叠一层，树形呈塔状。我暗暗责怪自己：这么粗大的野山樱，以前怎么就无视呢？

山谷两边的山上，除了松树、杉树、板栗树、泡桐、乌桕树，我没见过胸径超过一米的树。这棵野山樱的胸径约有一尺，算是野山樱中的"巨无霸"。树藏得很深，尤其在无人踏足的山上，会躲避人的眼睛。一棵有年份的树，其实就是无问岁月的隐者，隐去自己的身份，隐去自己的繁茂，隐去自己的过去和将来。野山樱也算得上是"怪树"了吧，尤其在山石嶙峋的贫瘠山上，虽然长得很慢，但繁殖力旺盛。

走在山谷，有时我会想，桃花是属于凡间的，野山樱花是属于三界外的，有着不食人间烟火之美，它和飞鸟、游云、林中水滴，彼此引为知音。我又猜想那个种桃树的人，可能他觉得破败的山庙不属于山，是人世间的一部分，确实需要一棵桃树陪伴。

溪涧穿过谷口，流向不远处的田畈。溪涧约两米宽，埋在沿途的灌木、芒草和藤萝之中。不见溪水，叮咚之声盈耳。有一个牧羊人，在山谷口进去的山峦转弯之处，砍了藤木，筑坝蓄水，供人游泳。天热，孩童在水里嬉闹半天，扑通扑通地扑水花。右边山坳是茂盛的茅草。我知道，环颈雉常出没在山坳——有四个环颈雉家族在此安生。

山脚是两条溪涧的汇流之处。南边狭窄的山道通往更深的田畈心村。山道已多年没有人行走,被灌木和芒草遮盖。我尝试去走走,走不出百米。灌木比人高,密匝,野莉多。据牧羊人说,深山里的杂木成林了,比钵头还粗,野猪和山麂四处乱跑,随时可见。他有一只羊乱跑,跑到了深山里。羊是母羊,在杂木林里产了两头羊羔。他去找羊,在溪涧的源头看到一头野猪有三百多斤。大野猪带着六头小野猪在拱地找食。他爬上树,躲了两个多小时,待野猪离开了,他才抱着羊羔下山。他说,他坐在树上,双脚发抖,粗气也不敢喘一口。

汇流之处有两个平缓浅潭,是山洪在悬崖处飞流而下,冲刷走了砂石,形成了潭。潭两边各长了油茶树,斜逸的树冠遮住了潭顶。有乡人在潭中见过半斤重的娃娃鱼。我羡慕得要命。我裹着头巾,钻进藤萝和芒草丛生的溪涧,去寻找娃娃鱼。能看一眼娃娃鱼的话,我就太满足了。草太盛,锯齿状的草叶割脸。我钻出溪涧,满脸淌血,衣服上粘着横七竖八的蜘蛛网。但我徒劳了半天,只看到了一条大水蛇。当然,我发现了更让我入迷的事情:山鹪莺和苇莺的鸟巢,挂满了芒草和灌木。这是非常隐蔽的鸟巢。走入山谷,鸟语盈耳。扇尾莺科、蝗莺科、柳莺科、树莺科、莺鹛科、噪鹛科等鸟类特别多。它们大多是体形较小的鸟,大多在山缘地带、低地林草地带生活,善飞,成群结队,叫声非常明亮、清脆、婉转。所以,每次进入山谷,如同进入了鸟类音乐会的演奏现场。这种聆听,可以称之为沐浴——天籁的沐浴。

尤其在秋天徒步,山谷有了更让人沉醉的山色。山上的枫香树红了,乌桕树黄了,山毛榉褐了。山中无高大的枫香树。枫香树长到碗口粗,被人砍伐了,但又迅速发枝。枫香树是砍不死的树。遍布山野的枫香树如密密的火把,只要秋风摩擦空气,火把便彤彤地亮了。南朝乐府民歌《西洲曲》唱得很浪漫:"日暮伯劳飞,风吹乌臼树。树下即门前,门中露翠钿。"白露之后,乌桕树被霜露所浸染,叶色灿黄。可以说,在南方,香枫红乌桕黄,是两种最壮丽的颜色了,给予了秋天层次之美。

山谷太偏僻,因鲜有人来,也鲜有人居住,又多杂色,似乎也很容易被人遗忘。而我也通常走峡谷,很少登山。登山多累啊,尤其对于我这样的低血糖症患者,登山是一种冒险。河在峡谷湍湍而流,河石裸露。河滩有平整的野生牛筋草皮。草皮滩是蛇捕食鸟类的砧板。我多次见识蛇捕鸟。蛇盘在草皮上,鸟吃草籽或昆虫,蛇闪电般扑过去,大快朵颐。河水是泉水或雨水,四季青碧。鱼群(以鲫、鲩、鲤为主)在丰水季逆流而上,在河草丛孵卵。鱼野生着,也无人捞鱼。马口鱼斗水而上,一群群,作逍遥游。冬季，水浅下去，露出淤泥。乡人拎个铁桶来捡河蚌。河蚌比巴掌大。这是小鹛鹛越冬的世外桃源。小鹛鹛在水边草丛隐蔽之处筑巢，孵卵育雏。

引人注目的是红嘴鸥。红嘴鸥在 10 月之后，来到峡谷外的宽阔河面，在低空呈半圆久久盘旋。浮面的死鱼和浮面浪游的白鲦，是它的至爱。红嘴鸥是南迁的冬候鸟，以群落生活。而在山谷河面见到的红嘴鸥，通常是一只或两只——迁徙途中失群。因为有了丰富的吃食，它也不再寻找更远的越冬地。我站在坝顶，望着低翔起舞的红嘴鸥，心里有说不出的惆怅。何谓故乡，何谓异乡，何谓归处。我竟然说不出所以然。人有了双脚，如鸟有了双翅，需要追寻更远的地方，远方才有高贵的自由和诚挚的爱。我年过五十，又有了不同的想法。无论走多远，人始终无法摆脱的是肉身。我便奢望，肉身可以抽枝发芽，即使抱身于山中。我不是一个易于悲伤的人，但我还是会泪流满面，当红嘴鸥出现在我眼际之时。

也许是这样，我不再留恋于市井，不再抱有别的期待，我更热望于内心，我便迷恋于转山走谷。

春水

第一场春雪融化，河洲被淹没了一半。河洲并不大，由小块小块的沙洲组成，河水在沙洲与沙洲之间的沟壑中横流。乐安河流至香屯镇，被河洲中分，河水往两边湍流，卷起一堆堆白浪。站在香屯桥远望，河洲似一艘大驳船，停泊河中央多年，锈迹斑斑。

铁锈就是矮柳、芭茅、芦苇、莎草。赤麻鸭、绿头鸭在水浪之上飞翔。一群群。十余只一群，嘎嘎嘎的叫声如暴雨垂降。它们从草丛起飞，斜空而上，逆水而去，消失在岸边乔木林。乔木多为香樟树、榆树、朴树、刺槐、洋槐、枫杨树、枫香树、黄栌。落叶乔木高举光秃秃的枝丫，勾勒出天空的线条。常绿乔木冠盖蓬松，冠幅大圆，如墨绿的矮山冈。

前两年，河洲并不曾见鸭科冬候鸟，小䴙䴘、黑水鸡倒分布了很多种群。黑水鸡是涉禽，在岸边草丛或沙洲草丛营巢，清晨，它们蹦蹦跳跳地走在沙地上，脚步走动频率很高,腿骨如弹弓,头高昂扬起,喙飞快地啄水中食物。或者浮在浅水,露出半个黑背,伸出长脖子,红红的喙格外显眼。有一次,我沿着河边走,黑水鸡远远地感知到有人在活动,从水里四散低飞,躲入草丛。

在河边待上半天,也很难得听到黑水鸡在叫。它们一群群,散在浅水区,啄食螺蛳、小鱼、小泥鳅,啄食水虫及沙地虫卵。其中的一只站在沙地,四处张望。它是放哨员,发现了有人活动,就"咯喊"一声,拔脚狂奔逃窜或游入水里。其他黑水鸡就惊慌起来。一个种群就是一个家族。家族有领头的黑水鸡,它往哪个方向飞或逃窜,其他成员紧随其后。它们以纵队形飞走,落在另一片水域,迅速散开,各自觅食。

乐安河沿途都有小䴙䴘分布。有深水区域,就有小䴙䴘。哪怕是一个与河水互通的大沙坑。一个种群三只五只或七只八只,以芦苇芭茅作掩护,葫芦一样浮在水面,黑黑的。在三十米开外,它们就可以听出人的脚步声。我不知道小䴙䴘是如何分辨人与动物的脚步声的。水牛经过,羊经过,小䴙䴘若无其事,照旧怡然自得,浮游或潜游,而人经过,就踩水奔逃。瓣蹼踩水如闪电,踩出一条水线,水珠四溅、飞扬。三条、四条、五条、六条、七条、八条。水线一条间隔一条,齐齐整整,梭子织麻布一样,织出水的花纹。河面在瓣蹼下轻轻摇摆。我们可以看出河面在左右倾斜,像一个摇起来的摇篮。

小䴘䴘有非常敏锐的视觉、听觉,脚骨退化,无法支撑自己的体重,便无法在陆地行走,前趾有瓣蹼,必须借助水的浮力,才可以奔走。它是体形和体重最小的"野鸭"之一,脸颊、喉部及颈侧为黑色、白色和棕色相间,如一条杂色带;虹膜在阳光下反射灰白光,看起来白白的,其实虹膜呈黄色。小䴘䴘并不归属"野鸭",属于䴘䴘目䴘䴘科,体形似葫芦,故称水葫芦。

春雪落了一夜,两天就融化了。树梢及沙洲仍有残雪。残雪薄薄,掩藏在叶丛、草丛。河水绿绿,激起白浪。油菜、白菜在田畴荡起了浅浅的黄色花苞。雪落之前,尚无花苞,雪催开了早春的金黄。春寒并非仅限于冷,也是一种深切的打开,打开了地层下热量上涌的通道,打开了皱紧的枝头,打开了收拢的怀抱。田畴绿茵茵,鹅肠草、艾蒿、野荠、马兰、地锦、毛茛、夏天无、紫堇等草本,完全绿了出来。紫堇垂挂了粉红花冠,铃铛一样摇曳。铃铛声被风传遍了大地。

香屯是丘陵地带,矮山冈呈草垛的形状。草垛堆满了乐安河两岸。水是春天多彩色调的一种,在树梢、草叶流泻,在鸟翅、瓦檐流泻。猫,日里在窗户叫,夜里在瓦垄叫。喵喵喵。青鲫、黄鲫便从鄱阳湖斗水而上,拥挤在乐安河、洎水河。

海口镇下游的乐安河，砾石层冲刷出河床，十分宽阔，约有二百六十米宽。河水初涨，水面露出密密的石片。青鲴和黄鲴就聚集在水洼或砾石瀑下，啃食藻类、腐殖物与虫卵。这是一年中乐安河鱼最多的时候，一个水洼有上百尾。鱼群接着鱼群，浩浩荡荡，上万尾集结，往上游进发。它们并非为了抢食，而是择草丛产卵。鲴鱼是乐安河最早洄游产卵的鱼类。鲴鱼侧线完全，敏锐地感受了水温变化、水流方向、水流量。鸭科冬候鸟来了，在深水区捕食鲴鱼。

赤麻鸭、绿翅鸭、绿头鸭、斑头鸭、鸳鸯、棉凫等鸭科鸟，与普通鸬鹚、白骨顶一起，在河面喧闹。一只赤麻鸭啄上了鱼，被另一只赤麻鸭追赶、抢食。叼了鱼的赤麻鸭飞快掠水，翅膀扇起水花，鱼在喙嘴扭动，鱼尾弯曲。这时，若有一只普通鵟在上空盘旋，水鸟就腾空惊飞，嘎嘎嘎的叫声，落满河面。

游禽到来，是因为河水涨了，河让它们自由浮游、潜游。浅水处只有涉禽来觅食。涉禽唯有灰头麦鸡、白鹭。落单的白鹭在去年秋没有南迁，成了留鸟，孤零零地站在砾石片上，双脚兀立，浑身裹雪，颀长的脖子时而弯曲时而伸直。它在调整视角，在观察鱼，也在观察自己的影子。它呆呆地站着，突然啄下去，夹起鱼，甩一下喙嘴，扬起脖子吞食。它的胃囊鼓起来又瘪下去，再鼓起来，鱼吞下去了。鱼无视白鹭,迎水瀑而上。

灰头麦鸡在乐安河已停留三个多月了。一只或两只,在沙岸轻步走、慢步走。鸡爪一样的爪印,陷在沙面。水漫上来,荡平了沙面爪印。它在啄沙中的黄蚬、沙鳅。黄蚬非常多,水涨一次,黄蚬就被涨上来,水落下去,黄蚬就躲进沙层,露出黄黄的蚬背。灰头麦鸡还冷不丁地飞掠下去,抢食赤麻鸭叼起来的鱼。

有两帮石匠师傅在西岸砌河堤。一个师傅用水泥砌石块,一个小工挑水泥。一个师傅开挖机挖基底,一个小工在割茅草,一个小工在挑拣石块。石块被挑拣出来,堆成一个小堆,方便石匠师傅随手取。茅草倒伏了,白黄白黄,草根冒出细芽。细芽青青且直挺。割了茅草,再铲平,空出地面,搅拌水泥。沙是从河里直接取上来的。挖机挖一斗砂石上来,卸在沙筛上,粗石垫堤岸,细沙拌水泥。没有下雨,两个石匠师傅也戴着斗笠。石匠师傅拿起石头,在手上轻轻抛,翻转石头,握一握,裹上水泥浆,砌下去,再用泥刀背敲石头,嘟嘟嘟。石头吃进了水泥浆,泥刀刮一下凸出来的水泥团,糊在石面。

这是一截矮河堤,与公路等高。与其说是河堤,不如说是公路临河护坡。原有护坡是黄泥做的,坍塌了。割茅草的小工,把铲地时铲出来的小樟树苗,移栽在已经砌好的护坡边。他铲一个碗大的泥洞,把树苗栽下去,用黑泥捂实根部，再踩实。啪啪啪，脚用力踩。

从香屯去太白镇的人，骑着电瓶车，见到砌河堤，停下来，散一圈香烟，闲聊几分钟，香烟熄了，又骑上车行路。一个收鸭毛鹅毛的人，骑摩托车去太白，电喇叭还自动吆喝着："鹅毛鸭毛，有多少收多少，高价收呀。"竹篓压在摩托车后座两边，一只装鹅毛，一只装鸭毛。他不停车，轮胎被乱石堆搁起来。他不停地转手把，轰油门增大马力，排烟管溜出一股黑烟。轮胎还是移动不了，他嘀咕了一声："正月还没过完，师傅就开始忙活了。"

淡淡晨雾在晌午才散尽，乐安河一下变得辽阔，视野晴朗，丘陵上的山樱花白了出来。一丛一丛白。"今年都没倒春寒，野山樱就开花了。"一个掐白菜心的妇人说。白菜开花，掐去花头，往下撕扯茎皮，白白的菜心就露出来。腊肉炒白菜心，或许是早春最受乡民欢迎的菜蔬了。"腊肉熬油，白菜心切片，与藠头叶一起炒。"妇人对她男人说。男人在剥田塝。田塝长了茅草，他铲着大块泥片。泥片裹着茅草，倒压在田里。紫云英油绿油绿，尚未开花，花骨朵收得结结实实。她男人说："白菜心少掐，有一碗就够了，剪一些嫩花草（即紫云英）回去。"

一头水牛在山垄田吃草芽，吃一会儿，抬头站一会儿，又继续撩起长舌头吃草芽。一垄山田浅浅绿。两只黄鹂在光溜溜的柳树上嬉戏，鸣叫。一弯涧水东流。一棵白玉兰爆满枝头，如栖着数百只白鸽子。田里积着不多的水，草芽浮着。

香屯往北便是婺源，群山戴翠，往南便是乐平，丘陵一坡又一坡，在乐安河两岸展轴般铺陈。丘陵渐没，是一马平川的鄱阳湖平原。香屯古称龙溪街，因山中寺庙香火鼎盛，香味萦绕不散，便改称香屯。这是一说。龙溪多草木，四季花香，花香囤积而不散，故称香屯。这是另一说。屯香味的地方，就是屯自然之美。

春雨给江村茶园洒下了绿意。芽尖冒出来，青绿。有一年，我和朋友陈在茶园北边的小湖摇船。天炽热，鱼戏莲叶。我抱着双桨摇，船不断地颠簸、晃动。我们都酣畅淋漓。船在原地打转，越摇越转。我都转晕了，朋友陈兴奋得大声尖叫。茶园临乐安河，河岸乔木丛生，上千只白鹭在高大乔木夜宿。江村茶园是灰椋鸟主要觅食地。从冬至来年初夏，它们在这里聚集。现在，我就想和朋友陈去摇船了，不知疲倦地摇，摇起春波，惊起鸥鹭。

在水路时代，香屯是有码头的，运送山货下鄱阳湖。2018年仲夏，我来香屯，江上还停泊着机帆船。当时不知船是挖沙的，还是运货的。船身漆了红漆，吊物架高高。有了船，便觉得乐安河多了一份雄壮和威武。如果有汽笛声就更好了，呜呜呜，是一种远途的征召、进发。没了船，河空荡荡。

鸭科水鸟代替了船。它们比机帆船跑得更远。冬来春回。乐安河是它们取之不尽的粮仓,高树供它们栖身。玉坦村前的河段就栖息了数百只鸳鸯,它们在高大乔木的树洞营巢、产卵、孵化、育雏。

产卵、孵化、育雏,是春天最壮丽的开始。水暖了,小䴙䴘在草丛结浮巢。暖暖的春水,带来了生命的消息。我很仔细地观察过小䴙䴘孵卵、育雏。在水芊、荷花、芦苇等高草下,结一个圆圆的浮巢,暴雨来了,水上涨,浮巢浮在水面,亲鸟扑在窝上,护着鸟蛋。风雨飘摇,电闪雷鸣,亲鸟也不离巢。一窝雏鸟趴在亲鸟小小的背上,一起出游。

河中之前并无沙洲,更无河洲。十年前,有人在河中取沙,筛下的石块、树枝,堆在沙筛边。沙取完了,堆石又没推平,经过洪水冲刷,有了一个个沙洲。淤泥和沉沙陷入了堆石,长出了高草与矮柳。沙洲是河流非常重要的组成部分,是小䴙䴘、黑水鸡、东方大苇莺、中华攀雀、山麻雀、煤山雀、鹡鸰等众多鸟类的安身之地。

在乐安河流域,黑水鸡是留鸟,在浅水芦苇丛以枯草营巢,每年4月孵卵,窝卵数6~10枚,一只亲鸟孵卵,另一只亲鸟觅食,轮流孵卵、觅食。雏鸟破壳,即随双亲外出吃食。雏鸟跑得特别快,一路咯咯咯叫。

众多水鸟在乐安河栖息,是因为鱼多,且种类繁多。

鱼以鲴鱼为最。鲴鱼不受乡人待见,骨刺细且多,肉易糜烂,耐氧性低,出水即死。钓鱼人钓上鲴鱼,扔回河里。鲴鱼巴掌大,在水下,银光闪闪。鲴鱼躲过了筷子的劫难,养活了一季夏候鸟、一季冬候鸟。

河繁衍了鱼,鱼生动了河。春雪消融,春雨来了,河水日渐上涨,水鸟翩翩。春从水开始,水浇灌,水汹涌。在乐安河畔,我数度寻找春的踪迹。春不是一个隐藏的季节,它尽情显露——枝头露出新叶与花朵,鸟发出了求偶的鸣叫。我常怀一颗悲寒之心,看当下和未来,看周遭的人。是的,我常有痛彻心扉之感。其实,我不应该这样,我一直着极简单的生活,欲求无多。我不复杂。春水涌动,大地复苏,人就不可以沦丧、悲观。我站在香屯桥,远眺河洲,一群水鸟晚归,翅膀扇动夕光,河水轰隆轰隆地拍打两岸。

水消失在更多的水里,更多的水注入了水里。

两亩方塘

朱潭埠的矮子师傅赤膊下塘,抱个簸箕,在抓鱼。鱼有鲫、花鲢、鲤鱼、鳑鱼。塘水很浅,就剩下塘底一洼水,鱼拥挤着,很难游起来。矮子师傅用簸箕铲下去,捞上三两条鱼。鱼躬着背,尾巴甩起来,一把泥浆甩在矮子师傅脸上、脖子上、胸膛上。他也不抹一下泥浆,泥浆就那么任性地淌下来,一直淌到裤腰,像烫软了的荞麦面。鱼入箩筐,吧嗒吧嗒,跳起来,跳了三五下,不跳了。鱼不大,鳑鱼约一斤半一条。我问矮子师傅:"鱼这么小,启塘是不是早了?霜降才过了七天,鱼也不好卖。"

"还谈卖鱼?天干了三个多月,一滴雨没落,塘没水了,鱼很快要死光光了。看不懂这个天。鱼拿命熬着,熬不下去了。"他答。

塘堤上,三株南瓜旱得半死不活,叶半青半黄,南瓜结到拳头大就黄老了。苦竹搭的南瓜架晒得发白。十几株辣椒、茄子晒得蔫蔫,叶秃了大半,辣椒一个也没结,茄子结了几个,很瘪,弯翘得似镰刀。一排苦荬菜秃了秆,几片叶子在秆头焦黄。

一个早晨,他抓了浅筐鱼。他抱起筐,装在摩托车上,从机耕道出了雷打坞。筐滴下泥浆,他的身上也滴下泥浆,在地上滴出三条泥线。回了家,鱼入了木桶,他洗了澡,拉着木桶去集市卖鱼。

矮子师傅不矮,五十多岁,每年 4～10 月,他打赤膊。他说,衣服穿在身上,刀片刮一样难受。他身子黝黑,陶瓷锅的那种黑。他脸却白,出门就戴斗笠。斗笠可遮雨遮阳,还可当蒲扇。他头发短,也稀疏,鬓斑白。鱼塘在机耕道与山的夹角——山的最低处,也是机耕道的尽头。尽头是一处坟地和一块黄泥地。黄泥地种了番薯和芝麻,再过去,是无尽的针叶林。一条防火道把针叶林一分为二。

初夏,他站在塘堤上,剥苦荬叶、南瓜叶给鱼吃,也去黄泥地剪番薯藤给鱼吃。这个山脚,我三五天去一次,去看环颈雉。有一个环颈雉家族栖息在这里,有时看见一只,有时看见三只,有时看见一窝,母鸡带着七八只小鸡,咯咯咯叫着。稍有动静,它们就飞得远远的。机耕道两边和坟地,有许多草。它们吃草叶也吃草籽。我带晒干了的剩饭去,撒在路边。他早起,是为了割草喂鱼。我早起,是去雷打坞溜达。就这样,我认识了矮子师傅。

鱼塘并不大，约两亩，毗邻小畈荒田。矮子师傅说，这小畈田种不了，几年前，出水的小渠被工地填埋了，抬高了地势，旱季又没了水可引，田就这样荒了。他挖了自己的田，筑了塘堤，养起了鱼。我说："与塘相连的那两块田，你可以租用过来，可以多养一些鱼，收入也高些，花去的工夫都是一样的。"

"那是我哥的田。他荒着，也不租给我。哥不如邻。唉，这是我最后一块田了，不能让田废了。三年不用，田就废。"矮子师傅说。

大暑一过，天就没落一个雨滴，塘水日浅。入了秋，塘尾露出了厚厚的泥浆。泥浆日晒，干燥、皲裂，有了乌龟壳的裂纹。黄鼠狼在塘堤打洞，捕鱼吃。鱼游在水里，哪看得见黄鼠狼呢？黄鼠狼缩在洞口，鱼游到浅水，它就扑过去，咬住鱼鳃，拖到阴凉的地方吃。它啃鱼头，啃鱼背，啃鱼尾，鱼腹却不吃，扔在淤泥上。剩肉和内脏被白鹡鸰、乌鸫啄得干干净净，剩下一副完整的鱼骨。

随时可以看见白鹡鸰、乌鸫在塘边活动，它们啄螺蛳，啄死鱼，啄小虫。矮子师傅用水管从荒田的水坑，接水过来，续塘。水坑蓄水量太少，续了半个来月，水坑也没水了。他也不去割草喂鱼了，把家里摘下来的菜头菜脚、瓜皮，带来喂鱼。有一次，矮子师傅问我："你爱钓鱼吗？"

"以前爱钓鱼,已经十多年不钓了。"我说。

"喜欢钓鱼的话,你就来塘里钓。昨天晚上 12 点多,我抓了一个偷钓的人。他也太不识相了,钓了我八条草鱼。"他说。

"这么偏的地方也有人来偷钓呀。何况,鱼也不大。"我说。

"嗯呀,偷钓的人用几条蚯蚓就把鱼骗上来了,才不管我割鱼草有多难。睡在床上,我都想着明天去哪里割鱼草。"他说。

没了水续塘,塘干得越发快了。山坞常有野猫出没。野猫不是弃养猫,是山灵猫,比家猫体形小,抓鸟、抓蜥蜴、抓蛙、抓蛇、抓野兔吃。野猫非常隐蔽,藏在草丛或林下,突然袭击。它有非常灵敏的嗅觉、视觉、听觉。塘水浅下去,它盘踞在机耕道边的杉木林一带。鱼游到塘边,野猫跃下去,抓上鱼来,叼到杉树下吃。野猫捕鱼,我看见过两次。矮子师傅看过三次。他用竹竿扑打杉木林和杂草,驱赶它。但他扑打了几次,连野猫的鬼影也没看到。

捞了三天的鱼,塘没鱼了。浑浊的泥浆水,沉淀了七天,一洼水清清澈澈。矮子师傅说,投了 500 块钱鱼苗,鱼卖了 1460 块钱,还划算,还划算。他嘴边叼着烟,拖着一双鞋跟烂开的黑胶鞋,又说:"一年买酒的钱有了。"

塘彻底干了。最后一块淤泥半干半湿，冒出了很多气孔。淤泥也晒白了。地锦和红蓼，冒出了尖芽。白鹡鸰在泥面上，呼溜溜地跑，溜冰似的。矮子师傅收了南瓜架，翻挖了一遍塘堤，种上了白菜、白萝卜、菠菜、大蒜、芹菜。从一里外另一个山坞的山塘挑水来浇菜。三天浇一次，浇了六次，雨来了。雨下得不透，刚好湿透了泥层，塘里没水蓄。塘泥软化了，葱油饼一样。软化了的塘泥，露出了浅浅的兽迹：梅花状的五趾脚印、前三后二的五趾脚印、马蹄饼状的三趾脚印。鸡爪印也很多，大大小小，虚虚浅浅。塘边长满了牛筋草。牛筋草散开，贴着地面。泡桐叶、枫香树叶、苘麻叶、盐肤木叶、乌桕叶，落在塘泥上，蚀孔腐烂，叶脉完整。

水蓄了半塘时，正月已经过了。芹菜摘吃完了，白菜萝卜也砍了大半，根还留着，烂菜衣也风干了。矮子师傅就向我抱怨，说，野兔吃了好多白菜萝卜，啃几口，也不吃完，烂根。他吃下的白菜萝卜，都是兔子先吃过了的。他舍不得菜烂在地里，把吃不完的白菜萝卜，做了泡菜。他说："你要想吃泡菜了，跟我打个招呼，自己的泡菜干净，也酸爽，用咸肉炒起来好吃。"

没砍的白菜萝卜，都开了花。白菜花黄，萝卜花白。这是初春原始的底色。山峦俊秀了起来，一浪浪地青绿着，从山脚往山顶漫上去，野山樱花白艳艳，覆盖了山崖。簇新的木荷率先从杂木林里涌了出来,灰胸竹鸡再也控制不住自己,从早晨到黄昏,一直鸣叫。

去山里的人,有些恍惚,还没缓过神,豌豆已经开花了。改变自然世界的,从来就不是别的,而是时间。时间给每一棵草、每一棵树、每一寸土、每一个生灵,打上了生命的烙印。机耕道下的塘边,是一个斜坡。坡上的桂竹冒出了笋芽,八天之后,笋长得比人还高。矮子师傅在掰笋。他喜滋滋地说:"桂竹种下去四年了,第一年长笋呀。"笋长了六根,他掰了较小的两根。

"你今年还要养鱼吗?"我问。

"有点不想养了,去年天那么旱,鱼还没长开,就启了塘。费了那么多工夫,一百斤谷烧都没赚到。"他说。

"不养就可惜了。这个塘好,塘堤种菜,水中养鱼。"我说。

"你这样高看这个塘,那我还是养吧。也就五百块钱鱼苗,工夫值不了钱,玩了也就玩了。鱼不赚钱,赚鱼吃也可以。"他说。

矮子师傅扛着锄头,去雷打坞铲塘边、糊塘边。塘糊结实了,不渗水。塘堤又翻挖了一遍,种了莴苣、苦荬、南瓜、黄瓜、丝瓜、空心菜、油麦菜、苋菜。这些菜,叶茂盛,可喂鱼。塘堤有一米多宽,泥肥,菜疯长。在黄泥地,全栽了番薯。去年的芝麻,才收了两斤多。芝麻被鸟吃得所剩无几。他也没办法。他扎了五个草偶赶鸟，竖在芝麻地，鸟照吃，还在草偶上结窝。

我去集市买菜，顺带买了十几根莲藕，掰断，扔进了鱼塘。藕是莲科多年生水生草本植物，喜温喜水，有肥泥就生长。一块方塘没有水生植物，塘面就太干净了，失去了塘的韵味。我也跟矮子师傅说，塘边上还可以栽几棵番茄，番茄好看又好吃。矮子师傅把头摇得像个拨浪鼓，说："鸟吃番茄，鸟吃番茄。"

有一天，一个香屯人骑四轮电瓶车进村卖树苗。树苗有柚、番石榴、桃、梨、柿、木槿、栀子花，苗是小苗，拇指粗。我选了三棵梨苗、两棵柿苗、六棵木槿、四棵桃苗，借了一把小锄头，去雷打坞了。挨着塘边，在机耕道之下的坡，栽种了树苗。我喜欢柿子树和木槿。我每去一个地方客居，都要栽木槿。木槿易栽，抗病虫能力强，花期长。花可食，可赏。木槿花一层层开出来，是一件赏心悦目的事，如同告示：怒放的生命多么美。

清明，藕茎挺出了水面，圆绿肥厚的叶撑了起来。叶还没完全展开，如小绿伞，亭亭而立。矮子师傅买了500块钱鱼苗，放入鱼塘。泱泱绿水，塘一下生动了起来。白鹡鸰站在绿叶上叽叽。

早上，矮子师傅骑一辆摩托车，去界田三岔路口割草。那里有几块田，前几年有人种草养鱼，后来鱼不养了，草年年长。他去一次割一担，能让鱼吃三天。草浮在水面，鱼躲在草下，窸窸窣窣。

6月底，暴雨涟涟，下了八天。洎水河轰轰隆隆，浪头翻涌席卷。楼下掉了三个麻雀窝，被雨打掉的。其中有一个窝里还有五只雏鸟毙死。放晴了，我去雷打坞，看见矮子师傅在翻挖塘堤。他说，小田畈像个湖，鱼跑得差不多了，菜也淹死，劳而无功。

塘中还有不多的鱼，矮子师傅也不去割草了，只是三五天割一次番薯藤，扔进塘里。鱼成了塘里的闲云。差不多有一个多月，矮子师傅再也没来过雷打坞，马塘草、狗尾巴草覆盖了菜蔬，塘堤成了草堤。牵牛花爬上了瓜架，花幕垂下来。

在集市买菜，我看见活的白鲦、野生泥鳅、蚌、螺蛳，就顺手买一些，放入鱼塘。白鲦在水面穿梭来穿梭去，跳起来吃水蜢、水蟑螂、水蜘蛛。莲藕叶终于盖住水面了，花苞从茎丫抽出来，朝上空挺直，日出而绽，露出粉红的花朵。

又旱了，入了仲秋，下了一场阵雨。阵雨很热烈，雨珠猛追猛打，下了半个多小时，骤停。塘水终究还是浅了下去。

塘半干半枯，露出了几块淤泥，已霜冻了。鱼沉在塘堤，或钻入塘泥。也有鲩鱼死在淤泥上，比巴掌大一些，被霜冻得硬硬的，成了鱼的木乃伊。鱼眼被鸟啄食，成了两个黑窟窿。矮子师傅挖了六担番薯，把滕和根扔在塘中央。番薯机粉，卖20块钱一斤。栽下去的树苗，活了十一棵。我高兴。矮子师傅说，栽下去的树，要经过三个寒暑，才知道是否活了，现在判断不了，言之过早了。他是山民，也是树民，懂得栽树。树和人相似，需要经历严寒酷暑的煎熬。

雨水又活跃了起来。自然世界随之活跃起来。泡桐开出了粉粉的花。花油白油紫，一个月后，结出了蒴果，剥开蒴果，露出一包青籽。芝麻粒一样的青籽。木槿也开花，风摇，花枝也摇。

这一年，矮子师傅没放鱼苗了。他说，鱼会在塘中的番薯藤孵卵，不启塘，鱼就会越来越多。"任由鱼自己吧，由鱼命。"他说这个话，既坦然又无奈。好天气多，坏天气也多，好天气总是多于坏天气，可遭受几天坏天气，就让人无法承受。他管不了天气，也就管不了鱼塘。"没有水源，又没法排水。鱼没法养。"

矮子师傅的话有道理。可什么是好天气，什么是坏天气呢？从哪个角度判定呢？天气都是好的，也都是坏的。无所谓好坏。

雷打坞是一个大山坞，有一片高大的香枫树林。林边有十几块大菜地。鱼塘缩在山脚，很少有人来这个角落。

矮子师傅在黄泥地种上了花生。他挖花生,我捡花生。他剥生花生吃,嘴角溢出白浆。

又一年春,桃树开了花,梨树开了花。又一年秋,柿子树挂了红红的柿子。这一切,与我想象中的,是一个样子。

冬日林中

不要以为那是一个死寂的世界。

松杉林自山峰斜披而下,粗糙、柔顺、近乎呆滞的墨绿色已被一层泡沫化的白色覆盖。松杉林自山腰之上而成坡状,密密实实。山腰之下是阔叶灌木林和白茅,偶有几株高大的枫香树、苦槠、野柿树、栗树拔地而起。

小寒第七天开始,霜冻天气持续了十三天,夜间和清晨气温一般在-7～-3℃。虽是一年最冷的严寒季节,白霜遍地,但赣东北很少有这么低的气温,几年也难得遇上几次。我没预想到霜冻有多厉害。霜冻第一天早晨,我起床去后院打水煮茶,水池中半米深的水被冻成了厚厚冰块。水龙头悬着约三十厘米长的冰凌——夜间的滴水被冻住了。冰块无色透明,有稀稀的波纹——水滴在水池时形成的波纹被原封不动地保存了下来。水自山上引下来,带着野气和彻骨的冰寒。我抬头望望峡谷口的山峰,被白皑皑的东西罩着。

森林会以某种不可预知的方式，召唤我们。很多时候，我们看到森林会莫名地感动。至于为什么感动，我们又说不上来。比如浩瀚如海的沉默，比如汹涌的斑斓色彩，比如地宫般的寂静。我被白色的山峰迷惑。

山是大地的阶梯，矮山梁叠着矮山梁，叠出了大地的高度。去往松杉林，须经斜深多弯的大茅山北麓山谷。一条细小的溪涧隐藏在白茅丛中。溪涧被冻住了，如水的骸骨。冰溪仍然保留着奔腾的姿势，溅起的水花、飞泻而下的瀑水、涌起的低低水浪、潭中回旋的急流，被一只无形的手摁住了，以冰刀雕出了静止的状态。山谷口有一片菜地，蒙了一片厚厚的白霜。白菜叶软软地往下塌，菜色是一种罕见的熟绿。一株青白菜有四层菜叶，六片、四片、两片、一片，依序而上张开，往内收拢，形成一个喇叭口。喇叭口内却无霜，经脉清晰分明，每一条经脉如一棵生长的树。

霜是一种非常神秘的东西。我们可以看见雪飘下来、雨落下来，可以看见太阳光在树冠缓缓移动，可以看见雾气慢慢弥散开来。我们却看不到霜是怎样在草叶上形成的。气温在0℃以下，露凝为霜。菜叶、萝卜、浆果等水分充足的新鲜菜蔬瓜果，会被霜冻伤，我们称之为霜熟。霜熟的植物很快会腐烂，溃疡一样，烂出一摊水。菜地上，菠菜、大白菜、白萝卜烂了大半。有两块菜地被遮上了茅草，茅草下是石大蒜、葱、芹。烂菜之下的黄土，耸起了一根根霜霄。下雨雪的云团谓之霄。霜霄却是从地面冒出来的。

在溪涧边，在无草本植物覆盖的地面，我看到了非常多的霜霄。霜霄耸立起一个镂空雕世界，微观的、深邃的。霜霄把泥土耸了起来，像野蘑菇，像小兽的骷髅，像太湖石微缩盆景。蝼蚁和蚯蚓被泥巴裹着，也耸了出来。谷中深处有一块荒田，被野猪拱了，下了雨，成了水坑，冻成了冰泥。我跳下去踩，冰泥咯咯咯作响，却不断裂。坑边耸起来的霜霄，足足有筷子长，像一根根微缩钟乳石。这里是山阴之处，冰泥和霜霄在当日都不会融化。

有一淤泥处，长了十几株水芋（南天星科植物），肥阔的叶子蓬蓬勃勃，霜冻一天，叶子萎谢，厚绿的色泽变成了灰绿。谁会想到，它一夜就死了呢？其实，霜冻让很多植物、昆虫在冥寂中死去，不知不觉化为泥土的一部分。

这条山谷约五里长，谷里长满了油茶树、小叶冬青、大叶冬青、棕、构树、乌饭树、壳斗、山胡椒树、三角枫，树上挂满了横七竖八的野藤。没有结霜的露水，在树叶上结为冰。厚厚的树叶沉沉地下坠，有的树叶脱了叶蒂，落了下来。寂静之处是鸟世界。沿谷口而深入，鸟四处鸣叫。其实，林中原本很少看到鸟。因为我的惊扰，鸟才会从树林或白茅丛飞出。

上了黄歇田,往山梁右转,进入了梧风洞。梧风洞是一个约三里长的山谷,谷中有大溪,名马溪。马溪宽阔,凝水成冰。松杉林直排在公路两侧。松是黄山松,杉是落羽杉、云杉。

松杉林与阔叶林混杂在一起。霜冻之下,针叶结了尖冰。每一棵松树或杉树,长出了上千根尖冰。针叶被冰包裹着。冰像一粒尖锥形的种子,针叶是其胚芽。冬日太阳虽是弱光,但照在林中,叶冰闪闪发光,显得很刺眼。树冠以下,针叶无冰,哀哀发黄。我抱着松树摇动,树冠当当作响,却无冰落下来。这就是雾凇。

在赣东北,也只有在深山里,才可现罕见的雾凇。我发现,只有针叶树或有茂密树枝的落叶乔木,才会出现雾凇现象。山谷中的黄檫树、乌桕树出现了雾凇,而樟树、野柿树、构树则没有。我不懂雾凇形成的原理。第六版《现代汉语词典》"雾凇"词条说:"寒冷天,雾冻结在树木的枝叶上或电线上而成的白色松散冰晶。统称树挂。"雾凇俗称冰花,是一种白色不透明的粒状结构沉积物,非冰非雪。形成雾凇需要具备两个客观条件:湿度充分;零度以下气温连续时间长。但即使有此两个客观条件,也不一定形成雾凇。

因为持续十几日的霜冻天气里,这片林中只出现了三天雾凇。

针叶林的地上是厚厚的针叶。脚踩在针叶上，可以听到针叶脆断的声音。林子较密，林地只长了一些野棘和毛蕨，稀稀的。松树擎天而生，直条而上，在十米之上开枝，横伸三五米，再之上收拢，形成塔状。松鼠无处不在。它们是一些不怕冷的家伙，嗦嗦嗦，跳来跳去。也许是很少有人来到松杉林，它们不惧怕人。它们还站在树枝上，看着我。我摇一下树，松鼠就跳到另一棵树，继续看我，似乎在说："你能拿我怎么样？"

黄松会长松毛虫。松毛虫是一种繁殖力很强的有害虫，噬木质，木质噬出齑粉。大风来了，松树被拦腰折断。黄鹂鸽、大山雀、松鸦、树鹊、伯劳，却很喜欢吃松毛虫。"哇哇哇哇"，松鸦在林中叫。但我没看到松鸦。它对人很警惕。我几次循声而去，都找不到。

我沿着马溪走——很有意思，涧溪硬硬的，像冰块的链条。我走在冰块的链条上，脚步咯嘣咯嘣响。白茅被冰压倒，和冰盘结在一起。冰很滑，鞋底簌簌簌滑溜。山边的灌木林里，发出了嘘叽叽，嘘叽叽的叫声。这是很亲切的、略带柴火味的叫声。叫声持续了十几分钟，对面山谷有了回应声。在松树林，我也听到了相同的叫声，湿漉漉的空气浸透了欢快、悠长的愉悦。

老林场旁边的针叶林，我是要去的。针叶林在林缘地带，有一块小平地，树也不过于茂密。松树林中还间杂了两棵冬青、一棵山毛榉、一棵枫香树。杂树都是野生树，较为高大，因为竞相生长，每棵树都很挺拔。我在每棵树上，挂了一个纸盒，在纸盒里装了花生和碎玉米。在冬青树上，我还挂了一条半斤重的干鱼。干鱼用铁丝穿过鱼头，倒挂在枝丫上。这些吃食，是鸟和松鼠的食物。

2022年11月20日，我来过这片针叶林。朋友詹先生拍秋日的大茅山，我陪他上山。他拍针叶林树冠。他举着相机镜头，对着树冠转来转去，找角度。我也仰起头，看树冠。我惊呆了。树冠与树冠之间留有圆形或椭圆形缝隙，每个树冠都是独立的，一个树冠并不完全或部分覆盖另一个树冠。因此树冠享受了最大限度的日照。光线从树缝和叶缝漏下来，葵花绽放一样，金黄瑰丽。针叶缓缓飘落下来，围着树根堆积。

无论树林多稠密、面积多广大，树与树之间都是这样的。这就是森林的树冠羞避现象。中午，我们在食堂吃饭，谈起了树和森林的奇异性，我说，树冠羞避是最奇异的现象之一。

有了雾凇，我举头望针叶林树冠，冰花开出了各种形态，白绒绒，一根根冰刺透出光，晶莹剔透。

梧风洞是大茅山最高海拔的山谷，谷宽两百余米，深长且平坦，有数户林场老职工居住。深冬冰寒天气，梧风洞出现大面积雾凇,山下和城里的人就上山看雾凇。女人穿着大红的冬衣,裹着红头巾,在落羽杉下,信步闲走。孩子在河滩嬉闹。有孩子用木条击打树枝,喊着:"看冰落下来啊,看冰落下来啊。"

冰花却不落,被冻在了枝条上。木条击打的地方,冰花啪啪啪作响,碎裂一下,迟迟也不融化。老职工在屋里做豆腐。豆腐脑热气腾腾,蒸汽萦绕。妇人穿着红棉袄,用黄色的大木勺把白白的豆腐脑舀入豆腐箱,舀满了一箱,盖上纱布,盖上箱盖,压上黑褐色的大河石,再沥水。妇人对她男人说:"今天做三箱豆腐,你别顾着玩啊,这是做霉豆腐的,不能做得太嫩了。"

"你已经说了三遍了。我又不是小孩。我知道的。"男人说。

三畦白菜、萝卜、菠菜,就种在屋边。露出地面的萝卜头,被冻烂了,肉积了水。一个六十多岁的男人在拔萝卜,砍下萝卜头喂鸡鸭。鸡啄菜叶,鸭啄萝卜肉。菜叶冻熟了。

山柿冻在树丫,外裹白冰片,析出红红的浆汁之色。食堂屋角的那棵山柿树,挂了三十七颗山柿。树下,落了一堆山柿,烂成黑泥似的,被冻得硬硬,像个圆石子。我握一个山柿在掌心,冰寒浸透了手掌,传遍全身。用脚踩烂柿,啪,烂柿炸裂,射出冰水,像一个冰做的炮仗。一个林场老职工在刮冬蜜。他是个收蜂人，蜂箱放在仙女潭侧边崖石的石缝，他抱了回来，打开蜂箱刮蜜，蜜冻出了白色。蜜沥不下来。他说，这么好的冬蜜，兑上菊花茶，该多好。他爱人做泡菜。白菜晒了数日，软塌塌。她抱白菜入土瓮。她提来一桶大热水，倒入土瓮，浸没了白菜，撒了半包白盐下去，又抱了一块片石压白菜，盖了瓮盖子。

篱笆外有一棵茶梅，花朵如杯盏，却没被冻住，开得旺旺。开放的花朵，有融冰的热情，赤燃。

放眼望去，山麓白茫茫。

马溪的河石悬着冰凌，水瀑也凝结为冰瀑，白帘布一样，串着白冰珠往下垂。青螺冻在冰里。点纹银鮈冻在冰里，体侧析出浅灰色侧线。被冻住的点纹银鮈还保持着摆尾的姿势。不知它是否还会活下来。冰已经镂空雕刻了它。

一个大男孩在捡树叶。他捡红色的树叶，捡黄色的树叶，捡紫红色树叶，捡麻色的树叶，捡白色的树叶。一片树叶，折进一页书纸，书变得厚厚。他妈妈问："你捡这么多树叶干什么？冰化了，书纸就湿了。这么树叶捡回去，也没个用处。"

大男孩说："看着就美。天晴了，树叶晒一晒，收藏。"

他妈妈和他一起捡树叶。他妈妈说："树叶真好看。"

过了晌午，天露出缝隙，有了淡淡阳光。阳光稀薄，白黄。太阳被冻在天空，看不到转动。阳光也没给树留下树影，白晕晕。马溪泛起了白光。冰在闪耀。针叶闪射七彩的冰花之光。

梧风洞很是冷寂，鸟也很少叫。鸟缩在窝里。山的寂静就是时间的寂静，钟摆回到远处，不要摇摆。在生活的道路上，我们奔袭太久了，需要聆听这样的寂静，扩大内心的库容量。寂静的世界消弭了所有的声量。我们因此得以从容。

始于原点又终于原点。这个始终，是一个艰苦卓绝的过程。我们从寂静的世界中来，暂归寂静的世界，是在于寻找自己。人会在生活中丢失自己，却很难在生活中找回自己。凡尘中，我们往往过着作茧自缚的生活。茧室越大，茧丝缠绕得越紧，茧壁就越厚。我们要啄茧，破茧化蝶。雾凇的世界，是本我的、沉寂的。白茫茫的山野，多么单纯。鸟不忙于觅食，鱼也不茫然四游了，溪水也不流了。冰开出了冰花，针叶裹着冰针飘落。

水开始滴落了。阳光金黄。

鸣山

大茅山悬在幽碧的湖水之上，黄栌悬在绿冠层之上。阔叶林覆盖在山麓，远远看过去，是一件遗落大地的秋袍。山是花岗石结构的岩体，嶙峋、赤贫。树扎根在岩石缝，或丛生在虚土。木荷、苦槠树、萝卜花树、大叶青冈、苦楝等高大乔木，包围了一个又一个山谷。朝阳的坡地杂生灌丛、小乔木，密匝、厚实。朋友龚晓军曾徒步翻越这条叫茅岗的高山峡谷。峡谷约十里长，无路可行，沿溪边穿荆棘，翻爬大石块，数度涉水，走了一天，才走完了全程。这是十几年前的事了，那时他还年轻，背一个户外包，爬山、走峡谷，走上一天也不觉得累。大茅山脉最高的山头，是四角坪，他也上，在山巅过夜。这是我想也不敢想的事。

茅岗峡谷在大茅山西麓半山腰，南北纵深，人迹罕至。峡谷有两个高山湖（双河口水库、茅岗水库），不为外人所知。即使是德兴土著人，也鲜有人知。湖藏得太隐蔽，被高耸的山峰屏蔽，只有一条路入峡谷。路隐藏在密林中，有四米之宽，环湖而绕。路上飘满了黄栌叶。黄栌长在石崖上，斜斜地伸出，往上抽条，在两米之高的直干上散开枝丫，形成一个向上展开的丛冠，冠枝弯垂。霜降时，秋叶树随时间、雨水、阳光而渐变颜色，由绿而苍黄而棕黄而深黄而浅红而绛红，继而或苍青、苍白，或绛紫、深紫，叶绿素失尽，水分也失尽，随风而落，无风也落。叶柄承受不了一片叶的重量，承受不了一滴露水的重量，慢慢飘下来，随风而舞，无可奈何、眷恋不舍，又似乎恋无可恋、毅然决然。

事实上，所有的树叶都会落下枝头，有的是当年生当年落，有的是当年生次年落。哪有不落的树叶呢？有树叶的老化、退化，才会有叶的新生、再生。一棵树，有了叶的轮回更替，才会长得高大长得粗壮。凡速生树，都是落叶树，叶又肥又厚又大。如泡桐、构树、梧桐等。凡缓生树，叶都是中小的，或针叶。南方秋叶树落叶时间也大多在霜降之后、大雪之前。叶落时，也是草枯时。它们顺从了时间的安排，或者说，无法悖逆时间的安排。时间安排了它们的命运。树是时间的一种言说，是时间的一种外在表现方式。

黄栌叶色的渐变，需要长达近两个月时间完成。黄栌叶凋谢，乌桕叶也凋谢。路上便有许许多多的黄栌叶、乌柏叶。黄栌叶绛紫，乌桕叶棕黄。乌桕叶易烂，一场秋雨下来，破碎了，满地碎屑，被风刮走。黄栌叶纤维粗硬，被风堆积，叶叠着叶，堆在冠层之下，圆筛一样。从双河口到茅岗的路边，有数百个黄栌叶圆筛。正是立冬时节，黄栌落了一半的叶，另一半还在树上，被风翻阅。

风细腻、干燥、清淡，以虚无的舌苔舔着黄栌叶，发出近似无音的舔舐声，呼呜呼呜呼呜。一棵黄栌成了一个共鸣箱，有了弥久低缓的风声。风也把种子弹下来。叶落，枝丫上裸露出一簇果。果皮黑壳有脉纹，内壳皮白色角质，核肉肾形。落叶之下，是密密麻麻的果种，被太阳晒裂了，爆出核肉。我用手扫了一把，装入了裤兜。我就想，来年秋天，我带笤帚、簸箕来，收一麻袋果种，撒在自己屋后的山上。

与黄栌同为漆树科的山漆树，我却没有见到。我喜欢山漆树，落叶后，其果种悬垂下来，被雀鸟啄食。一棵山漆树，会有三五只雀鸟争食，叽叽喳喳。溪谷边，榉树蓬勃而起，冠层浅红，朝霞一样浮在常绿阔叶树的冠层之上。溪谷是深深的沟壑，被冠层所遮蔽。沟壑长高大乔木，酸枣树、枫香树、苦楝树、五裂槭、黄山松、鹅掌楸、冬青等等，竞天而生。双河口水坝的山塆，有一条半米宽的石阶可下溪谷，芭茅、芒、金樱子藤、覆盆子、檵木、山楂、三叶木通、荆条、山杜鹃，遮盖了石阶，已无从落脚。坡太陡,已如悬崖。溪水声从谷底飞溅上来,轰轰隆隆。水坝在放水发电。水从泄水口喷涌出来,水浪挤着水浪,像一群囚犯逃出监狱。

坝头有两栋房子,平时无人上班、居住、生活,有人执勤了才打开锈迹斑斑的院门铁锁。蓄水成湖,湖深二十余米,天空倒扣下来,无天也无湖,幽幽碧碧,剩下可吞人眼睛的纯色。山色倒映在湖中,是一幅秋袍上的刺绣。小䴙䴘在湖边扎水,伸出葫芦头,钻入芦苇丛。湖往峡谷深处游动,不见了踪影。小䴙䴘,一群群的小䴙䴘,悠悠然。被风卷入湖中的落叶,四散漂流,又被风荡回了湖边。落叶吸饱了水分,将糜烂,将下沉,化为水底的淤泥。

流在峡谷的溪水,是德兴市饮用水源。双河口蓄水,流入茅岗再蓄水,注入双溪湖,经二十五公里水管,传输进市区。溪水进入了每一个人的毛细血管。

电站职工就住在茅岗。茅岗有一块山坡,比较平缓,宿舍以排屋的方式,一排一排,一栋三层。这是20世纪末的家属区,现很冷清,只有执勤的人在宿舍午休或过夜。他们在市区、花桥镇、龙头山乡有自己的房子。多数老职工已退休,宿舍也就空着。宿舍背后还有礼堂、食堂、乒乓球台。工作日,食堂开饭。宿舍前的小院子、阳台、楼顶等,有人种了绿植。绿植从山上移栽过来,有映山红、蕙兰、金线莲等。茅岗水库边有一条大道，设了公园椅子、健身小广场。大道上几乎看不到人，在宿舍休息的人，要么瞌睡要么刷微信。晌午了，我才看到一个中年妇人走出来，穿着黄灰色的毛衣，头发有些蓬乱，脚上拖着一双棉拖鞋。她脸饱满，唇厚，肩膀很圆。她说，她爸爸是电站老技工，她大专毕业后，也来到了电站上班。她在宿舍旁边挖了一块菜地，种了芹菜、芫荽、白菜、萝卜、菠菜。菜地不足五十平方米，菜种得密集，一窝一窝的，菜长不起来。她不浇水也不施肥，菜也油绿。她摘了青菜，煮面吃。她不愿烧饭，也不愿去食堂吃，将就一餐。她似乎对吃不感兴趣，对工作也不感兴趣，对茅岗也不感兴趣。在一个偏僻、高远的电站上班，辞也不辞，干着也无兴头，让她提不起劲生活。无事可做的老职工，就从林中选一些灌木，栽种在山边坡地，做盆景观赏。他们不厌其烦地去溪里找石头，冒着腿脚摔断的风险，把石头搬到自己的院子，建花墙，建水池，建花坛。

夏天，这里别是一番景象。职工带着家属、小孩、父母，到茅岗避暑。湖就在跟前，一浪一浪的水，涌起湖风。山坞的大树遮天蔽日。夜晚睡觉还得盖被子。孩子骑着自行车在湖边游玩，大人坐在石头上垂钓。他们也不用烧饭，碗筷也不用洗刷。湖里有鱼，鱼是鲫鱼、鲤鱼、白鲦。2023年初秋，茅岗放干了水，加固堤坝。可水哪放得干呢？涧水从山垄流出来，冲刷着淤泥，有了小溪。坝顶的积水有七米多深，鱼藏在那里。太阳晒干了湖床，黄黄的，大面积皲裂。藏起来的鱼，到了晚上就游到小溪。溪太浅，鱼游动，摇甩着尾鳍，啪啪啪，击打着溪水。黄鼠狼、野猫，在溪边伏击鱼。在湖床上，可以看见死鱼，无头鱼、被啃空腹部的整鱼、无尾鱼。死鱼大多是鲤鱼，青鲤或花斑鲤。三五斤重一条。

放水的那半个月，没有执勤的职工就去湖里捞鱼，用网，用簸箕，用笤箕，用竹筛。鱼在浅水处蹦跳，跃起来，想逃亡，结果落进竹筛。鱼吃浮游生物、腐殖物，运动量大，长得缓，鱼味足。冷水鱼特别腥，也特别鲜。整鱼用大锅煮，放姜蒜、盐巴即可。劈柴火煮大锅半个小时，锅边粘了白膜（胶原蛋白），起锅即吃。想吃鱼的人，就眼巴巴盼着湖放水，赤裸着上身捞鱼。

入了冬，坝顶的水潭还有人钓鱼，天天来，坐在泥堆上，穿着秋衣、破皮鞋，挽着裤脚，目不转睛地盯着浮标。浮标下沉了，他就抖一下腕，拉甩起鱼线，鱼沉手，往深水深钻，没钻下去，反被更大的力拽了上来。只有放了水，电站之外的人才进得了这里钓鱼。

这么高的山，这么高的湖，鱼是从哪里来的呢？

鱼从下游游上来。只要有水，没有鱼去不了的地方。鱼是会飞翔的，飞过激流，飞过瀑布，飞过泄水口。只要可以往上游，鱼不怕摔死。鱼也不知道自己会摔死。即使摔死了，死鱼也成了鱼食，还是鱼，又继续飞翔。这就是溪鱼。

湖床晒得太干，草籽落下去，也不会发芽。小溪在低吟。叶笛一样低吟，白鲦游在溪里，若空游。柳宗元在《小石潭记》中说：

> 潭中鱼可百许头，皆若空游无所依。日光下澈，影布石上，怡然不动，俶尔远逝，往来翕忽，似与游者相乐。

水至清，水在光线中（视觉）消失了。空气和阳光形成了另一种物态的水。白鲦的呼吸，是阳光在晃动。褐河乌和蓝翡翠，不约而至。褐河乌在石块上，摆尾而舞。斜在水面上的枯枝，是蓝翡翠的哨所，它在哨所侦查、窥探、锁死猎物，忽而俯冲下去，坠入水中，叼起鱼，飞回枯枝，狠狠地甩喙，把鱼摔晕。

叽叽叽，蓝翡翠飞走了。一只鸟叫，引来林中鸟的欢叫。白红尾鸲、白头鹎、大山雀、乌鸫、灰背燕尾、黄鹡鸰、褐头鸫，在溪边树林叫。据当地人说，茅岗峡谷有多个白鹇种群栖息。但我数次来都没看到白鹇。白鹇爱吃山油茶籽、茶树籽、山毛榉子。这些植物果实含脂肪量高，营养丰富。茅岗峡谷有非常多野茶树、油茶树。龙头山人、花桥人、绕二人，年年来山上采春茶，一季采三天就够自己一家人喝上一年了。他们自己采，自己做，自己喝。近些年，白鹇往低海拔迁徙、栖息，因为低海拔的山中村子，大多空壳了，山田山地无人耕种，有穗植物繁殖快，占领了空地。白鹇、环颈雉就下山了，吃穗籽，吃茶叶、茶叶籽，吃野长的豆、南瓜、冬瓜。有山民捕了环颈雉，偷偷养起来，开始繁殖。市区彩虹桥洎水路有一个眼皮吊起来的妇人，开了一家菜品店，门口有一个铁笼，铁笼关着环颈雉，卖180块钱一只。她常年卖。

我不知道白鹇是否喜欢吃苦槠子、甜槠子。在德兴生活的人喜欢吃。山下的人拎一个帆布袋，来茅岗捡苦槠子。一棵老苦槠树可捡百斤苦槠子。苦槠子落在地面，油亮油亮。双河口水坝边有一处苦槠林，有八棵，粗壮如水桶，叶密如云。我没看到有人去苦槠林捡苦槠子，可能坡太陡了。从路边石崖，我拽着檵木攀爬上去，踩在落叶上，又滑了下来。捡苦槠子的，都是妇人，三五成群，在树林里不见人，说笑声倒是很响亮。听得一个妇人说："有野猪闯出来，怎么办？"

"我就爬上树。"一个妇人答。

"我太胖，爬不上去。"另一个妇人说。

"那就喂野猪。"问话的妇人说。

她们一阵哄笑。她们一哄笑,树叶落得更多更快了。

"一个男人从树林里拿着刀,走出来,怎么办?"问话的妇人又说。

"他想干什么,就让他干什么。"另两个妇人答。

又是一阵哄笑。嚓嚓嚓,黄栌的树枝在摇动。黄栌叶旋飘,被风刮着旋飘,一会儿,地上的落叶厚了一层。太阳慢慢往山梁沉没下去,熏红的光线透过林梢,所有的树叶都红黄了。没落的阳光浸染了树叶,叶汁变作了红黄的浆汁。这是秋天的底色,也是秋天的格调。秋将终。走出森林的人,精神抖擞,似乎变得更年轻了,也似乎变得更苍老了。青山在前,谁又敢言苍老呢?溪水还在流,万物都是年轻的。山被晚风叩响了虚掩的门。呜呜呜。

去过茅岗峡谷的人与没去过茅岗峡谷的人,是不一样的。至于为什么不一样,我也不知道。

第 5 章

茶食记

糯米记

一个六十来岁的人在耕田。田藏在竹垄里，竹杪婆娑，春风中沙沙作响。耕田师傅扬着竹梢，吆喝："哦，哦，哦。"大水牛埋着头在拉犁，晃着尾巴，时不时叫两声：唵——唵——似乎受尽了世间的冤屈。马坑的山田基本耕完了，有部分田已栽了禾苗。田荡漾着白水，几只白鹭涉水啄螺蛳吃。我问耕田师傅："你这个田耕得这么晚，想栽种什么。"

"我这是冷浆田，冒泡泉，冬暖夏凉，稻草沤烂了，产一季糯谷出来，其他不种了。我这个糯谷，是自己留的谷种，种了三十六年的谷种。"耕田师傅说。

我估摸了一下，这块田有一亩多，说："牛耕田不多了，人累牛累，划不来。"耕田师傅边推着犁铧边说："四周栽了秧苗，耕田机进不来，自己养了牛，闲着也是闲着，就自己动手耕。自己耕，耕得更深，泥浆全翻倒了过来，禾苗也就长得快。"田泥在犁头翻倒，十几只八哥站在泥头,找泥鳅、蚯蚓、水虫吃。耕田师傅扬竹梢,八哥跳跳飞飞,又回到泥头吃食。白鹭在水田吃吃站站,仰起长长的脖子,嘎嘎嘎,叫几声。我对耕田师傅说:"你秋收了糯谷,我买一些糯米,可不可以呀?"

"那有什么不可以。产这么多糯谷,我吃不完。田荒着,我心里也荒着。田种下去,又赚不了钱。自己种,吃用方便。"师傅说。

每次往返德兴上饶,路过马坑,我就摇下车窗,看看那块冷浆田,似乎田里的物产已经有一份属于我。稻子扬花了,我下田去走走;稻子灌浆了,我也下田去走走,摸一粒青青谷子咬在牙齿,细细磨嚼,嚼出米浆。9月下旬,山田里的水稻割干净了,独剩下一块糯谷田没收割。糯谷金黄,谷皮泛起白灰色,直挺挺地摇曳,稻穗低垂,一层稻衣浮在秋风中。

10月9日,耕田师傅给我打电话:"老傅,糯谷晒干了,你什么时间来称称糯谷呀。你要多少糯谷?"

我说:"我要300斤糯谷,先存你那儿,12月初去你家里拉。"

耕田师傅说:"要那么多干吗,三年也吃不完。"

糯谷卖1.9元每斤,300斤分了八个谷袋装,拉了回来。机了五袋糯谷,机出126斤米,浸了3斤糯米。我取下柴火灶上的咸腊肉,用热水泡。糯米泡了一个来小时,米发胀,白胖如蚁蛹。捞出糯米,放在木饭甑上与锥栗一起蒸。干竹片在灶膛发出怒吼,呼呼呼,火苗猩红,蒸汽从水锅扑上来,在饭甑盖上萦绕。浅锅水(三分之一锅水)烧吸在锅底了,我端起饭甑,刷净了锅,以山茶油熬腊肉片,熬得半黄,肉皮卷缩,加三两红糖,铲糯米饭下去,开始翻炒。糯米饭炒得松散了,糖浆渗透了饭粒,就撒葱花,最后起锅。父亲吃了一碗,又盛一碗,说:"好多年没吃上这么好的糯米啦,这是哪里来的糯米?"

我说:"大茅山下的马坑。"

父亲说:"不知道,什么马坑牛坑。"

我说:"马坑是塘湾的一个自然村。"

父亲说:"哦,以前塘湾产麻皮梨,梨难看,吃起来又甜又脆。"

我从楼上取下大圆桶(可装两百斤红薯),洗涮。木桶多年没有使用,蒙了一层灰。我用水枪射,射了一遍,用板刷刷桶板。父亲问:"你又不洗红薯,用这么大木桶干什么?"我笑笑。父亲也笑笑。

我接了山泉水,用大圆桶泡了 90 斤糯米,又烧大柴灶,半锅水沸腾了,用大饭甑蒸糯米。一饭甑可蒸 20 斤米,蒸四十分钟,糯米蒸熟了,晾在大细筛上,用阴阳水(沸水兑冷水,各一半,俗称阴阳水)浇透糯米饭。厅堂里,瞬间被蒸汽笼罩。

糯米饭温热后,搅拌水酒曲粉末(按照一斤糯米配两克水酒曲的比例),放进酒缸(50斤容量)轻轻压实,中间掏一个小碗口大的圆柱形洞,盖上缸盖,用稻草包起酒缸。父亲见我在酿水酒,就笑了:"早知道你酿水酒,我就把大锅烧得更旺,无非就是多用几块大木柴。"我笑笑,说:"你还不知道我酿什么酒呢。"

父亲说:"难道你还可以变出新戏法?"

蒸了六饭甑糯米饭,已到了晚上九点半。我问父亲:"晚上吃什么?"

父亲说:"这么好的糯米饭,吃上一碗,一觉睡到天亮。还有比这个糯米饭更好吃的饭?你真是傻,这样的事还用问?"

焙好了酒,囤入了杂货间,在酒缸上盖了一条破棉被。我有些疲累,煮了面吃,就上楼睡了。可睡不着,担心留在箩筐里的32斤糯米被老鼠吃了。老鼠吃糯米事小,给箩筐啃出窟窿遭骂。我提起箩筐,放在大土缸,盖上盖板。

过了四天,父亲打开酒缸,用荷叶提(桂竹制作的取酒器,形似荷叶,俗称荷叶提)舀水酒上来,喝了喝,咂了咂嘴皮,说:"这酒不是甜米酒,是水酒(酒精度约12度),但比水酒好喝多了,又甜又带酒劲。不知出酒率怎么样。"父亲把荷叶提给我,说:"你也尝尝。"

我说:"你说好,就是最好。你比任何人都有权威。"

又过了四天,父亲打开酒缸,说:"哇,水酒盖了酒糟(酒糟即醪糟),出酒率不会差。"他用荷叶提渡了两渡(约一斤),渡到锡壶里,放在泥炉上温酒。酒在锡壶翻滚,冲掀壶盖,啪啪啪,一阵阵酒香散出来。饭还没烧,父亲就着油炸花生米,喝上热酒了。

腊月十六,我打开杂货间地下酒窖,抱出两坛(约80斤)高粱烧,父亲说:"过一个年,哪要两坛酒,你真是傻过头了。"

高粱烧(酒精度数约53度)还是2014年自酿囤下的。当年囤了十八坛,边囤边喝,剩下了十二坛。囤了这么多年,父亲也舍不得开坛喝。

我又抱出三个空酒缸,取了五坛水酒,渡出水酒,平均分在各个空坛(每坛约24斤),再渡出高粱烧,均配给每坛水酒12斤。高粱烧入了水酒坛,我抱住坛口,轻轻摇晃,然后塞一个纱布包下去。纱布包装有5斤薏米,包口缝线。父亲说:"你这是在糟蹋酒,你是真傻。好好的酒,就这样被你羞辱了。"我也不理父亲,盖了酒坛盖,背上扁篓去后山了。

后山有一片茅竹林,竹有土钵粗。每年初春,黄土坡上长冲天炮一样的春笋。掰一根留一根,是挖春笋的规矩。笋长半个月,就纤维老了,发出了竹叶。到了7月,春笋化为亭亭直立的茅竹。老竹砍去,新竹盘起了竹盖,似大地的銮舆。笋壳老化,慢慢从竹竿脱下来。一叶一叶的笋壳,又被称作笋壳衣。我去捡笋壳衣,捡了满满一篓,洗净、晾干。用笋壳衣封了酒坛口,棕绳扎紧,又封一层塑料皮,再用麻线扎紧,然后黄泥浆裹住塑料皮。阴干三天,黄泥浆就皱了皮,裂出细纹,又用黄泥浆糊一层。封了坛口,把新酒抱下地窖,盖了地窖盖板。父亲看着我糊酒坛,叹气,头摇得像个拨浪鼓,说:"我活到八十多岁了,没看过你这么糟蹋酒的。"

水酒坛里剩下很多酒糟。我妈妈就沿着巷子,一家家问:"你家要水酒糟吗?水酒糟做酒糟鱼最好了。"巷子只有两家人要了,一人一钵。我妈妈又去下村问:"你家要水酒糟吗?水酒糟做酒糟鱼最好了。"

水酒糟还剩下两坛,她都不知道怎么处理,给鸡鸭吃,她舍不得,但留着也会变质。我妈妈年迈,做不了酒糟鱼。我去捕鱼的彭老三家里买了5斤鱼干,又去菜市买了10斤菜油、两副猪肺及六个猪心。我妈妈看见了,问:"你买这些干什么,快过年了,新鲜肉还没吃完。"

我烧了一锅水,煮猪肺猪心,煮了半个多小时,清了锅,又煮半小时。煮透的猪肺猪心,粗盐腌制,晾了起来。晾了八天,晾干了。我把猪肺猪心切成片状,用大蒸锅大火蒸半小时,再晾半小时,与姜丝、蒜丝、辣椒干、花椒、酒糟，一起搅拌，装进大玻璃缸。一缸猪肺一缸猪心。再蒸鱼干，同样拌料，装进大玻璃缸。

菜油倒出约 8 斤，入锅，大火熬熟，油炸豆腐。豆腐切成小方块，入油锅，豆腐下沉，吱吱吱，爆出水珠。水珠没了，豆腐浮出了油面，变黄，在油面游来游去，等到不游了，豆腐内空了，将其捞上来。这就是油豆腐。油豆腐是过年不可或缺的。炸了油豆腐，油熟透了。过一个时辰，把温凉的油舀进玻璃缸，浸泡猪肺，浸泡猪心，浸泡鱼干。

正月初二，姐夫姐姐、外甥、表兄弟等二十余人来给我妈妈拜年。我弟弟说："土缸里有糯米，打麻子果吃吧。"父亲问："蒸多少糯米，打麻子果呢？"我弟弟说："这么多人吃，少说也要蒸 20 斤糯米。"

父亲泡了糯米，点了柴灶，烧起木柴，烧大锅热水。姐夫搬出石臼清洗。冷水洗，热水洗。我去磨黄豆末。熟黄豆末比熟芝麻香。豆末滚麻子果，是天生的般配。

石臼装糯米饭，木杵打麻子果。是天仙之配。一杵一杵又一杵打下去，糯米饭开始黏糊了。一个人打，一个人翻拌糯米饭。打了三十来杵，糯米饭黏糊糊了，就开始搓团，搓成鹅蛋大，滚在圆匾的红糖豆末里。滚一个吃一个，热乎乎。

吃了麻子果，晚饭就可以晚点吃。酒糟鱼、酒糟猪肺、酒糟猪心合装在一个大碗里，盖上生姜片、大蒜片、辣椒干，浇两勺水酒、两勺老抽，放在蒸锅里蒸。菜烧好了，腊味合蒸也蒸好了。父亲吃一口猪肺，晃一下头，喝起热水酒，说："天天有这样的菜吃，就好了。"

我在温水酒的时候，兑了高粱烧，酒精度数在 30～32 度，温烫了，打三个鸭蛋下去，就成了蛋花酒。酒烫唇，不辣喉，甜蜜蜜，入口后，酒味很淡。我表弟爱酒，喝了一碗，又喝一碗，不用劝，自斟自饮。两碗喝下肚，说话舌头打卷了，满头爆出热汗。他伏在桌上，说："我靠一下。"没过两分钟，就响起了鼾声。

翌日，表弟问我："昨晚是什么水酒，真好喝。"我叉起腰哈哈大笑，说："昨天晚上醉了七个，你是第一个醉。"

父亲一直惦记着酒窖里的那三坛水酒，每到端午、中秋，就问我："三坛酒不会封缸十八年吧，封缸那么久，我喝不上了。"他的话让我鼻酸。生命的终点站在哪里，在哪一年，谁说得清楚呢？

封缸第三年，我打开了地窖，抱出一坛水酒，洗去黄泥，解开麻线，解开棕绳，晃了晃酒坛，捞出纱布包。薏米已糜烂，便扔在院子里喂鸟。冬鸟缺食。我拿出荷叶提，渡了两次，正好一瓶。酒渡了八瓶。酒如岩茶汤，有着醇厚、甜美的香味。父亲拿起酒瓶，往嘴巴塞，咂了咂嘴，舔了舔嘴皮，说："高粱香，糯米香，很绵柔。"

我说:"你千万别往酒坛里倒蜂蜜。"父亲喜欢蜂蜜,喜欢酒。他见了蜂蜜就往酒缸酒坛里倒。父亲晃着酒瓶,说:"你以为我跟你一样傻,这么好的酒哪会倒蜜下去。"正月初二,给我妈妈拜年的客人又来了,父亲拿出溢出高粱香的水酒,招待他们。父亲说:"这个酒好喝,你们千万别多喝了,不知不觉就醉了。"表弟逗他,问:"舅舅喝醉了吗?"

父亲说:"你真傻,舅舅怎么会醉呢。"

表弟说:"你没喝醉,怎么知道不知不觉就醉了?是你舍不得好酒给我们多喝吧。"

父亲说:"你真傻。外甥喝越多,舅舅越高兴。"

表弟说:"这是什么酒啊?酒漂着浓浓的秋色。"

父亲说:"你是真傻,有酒喝就可以了,管它叫什么酒。"父亲又看看我,问我:"这叫什么酒?我没见过。"

我说:"这叫包酒。白酒包水酒,封缸三年,有了酱色。是福建浦城特产。只有上等糯米,才酿得出好包酒。"

野茶记

2023年5月16日,我患流行性感冒,留下腹胀、心率过快及失眠的后遗症。腹胀尤其难受,让我没有了饥饿感。7月8日,同学来看我,我泡红茶给同学喝。红茶是刘圣兄于2021年5月6日我给的。在黄岗山,他有二十余亩茶叶地,不施肥不打农药,清明时节,请人采下茶叶,请师傅做茶,留给自己和朋友享用。我本是不喝茶的人,刘圣兄送给我的桐木关红茶,一直存放在抽屉里,有客人来访了,就泡上一泡。同学回去了,我看看桌上还多了半泡,就泡起来自己喝。到了傍晚,我竟有了饥饿感。

为什么会有饥饿感呢?也许是因为喝了陈年红茶。就这样,我开始喝起了红茶、岩茶。

2015年以前,我爱喝茶,只喝野茶。因身体原因,后来戒了茶,一戒就是十年。2023年7月27日,我去婺源县沱川乡金岗岭看红豆杉群。村子在山腰,与外界几近隔绝,有百余口人,留在村中生活的,有十余人。红豆杉、樟树、梨树、黄山松、冬青、枫香树等构成的古树群落遮住了村口。我望着高高的金岗岭山巅,问程师傅:"村里有人做茶吗?高山茶应该很好。"

程师傅是婺源地理通,没有他没去过的村庄。在婺源,他开了三十多年的小车,村子无论多偏僻,他都不会走错路。他的熟人遍布各村。有一伙人在树林下连廊打扑克牌,程师傅走了过去,拉起一个五十多岁的男人,说:"汪师傅,有人来买茶叶了。"

汪师傅是留在村里最年轻的男人,世代做茶。他说,他的茶青都是山顶野茶林采下来的。从茶叶房,他拎出一袋茶,说:"就剩下这些红茶了,约15斤,你全要的话,便宜一些。"我打开袋口,撮了几片茶叶,往嘴巴塞,嚼了起来。茶叶细丝,一丫一叶,制作工艺很一般,看起来很像梅干菜。品相太一般了。汪师傅说,我泡茶去,你喝了就知道。他便去打泉水,烧水煮茶。

沸水冲下去,茶洇出红汁,汤色很是均匀,汤汁醇厚。我喝了一口,回甘绵长。我说:"我买10斤,给你六个地址,你直接寄。"

"你全买去,送你半斤。"汪师傅说。

"要这么多,喝不完。不是送茶不送茶的问题。"我说。

汪师傅开始称茶叶,一纸袋二两五。我摇摇头,说:

"你这个卖茶人,连个茶叶盒都没有,纸袋装起来,太没品相了,上不了台面。"

汪师傅说:"茶好就可以了,喝茶又不是喝茶叶盒。"

我说:"那你为什么要买衣服穿,不如穿稻草。"

汪师傅被我说得笑了起来,他用筲箕装了绿茶盒出来,说:"没有红茶盒,将就一下吧。"他称茶叶,他女儿汪丽红装茶叶。一盒一盒称,一盒一盒装。

这是高山野茶,茶质非常好。南京徐晓亮兄带着这个茶叶去浙江,他朋友喝了,问:"这是哪里产的茶叶?茶质绝佳,难得喝上这么好的茶。"我就跟徐晓亮兄说,明年我多买一些,请包装厂包装一下,可以多送好友喝喝。我又和汪师傅联系:"余下的茶叶全寄给我吧。"

有一天,陈国旺兄来我这儿,说:"给我杯子加点茶叶,我忘记带茶叶了。"他是个老茶客,茶杯不离身。他爱喝岩茶。我给他加了一泡茶叶,冲了热水。他端起茶杯,呷了一口,说:"入口酽酽糙糙,回甘带甜,这是高山野茶。茶树是老野茶树。"

我身边的朋友都是老茶客,醒来第一件事就是喝一口好茶。如刘付生、吴武华、徐永俊、饶祖明、陈国旺、黄猛飞、毛志春、周劲松。我老师皮晓瑶独衷普洱。

大茅山山脉多野茶。刘传金兄甚爱喝野茶。他妈妈每年采八十源野茶,一锅一锅炒来做绿茶。他每喝自己的绿茶,就感慨一声:"我妈妈做的绿茶,真是香呀,满口香。"

茶叶产地大金三角是云贵高原西南边缘、武夷山山脉、黄山山脉,小金三角是武夷山、黄山、庐山。德兴与古徽州交界、与武夷山只隔了信江河谷,有茶没有业。德兴不产红茶,无茶叶大厂,大多是各家各户自采自喝。去乡野农家,都可以喝上自家绿茶。

在大源峡谷,洪师傅给我们泡茶。洪师傅说,山上野茶可以采几十担,现在无人采摘了,真是可惜。十里峡谷就住了他一户。他爱人每年采十来斤,自己喝。清明前,他爱人背个茶篓,采单丫双丫,采三五天,就够一家人喝一年了。常有外地人来峡谷玩,喝了他的茶,觉得茶好,想买一些。他也无茶可卖。人老了,采不了那么多茶叶。我去山上走,见坡上有非常多的老茶树。在20世纪60年代,大源林场在山麓,在溪沟边,在山田的田埂上,种满了茶树。二十多年前,林场改制,林场职工外迁,茶园荒废,茶树变成了野茶树。

江西国营大茅山林牧农综合垦殖场于1957年创建,在德兴县(1990年12月撤县设市)各乡镇设立综合垦殖分场,乡镇林区大村设林场,林场的主要职能是砍伐与管护及抚育竹木、种茶采茶制茶、种油茶树及榨山茶油、开荒垦田种粮。茶树是大茅山山脉最多的树之一,仅次于松树、杉树,遍布每一个山坞。

研究茶叶三十余年的胡少昌先生告诉我：无论哪一类茶，都有上品好茶。好与否和茶的类别无关。我很赞同胡先生的说法。

我去过非常多的茶园、茶厂，茶价高的贵比黄金，茶价低的贱比咸菜。茶叶比工艺、比产地、比茶园、比茶种、比茶树、比海拔高度、比茶丫、比年份、比口感、比香气、比茶厂历史、比制茶人声誉和地位，最后比文化。茶、瓷器、紫砂壶，都是深水行业，都被资本统领，最终由资本发言，名厂茶与其品质、工艺，没有必然关系。其实吧，茶厂出来的茶都由机器生产，机器都一样，流程也都一样，都由芯片和仪器掌控。开茶厂的人查地方志，找出有记载的茶号，窃取历史茶号再登记，其生产的茶叶与历史茶号，在工艺、产地上，一点关系也没有。

于茶而言，其实最终可比的是茶青。茶青是茶的落脚点。我不信奉高价茶，不信奉名厂茶，不信奉大师茶，我信奉高山野茶。海拔八百米以上的有机茶青，是最高品质的茶青。

金岗岭海拔千余米，在20世纪60年代，山民上山种了百余亩茶园，90年代后，茶园荒废了，茶树成了野茶树，含露吞雾。其实，大茅山也有这样的野茶。北麓童家与黄歇田之间，有一条山腰小道，往西山垄，有一片三百余亩茶园，建于20世纪70年代初，在90年代末荒废，茶树高大，长成了小乔木。这片茶园无人采摘。在体泉的龙潭瀑布之上，有一片两百余亩茶园，也无人管理。这两片茶园都在海拔六百米之上，被乔木林所包围，云雾萦绕。绕二镇箭岭也有高山茶园，荒废在野山。

不同的海拔上同一座山（南麓北麓东麓西麓）的不同茶青，即使同为绿茶，由同一厂家生产，茶味也不一样。对庐山绿茶，胡少昌先生喝上一杯，就辨别得出来茶青来自哪个山谷、由哪家茶厂生产。

胖徐是华坛山镇人，每年请人去黄土岭采野茶青，茶青收购价是50元每斤。他收3000斤，拉去武夷山市加工、包装。今年4月，胖徐问我："傅哥，你也去收购一些茶青，送到名厂去加工，做伴手礼好。"其实，华坛山有不少人收野茶青，送去武夷山加工。

喝野茶，给我印象最深的一次，是在湖北恩施州咸丰县朋友的茶庄喝高山野茶。那茶喝起来糙糙的，有粗粝感，回甘微甜。朋友说，这种野茶是在六米多高的野茶树采茶青的，常喝，不会患咽喉炎。茶叶用纸袋包装，很朴素，给不了人珍贵、雍容之感，我想，茶价也许比较低廉。但一问朋友，朋友说，茶价最低的是1200元每斤，高价茶有三万多。第二天，我和朋友去看野茶树，车子一路颠簸，过了黄金洞，还要再往山里走二十多公里。高山绵绵，尖峰对峙。朋友说，还要徒步爬山五公里，就可以看到原始森林了，野茶树就在原始森林里。我摆了摆手，说我不想再走了，饿得不想说话了。

2013年7月至2014年11月，我在闽北生活时，曾请人去闽赣交界的武夷山脉北部余脉采高山茶青。茶青收购价是20元每斤。采一季春茶，一季秋茶。春茶做红茶，秋茶做岩茶。一季做一百来斤茶叶。我又去浙江龙泉市订制青瓷，用来装茶叶。一瓶装半斤茶叶，两瓶装一个红礼盒。有客人来，我就请他们喝自制的野茶。

福建人嗜茶如命，尤其是闽北人、闽南人。他们出差时随身携带茶具，坐下来就喝茶。我也有红木茶桌，用来泡茶待客。在闽北，我认识非常多的种茶人、制茶人、茶庄园主。烟酒茶，烟无学问，酒茶学问太深。酒的学问是社会学，茶的学问是修养学。酒与茶，有了社会等级与规则。人在社会这口大油锅，滚了又滚，方知其中奥妙。野茶虽是茶之一种，但似乎泡起来、喝起来，可以更放肆、放浪一些。喝野茶的人，可以更多一份山野之气、草木之气。

喝野茶的人，看重的就是茶青，无须出自"名门"，无须"大师"制茶，无须理会这种文化那种文化。喝野茶不会太累，茶喝得过瘾就可以。喝野茶的人，适合在寺庙、道观生活，适合在江湖之远浪荡。

朋友在公园开茶庄，我常去喝茶。朋友泡得一手好茶。他一边泡茶,一边给我讲解有关茶的知识、典故。朋友文雅,还打开各种茶,教我辨识。种茶人、制茶人、泡茶人,都是温和细腻之人。粗糙的人、暴躁的人,都不适合做茶人。

在大茅山乡野,走得多了,我发现,农家虽做粗茶(并非精制茶),但以手工揉青、炒茶、捻青,制茶人的生活会体现在茶里。有些山民,看起来有悲苦相,茶涩味重,茶叶在茶汤里飘摇不止,那么这户人家必是外地移民,在大山深处生活了数十年,后搬迁到集市的。有些山民无悲苦相,即使生活比较贫苦,茶涩味清淡,茶叶下沉,过一会儿就浮上来,茶汤清雅,那么这户人家很可能是土著。我去过数十上百户山民家里喝茶,这个看法得到了验证。有一次在东山源,从农家喝了茶出来,我就对余建喜说:"捧起一杯热茶,看户主的脸,不用交谈,我就知道户主是否移民。移民的那种悲苦相,不是与生俱来的,而是来自生活的挤压。"

每天早上我起床的第一件事,就是烧水泡野茶。我用大茶碗喝。茶是红茶,沸水冲下去,茶汤荡出来,茶香上涌,随蒸汽扑鼻。大碗茶喝完,用了至少四十五分钟。茶下去了,感觉身体慢慢湿润了,如久旱之地淋雨。茶慢慢喝,身体慢慢通畅,如河水下行,不被堵塞、阻塞。如河水湍流。如果早上不喝通畅,那么这一天会很难受,身体内部塞满了沙子似的。

我不懂茶，不会品茶，还谈不上爱喝茶。喝惯了红茶，就不爱喝绿茶；喝惯了岩茶，就不爱喝红茶；喝惯了普洱或黑茶或铁观音，就不爱喝其他茶。口感和茶香，会改变人的味觉。爱喝茶的人，对口感和茶香很迷恋。但我喝茶，完全是为了身体通畅。我是最低层次的喝茶人。

离不开茶的人，远远多于离不开酒的人。

我不知道世界上植物的种类有多少，茶树是离我们最近的木本，稻子和麦子是离我们最近的草本。离我们最近的事物，往往是极其普通的，如水、阳光、空气，如白菜、萝卜。极普通的事物有着神赐的爱，广泛、宽厚、绵实、恒远。

爱有光辉。活着的人，沐浴在光辉之下。

蒸菜记

铜埠是海口镇的一个村,以铜埠岭为界,岭北地区称上德兴,岭南地区称下德兴。在没有公路的年代,铜埠是德兴船运官银、铜材、黄金的官方码头。老码头的埠石还在,但乐安河漕运的航道在20世纪90年代末已被挖沙机推平。岭北村子与岭南村子,所说方言互相听不懂,哪怕相距仅半公里。岭北方言为皖方言,岭南方言为吴方言。铜埠岭是两山之间的一道山岭,海拔高度不足二十米,是德兴铜矿的北关之口。

占才、新岗山、海口、阪大、李宅等乡镇,属于上德兴;万村、黄柏、张村、绕二、龙头山、大茅山、花桥、新营、银城、香屯、泗洲等乡镇,属于下德兴。上德兴吃蒸菜,下德兴吃炒菜。蒸菜是古徽州的传统菜,正所谓"无菜不蒸"。在上德兴,无论去哪个餐馆吃饭,老板开口点菜,第一句话便是:"你想吃什么蒸菜呢?"若客人答:"不想吃蒸菜。"老板会追问一句:"蒸菜好吃,蒸鱼蒸肉都非常好吃,你尝尝蒸菜,吃了还会想吃。"

餐馆必备蒸笼,有竹编蒸笼,有铁质蒸笼,还有木饭甑。不吃蒸菜的人,肯定不是上德兴人。上德兴人点菜是这样的:"老板,上一桌蒸菜,你直接安排。"

鲜鱼是蒸的,泥鳅是蒸的,河蚌是蒸的,鲜肉是蒸的,咸肉是蒸的,鸡蛋是蒸的,豆腐是蒸的,菊蒿是蒸的,白菜是蒸的,辣椒是蒸的。只要是吃进嘴巴里的热菜,都是蒸的。一个大铁锅,蒸笼一个叠一个,码得高高的,木柴在土灶烧得旺旺的,火星噼啪作响。木柴是陈年老木柴,早已失了水分,烧起来没有烟,红绸一样的火焰贪婪地舔舐铁锅底,锅里的水噗噗噗噗冒水泡,水泡破裂,腾起一缕蒸汽。蒸汽往蒸笼里抽,一层层往上抽。蒸汽缠绕蒸汽,扭动着柔弱的腰肢,腾了房梁,笼罩了厨房。菜香被蒸汽抽了出来,一阵阵扑鼻,让烧灶膛的人忍不住往锅底添木柴,沸水开始叫起来,咕噜噜咕噜噜。木柴巴掌宽、半米长,架在锅底下,以山野热情、毕生的热量积蓄,托付给一口大铁锅,最后化为一堆炭灰。

一锅蒸菜出蒸笼。一屉、两屉、三屉、四屉、五屉、六屉、七屉、八屉、九屉。蒸山蕨,蒸野芹,蒸黄瓜,蒸新鲜豌豆,蒸白豆腐,蒸韭菜蛋,蒸小河鱼,蒸鲩鱼,蒸腊肉。蒸菜上了桌,就得开箸吃。吃蒸菜要趁热。蒸汽扑面,香味四溢。

蒸菜离不开米粉和辣椒粉。新出的粳米拉去机米厂，机一袋米粉，封装保存，要蒸菜了，就舀一碗出来。辣椒是传下来的土种，自家种的，肉实籽多，个尖长、指粗。即使霜降了，还结辣椒，枯死也不倒杆。红辣椒晒干磨粉后，辣味足且微甜。食材须地道，蔬菜要新鲜、娇嫩。最好是刚从菜地拔出来的，洗净、沥水，剁碎。米粉和上适量辣椒粉及调味品，杂糅食材，装入大碗或盘中，一起蒸。

德兴人吃食分两种，吃上德兴菜首选占才，吃下德兴菜首选界田。占才是蒸菜的发祥地，口味地道，品种多样，食材严选，工艺精细。占才是德兴最北之乡，西北部与婺源接壤，东北部与浙江开化交界，属于高山地区，降雨充沛，日照时间长，有霜期长，以红花茶油、蒸菜、蒸糕、齑为主要风物。我常去占才。最近一次去，是2024年2月19日。那天午饭在同学余建喜的妹妹余建梅家吃。一桌蒸菜让我举箸不暇。其中有一个菜我没有见识过，是蒸糯米粉。

余建喜说："蒸糯米粉是占才特有的，其他乡镇蒸不出来。"

蒸糯米粉黏糊糊的，我也看不出什么特色。吃了一口，才发觉其中所藏的妙处。原来糯米粉裹了鲜香菇。香菇是野生的松菇，糯米产于自家种的冷浆田。冷浆田出的糯米，才是最好的糯米。一碗简简单单的蒸糯米粉，涵盖了一方好山水。

占才人爱种黄豆。黄豆是土黄豆，生长期约一百一十天，种在田埂或山边黄泥地，颗粒小，澄黄澄黄。乡民们种出的黄豆不卖，留给自己做豆腐。豆腐切碎，与菊蒿一起蒸。菊蒿绿，豆腐白。一盘蒸菊蒿豆腐端上桌，便是一座山稳于眼前。山中四季，绿溪白雾。占才桥头有一家餐馆，同学叶春旺带我去过三次。餐馆有一道蒸杂鱼，我很喜欢。杂鱼就是小河鱼。鱼来自王村河或叶村河，有马口鱼、宽鳍鱲、黄颡、斑纹鳅、白鲦、河川沙塘鳢。将鱼腌制半小时，放姜片大蒜，佐以海天老抽、冬米酒，与辣椒干、适量米粉一起蒸。鱼鲜且细嫩，肉骨自然分离，很入味。

青菜入笼蒸，憋在高温里，很容易发黄。上德兴人蒸青菜却不发黄。我多次尝试过蒸菜，一碗青豌豆出笼，变成了黄豌豆，下箸的欲望都没了。我便请教王素红。她是占才人。她说，蒸出一碗好菜的关键在于火候，水烧开了，蒸笼热透了，才把要蒸的菜入笼，一把旺火烧起来，蒸三两分钟，挑动一下菜，再蒸三两分钟，菜就可以出笼了。调味根据个人口味而异。

我又去集市买竹编蒸笼。蒸笼是小蒸笼，直径约二十厘米，以宽篾片做圆箍，可蒸馒头、包子、饺子，可蒸大碗菜，可蒸五谷杂粮。我用来蒸白菜，蒸萝卜丝，蒸圆圆粿，蒸腊味。

德兴人嗜好山蕨、水蕨、野荠菜，四季都吃。野荠菜在冬月抽条发叶，妇人提竹篮去挖野荠菜。山塘边、荒田、河滩，有非常多的野荠菜，伏地而生，叶披针形，茎纤细、呈黄绿色。我也去挖。挖回来的野荠菜还沾着露水，羞嫩。蒸一碗野荠菜，算是迎腊月。野荠菜在4月开花，总状花序顶生及腋生，花瓣白色。放眼田畴，野荠菜一片片摇曳。开了花，野荠菜就老了，无人再挖。剪了茎，留下根部，又初发新叶。说是挖野荠菜，其实是剪茎叶，留根部。

山蕨吃到立夏，便不可食，妇人给山蕨焯水，晾晒数日，便成了山蕨干。山蕨干和咸肉或腊肉一起蒸，是至味。去山里，山民很热情地招呼我吃饭："山蕨干蒸腊肉，下饭下酒。"山民还吃山蕨茎块。山蕨茎块俗称乌糯，乌糯挖来后洗净，磨浆，沉淀，取出淀粉，再洗粉沉淀，翻晒，再洗粉沉淀，取出淀粉，晒干。这样做出的淀粉细腻、纯白，无任何杂质。再把干淀粉泡浆揉团，擀片，包肉馅或豆腐馅或萝卜丝馅，用蒸笼蒸。这就是德兴特有菜品乌糯粿。乌糯粿形状似饺子，但个头比饺子大，皮薄且润滑，晶莹剔透如水晶。龙头山是乌糯粿的发祥地，有专门卖乌糯粿的店铺。占才也做乌糯粿，多了一道工序，即出笼的乌糯粿用肉汤再煮,以辣椒、葱花、姜丝做佐料。吃一碗乌糯粿下肚,省去了主食和其他菜品。

吃蒸菜,须备小菜。小菜是霉豆腐、腌辣椒或辣椒酱。蒸菜不是重味菜,少油、少盐、少调味,呈现食材原味。小菜则重味。霉豆腐是自家做的,滚辣椒粉,泡熟山茶油或熟菜油,存放半年也不会变质。腌辣椒或辣椒酱也是自家做的,辛辣且咸又鲜。我很喜欢吃占才出的辣椒酱。这种辣椒酱用新鲜的土辣椒沥水,与大蒜、生姜、粗盐一起磨浆,封存在玻璃罐里。要煮面了,便舀一勺辣椒酱匀面调味。

老董是海口镇人,在上饶市生活了二十多年,时时不忘海口蒸菜,过不了半个月他就回一次德兴,找海口人开的餐馆,约上老友喝小酒。他喝一口酒,眯一下眼睛,举箸扒蒸菜吃。

有一次,在深圳生活了二十多年的朋友冯先生来上饶,我请他去龙潭湖酒店吃饭。他问我:"这里有蒸菜吃吗?"

我说:"没有。酒店以海鲜和饶帮菜为主。"

"那我们换个地方吃。我想吃蒸菜了。"冯先生说。

我问了好几个朋友上饶市哪个餐馆做蒸菜。朋友们都说不知道。我思来想去,在中山路找了家婺源菜馆。

人的记忆有多种,味觉记忆是其中一种。在某些方面,身体记忆比情感记忆更久远,甚至相伴终生。我想讲一个有关味觉的故事。

一个孩子在七岁时被拐走,三十年后,他开着货车,在一个陌生的村子翻了车。他又饥又渴,去村子里找饭吃。招待的老妪问货车司机想吃什么。他说想吃面汤。老妪做了面汤,端给他吃。他边吃边流泪,吃完了,号啕大哭。老妪问他:"你哭得这么伤心,是不是遇上过不去的坎了?"他说:"没有,我想我妈妈了。"老妪又说:"吃得好好的,怎么想妈妈了。"他说:"七岁前吃过这样的面汤,是我妈妈做的,以后都没吃过了。你的面汤是我妈妈做的味道。"

"你妈妈怎么后来不给你面汤吃了呢?"老妪说。

"七岁时,我被拐走了。我忘记了自己的家在哪里。我唯一记住的是妈妈做的面汤。番茄煮面汤,有葱花辣椒,酸酸辣辣。只有我妈妈这样做。我特别喜欢吃番茄煮面汤。别人都煮不出这个味道。吃了你的面汤,我好想我妈妈了。我不知道我妈妈在哪儿。"他说。

老妪一把抱住了他,喊着:"我的儿呀,我的儿呀,你回来了。"

原来他正是老妪被拐走的儿子。相认之后,两人抱头大哭。

味觉与乡音,是故土在人身上呈现的两种方式。这并非仅囿限于乡愁之类的情感,更是地域对生活其间的人产生了作用力。任何人都无法摆脱这样的作用力。地理、文化、爱、信仰等共生出来的无形之物,根植于我们肉身,也根植于我们内心。

一碗蒸菜,就是一方水土。

天南地北的客人,来到德兴,无问东西,先上一碗蒸菜吧。

冬菜记

我从大源带回了一大袋白菜、萝卜、生姜。这是洪德泉老人种的有机蔬菜。白菜一棵约八两重,有十二棵。萝卜一个约一斤重,有十七个。白菜清炒,萝卜煮肱骨,我餐餐吃。小雪后的蔬菜,已充分糖化,味甜而娇嫩。过了四十五岁,我有些惧寒,但我仍十分喜欢冬天。冬天万物之哀,山峦萧肃,有物哀和侘寂之美。当然,更因为深冬的蔬菜最好吃,值得我忍受天寒地冻。吃了三天的白菜萝卜后,我出差了四天。再回到德兴,白菜打蔫了,萝卜被冻紧了皮。这些菜蔬扔掉了浪费,又没办法鲜吃。看着菜蔬,我发呆了十几分钟。厨房有一个十五升容量的不锈钢蒸锅,我便拿了出来,用来装白菜。烧水冲入蒸锅。水烧了五壶,淹没了白菜。盖上蒸锅盖,我开始洗萝卜。萝卜带皮切条,用圆匾晾晒在阳台上。

白菜泡了三天后,我打开蒸锅,菜叶半青半黄,叶脉很分明地涨粗起来,菜杆软了。我滗了水,又烧开水泡。

泡了三天，菜叶松黄了，菜秆也松黄。全株没有了绿色。白菜捞出来，压出了水，再烧开水泡。白菜的粗纤维软化了，叶脉变得很细。我捞了一棵白菜压了水分，剁碎，和青椒一起炒。我是很少喝粥的人，但特意熬了一碗粥。泡菜下粥，是冬食绝品。

泡的白菜吃完时，萝卜条也晒得半干了。晒萝卜条，每天都要抖圆匾翻动，不然，没有受到阳光的萝卜肉会霉变发黑。上午翻动一次，下午翻动一次，萝卜皮晒得熏黄了，我又烧开水泡。

这是我第一次不放盐泡冬菜。赣东北泡冬菜，都要放粗盐，以防霉变。乡人用大土缸、大土瓮泡，一担白菜、一担萝卜，洗净晾晒，和鲜辣椒、菊芋（土名洋姜）、大蒜、藠头一起泡。菜面上铺一层棕叶，再把一块网状竹编铺在棕叶上，用两个大河石压住竹编。这是压菜。大蒜和藠头杀菌，冬菜存在瓮里三五个月，也不变质。他们放粗盐，是一把把撒下去。菜泡得深黄了，抓一把上来，直接当菜吃或剁碎炒起来吃。又咸又脆。辣椒辣得舌头发直。中学时代，我一餐都没有离开过冬菜。不是嗜爱冬菜，而是因为这是唯一可带去学校久存的菜。

每到星期天中午，我妈就从土瓮抓一大碗冬菜上来，剁成颗粒状的碎末，和泡涨了的黄豆一起炒，装在铁质的大菜罐里。装满了，我妈还要用筷子插插，抖菜罐，菜抖实了再装。一大罐冬菜得吃一个星期。星期天傍晚，我背上一袋米和书包，提着菜罐，走八里的砂石公路去郑坊中学。宿舍同学围着木箱吃饭，菜摆在箱盖上。四季菜品几乎不会变，大多是冬菜、梅干菜、霉豆腐、霉豆干、萝卜丁、黄豆。吃菜时，筷子从菜罐底往上翻。因为罐底的菜有油。

冬日，掀开瓮盖，一股寒气涌上来，一层白白的泡沫浮在母水上。搬走压菜的石块，我掌心被冻得通红。抓一把冬菜上来，手就靠在唇边，嘴给手哈气。手指有些僵硬。母水，也许是最冷的水。即便是初夏，母水还是冻手指。冬菜捞起一盘，也不炒，直接下粥。一根辣椒两根萝卜条，下一碗粥。

这里的人无论家境多贫寒，一瓮冬菜总是有的。

冬菜含亚硝酸盐。亚硝酸盐会引起食物中毒，且是致癌物。但乡人不懂这些，即使懂，也不在意。重体力劳动的人，干半天活，出汗足，没有什么物质不能在体内分解、排出。他们吃很咸很辣的菜，在地里拼命刨食。

一日，去罗家墩吃午饭，我提前半个小时到了，就在村边田畴散步。冬田泛起淡青色，稻茬白白。阳光显得虚弱。村头有一个大菜园，种了油冬菜（土名矮小白菜）、莴苣、萝卜、土芹菜、卷心菜。菜油油的，潽起一层绿。我找到户主，问："可以卖些油冬菜给我吗？"户主说：

"菜都是自己种的，不用买，你自己去地里拔。"

我买了七棵油冬菜回来。油冬菜肥绿，叶厚，菜杆低矮且白里透青，看了就想吃。我烧水泡了五棵。

星期六早晨，是我去集市买菜的时间。雷打不动。彩虹桥集市二楼，供本地种菜人卖菜。菜农来自小吴园、吊钟、白米洲、朱潭埠、南港、界田等地。一对界田来的父子在卖雷竹笋。父亲六十多岁，儿子三十多岁。他们卖的笋约三厘米粗、二十五厘米长，笋壳麻褐。我问老人："现在怎么就有雷竹笋了呢？春雷还没响呢。"老人说，霜降之后，在竹山盖了三十多厘米厚的砻糠（谷壳），砻糠发酵，地泥就热了，笋就冒出来。他给客人称笋，他儿子剥笋壳。老人在界田种了近百亩雷竹山，一季笋可挖一万四千多斤笋，一斤笋卖 8 元。父子一天卖三百来斤笋。我买了七根笋，花费 17 元。

回到家，我切了笋丝，焯水，捞起来沥水。再从蒸锅里捞出两棵泡熟了的油冬菜，切碎，放在篓子里压水。

我阳台挂了一块咸肉，风吹了半个多月，肉皮吹黄了。这块猪肉是学云送给我的。他在清水买到了这块土猪肉，给我打电话："这头猪是菜头菜脚长大的，一点饲料也没吃，我送块猪肉给你。"

我很少吃猪肉。他送给我的是一块五花肉，我更不吃了。我将它腌制后，挂在阳台做风吹肉。这天我割了二两猪肉下来切片，熬油。肉熬得深黄后，将笋丝、冬菜和鲜辣椒一起下锅翻炒，蒸汽一下子烘出来。再把大蒜丝、姜丝、粗盐下锅翻炒。翻炒了再摊锅，摊锅了再翻炒。最后摊锅三分钟，起锅。装了满满一大碗。

洗了砂钵后，我开始熬粥。钵内放入三分之二粳米，三分之一糯米，加一块大红薯下去，满满一钵一起熬。米羹开始黏稠时，熄灭火，在砂钵内再焐一刻钟，粥就熬好了。粥要趁热喝，就着冬菜，喝了一碗还想再添一碗。

我的冬菜泡得好，也炒得好。配钵热粥，可算山中半个神仙了。我很喜欢过这种生活，吃食自己动手，简单却不将就、潦草。祖明这样归纳我的生活："你是一个占用社会资源、自然资源很少的人。"

我确实是这样的人。我给自己的生活定下了多条清规戒律。我不会浪费物质，也不想浪费别人时间，自己随心而活。如我这般，生活大多是无趣的。时间荒芜，我喜欢做一些毫无意义的事。比如做油淋鱼、酒糟鱼，比如用锯废的木板做人工鸟巢，比如去很远很远的山里捡一堆松果回来，比如去河边看鱼斗水，比如育种。比如这个冬季数度做冬菜。泡一次冬菜，至少需要九天。一个冬季就这样被一壶壶的热水泡完了。泡完了，春天就来了。

南方的白菜，种类繁多。仅在德兴，就有十余种，如大白菜、黄心白菜、高秆白菜、玉田尖白菜、上海青、油冬菜、娃娃菜、天津绿、龙芽白菜、胶州大白菜、小白菜。除了小白菜、高秆白菜、黄心白菜，其他种类的白菜，我都用来泡过冬菜。以我的口味，以油冬菜泡的冬菜为最佳，口感脆、松软、菜汁饱满。

小雪腌菜，大雪腌肉。大雪时，蚊蝇被冻死，肉不会被蚊蝇叮咬，也就不会变质。我无肉可腌，但泡菜还得有，不然，太亏待了这个冬季。菜是按节律吃的，事是按阶段做的。人顺季吃，也要顺季活。

有朋友知道我在山里泡了冬菜，就给我发来地址，望我寄冬菜去。可冬菜水淋淋，怎么寄呀。坐观垂钓者，徒有羡鱼情。

单纯泡白菜，还有些单调。吃冬菜，吃的就是驳杂。我买了一口大土缸来，买了一担白菜、萝卜，还买了菊芋、野蕌头、葱蒽、红辣椒，一起捂进缸里泡。反季节辣椒大多是生长素催熟的。但香屯有一个职业种辣椒、番茄的菜农，五十多岁，虽是大棚种植，却不用生长素。他用的是油菜饼肥、草木灰。前两年，他爱人卖辣椒，他种辣椒。他的鲜辣椒放在冰箱，放上一个月也不会烂。普通菜椒卖4块钱一斤，他的辣椒卖14块钱一斤。他的辣椒长、尖，有大拇指粗，有一层被油淋了的光泽。他信誓旦旦地对我说："用我的辣椒做泡椒，绝对不会泡烂了，辣味还不变。"我买了十斤。我走出集市了，他还追出来，对我说：

"泡冬菜,记得兑二两白酒,这样香味足,没有腐气。"

我的泡菜缸大,换水有难度。菜捞出来,舀出水,再装缸,冲热水入缸。一缸要烧十九壶热水。水灌满了缸,半天就过去了。

一日,同学来看我。我和同学就站在楼下桂花树旁闲聊。他皱了皱鼻子,说:"楼上有人泡了冬菜。"我疑惑地看着他,问:"你怎么知道?"

"冬菜气味很浓。你嗅不出来?"同学说。

"我从嗅不出冬菜气味。也不知道冬菜是什么气味。冬菜又不是酸菜,会是什么气味呢?"我说。

"菜发酵的气味。臭臭香香。嗅到气味,嘴巴就馋了。"同学说。

菜藏不住味。一碗冬菜迎新春。泡白菜剁碎,泡萝卜剁碎,泡菊芋剁碎,泡野藠头剁碎,泡葱蔸剁碎,泡红辣椒剁碎,与腊肉或咸肉一起炒,佐以大蒜叶、芹菜杆,翻炒、颠锅、翻炒、摊锅。一碗冬菜热也好吃,冷也好吃;下饭好吃,下粥也好吃。有一碗冬酒或热水酒,就着冬菜慢慢喝,看着雪落南山,枝头堆白,苍山消隐。

一生的时间太漫长了,也太短暂了。吃上一碗好冬菜,并不是一件容易的事。主要是耗时。有事值得耗时,不失为美事。

除了木柴,唯有一缸冬菜,与我度寒冬。

红糖记

雨水时而缥缥缈缈,时而脆珠跳溅。乐安河中游的丘陵地带被酥雨浇洒,茅蔗抽芽,油青。南港村是乐安河畔最大村之一,有一千八百余户,一条主街自东向西横贯四里,村户沿街摊开,如白萝卜耸出地面,密密匝匝。长乐河从田畴蜿蜒而来,闪闪发亮,在南边村口注入乐安河。在水运时代,河交汇处设有货运渡口,遂称南港。南港田畴长达十里,唐代开村时期是沼泽区,后来历代先人挖渠排水,便有了这片肥沃泥沙地。泥沙地适合种甘蔗、茅蔗、玉米、水稻、黄豆、花生、西瓜。唐末宋初,南港人便选择种茅蔗熬红糖作主业。春雨润物,茅蔗下地二十余天,蔗苗便发了三至五轮(轮生叶)青叶。

丘陵红土上,樟树、构树、冬青、女贞、泡桐、香椿、苦楝、香枫树、杜英等乔木长得特别壮。4月,山冈被青绿之色重重叠叠覆盖。田畴广袤,远视之下,分不清哪块是蔗田,哪块是玉米田。蔗田多油绿苍翠,玉米田也多油绿苍翠,苗叶也大多相似,肥厚、扁平、宽大,叶基圆形呈管状,中间茎脉粗壮。细辨之下,才可区分茅蔗苗叶和玉米苗叶。茅蔗叶呈窄条形,青紫或青红色,叶鞘里表呈白色,革质无毛光亮。玉米叶呈箭形,颜色为嫩绿色,叶片更宽。3月31日,祝师傅和爱人在给蔗田除草。他种了三亩四分六厘田茅蔗,算是村中种得比较少的一户。

3月2日,他请耕田机翻耕,一亩花费120元。他开始挖条垄,一亩地花去一个半工。条垄挖一米二宽,长度与田的长度等长。有了条垄,就可以排水、灌溉、栽种、施肥、打农药也方便。把茅蔗铺下去,盖上土,盖上塑料白膜。他爱人在茅蔗节处,给白膜剪洞口(便于破土出苗)。种一亩茅蔗要花去三个工,花去五百余斤蔗种。蔗种就窖(方言,窖即埋在地下)在田里,用沙土厚厚盖着。他一根根挖出来,一根连接一根埋下去。马塘草随蔗苗一起长。他和他爱人就用小锄头挖出马塘草。蹲着腿肉酸麻,挖十几分钟,祝师傅就站起来,踢踢腿。这时,他才想起自己已经七十三岁了,种甘蔗已经有五十五个年头。

事实上,在乐安河中游村镇,种茅蔗熬红糖,非常普遍。尤其以乐平市名口镇刘芳村、十里岗镇南港村,与德兴市黄柏乡黄柏村、港西村和张村乡界田村为盛。

11月初,德兴市区彩虹桥菜市,每天早晨,均有十来个老人挑红糖卖。糖桶是木桶,用盖板盖着,老人们选一处人来人往的街边,坐在矮板凳上,打开盖板,用竹板搅动红糖,吆喝:"自家的红糖,自家的红糖。"一桶红糖约三十来斤,卖完就回家。也有罐装红糖,一罐5斤。老人们的装扮也差不多,穿青蓝色棉袄,戴一顶斗笠,扁担上扎一条毛巾(揩手用),穿解放鞋或黑色胶鞋或大头皮鞋。也有不吆喝的卖糖人,抬着头,看着每一个经过他身边的人。每个星期六早晨,我去菜市买菜,会看见各色卖货人。一日,我就站在铅山汤粉店门口,看街对面那个卖糖人。他将近八十岁了,一直站在糖桶边,他不会使用微信支付,只收现钞。我看了半个小时,只有一个客人买了他的红糖。他从桶里舀上红糖,装进罐子里,用秤钩挂起来,用秤称。这些卖糖人十之八九来自南港。一斤红糖卖15块钱,讲讲价,能便宜一块钱,罐子免费送。

南港距德兴市20公里、距乐平市40公里,南港人做买卖来德兴,孩子读高中也来德兴。有一次我问卖糖人,一亩茅蔗种出来,打几次农药?打什么农药?打农药开销多少。卖糖人很警惕地回答我:"这个可不能告诉你。你是不是想种茅蔗?"

我问了十个南港来的卖糖人,没有一个人回答。

茅蔗汁水充沛,含糖量却低于甘蔗。茅蔗糖不如甘蔗糖。甘蔗糖口感细腻，没有微苦。茅蔗糖口感粗糙、味道微苦。甘蔗卖价高于茅蔗，但产量不如茅蔗。甘蔗当食茎水果，茅蔗则适合榨糖。

与南港接壤的黄柏，也有制红糖的传统。2023年11月，我去港西看村人榨茅蔗。榨蔗人李师傅还在睡觉。他的榨蔗机停在院子雨篷下。在外观上，榨蔗机类似于手扶拖拉机：一个车斗，一个压榨器，一个宽口出水槽。1958年，李师傅的爸爸从余干县移民来到港西，觉得港西田多人少，陆陆续续也把兄弟带来安生。120斤茅蔗榨80斤左右蔗水（一桶），收费15元。南港则收费20元，刘芳村收费25元。南港、刘芳村还免费提供熬糖器具和场所。李师傅说，港西没有闲置的大房子，提供不了熬糖场所，再说了，配置器具还得一大笔开支呢。

一大笔开支，也就是购买一口大锅的支出。熬糖大锅容量为六桶水（480斤）。李师傅舍不得投这笔钱。黄柏乡榨蔗师傅有三个，都没提供熬糖器具和场所。李师傅榨一季茅蔗，能榨约二十万斤，是黄柏乡榨蔗量最少的一个。我很仔细地看过榨蔗、小锅熬糖，我记录了当时田野调查的过程：

> 制糖的地方，在岑阳镇铺前。师傅姓丁，是个年轻人，黑黑的皮肤，憨厚的笑脸。他拉开电闸刀，榨

蔗机呼呼呼地开起来。他把三两根茅蔗抱在手上,塞进机器的齿轮里。甘蔗汁从侧边的槽口流出来,淌进桶里,甘蔗渣从后面的槽口吐出来。炉火已经旺旺地燃起,沉淀过后的甘蔗汁浮起一层白色泡沫,甘蔗青味涌起来。把白色泡沫捞掉,把汁水倒进热锅里,一边煮一边搅动汁水,泡沫又一层层结成圈,白中渗黄,再用铁勺把泡沫捞起来,倒掉。把滚热的汁水舀进桶里,用夏布纱巾过滤,把纯汁过滤出来。

烧沸,过滤,再烧沸,再过滤,达六次。每烧沸一次,蔗汁浅下去一圈,蒸汽在房间里萦绕。妇人一直站在锅边,铁勺不停地搅动蔗汁。蔗汁慢慢变稠,变成紫红色,成了黏稠物,盛在缸里,结晶,蔗汁便成了甘甜的砂糖。这个过程要十个小时。制糖人必须有十分谦逊的耐性,慢慢熬慢慢煮,不停地搅动,蔗汁才能熬出砂糖。砂糖有了制糖人的脾性和品德。从蔗汁熬成糖的过程,仿佛一个人的成长。

我曾上台操作,并熬了一锅红糖。榨蔗简单,熬糖则需要极大的耐心和敏锐的观察力,要从糖稀色泽中掌控火候。火候是熬糖成败的关键。火过大,糖稀焦味,熬出的红糖又苦又焦;火过小,又熬不出糖稀。要先旺火,再中火,后小慢火,随糖色而改变火候。

收割茅蔗，叫砍蔗。农历十月上中旬，茅蔗可以收割了，种蔗人便起早磨刀，把刀磨出白锋。刀身短且窄，刀口内弯。刀柄也短，仅供手握。挨着蔗茬一刀砍下去，蔗便倒下了。他们一垄一垄砍，砍了一垄，便拉进自己场院，堆起来，堆成垛。

砍下茅蔗后，乡人请师傅来榨蔗。师傅用四轮电瓶车拉来榨蔗机，停在村中广场或晒谷场，接电，拉开电闸，发动机器，打开高音喇叭吆喝："榨蔗啦，排队登记。"

妇人领取了排队序号，准备水桶（容量80斤）、板车或四轮电动车（用来拉茅蔗）。开始榨蔗时，有数十人围观。槽口流出蔗汁，落进桶里。榨一桶水，约要一刻钟。从早上榨到天黑，师傅都顾不上吃饭。

师傅饿不住，想吃饭了，妇人就嚷嚷："轮到我榨了，你就想吃饭了。"师傅只好吃面包或馒头。茅蔗不用过秤，以桶量论。师傅收了工时，双脚近似瘫痪。站了一天，脚撑不住。但榨蔗不能误工，茅蔗存放时间长了，会发酸，影响红糖口味。发酸了的茅蔗，熬不出好红糖。乡人是离不开优质红糖的——妇人每月要喝红糖水。蒸千层糕要红糖。压米焦（又称冻米糖）要红糖。做清明粿要红糖。这些都是上饶著名特色糕点，到了传统节庆，家家户户必备其一。

徐海林是黄柏村人，是我好友。他好义，重情义。他住在黄柏塘边。有一天我在他家吃饭。吃了饭,他让我带几斤红糖回去吃吃。黄柏田地太多,人均过亩,家家种蔗熬糖,这既是主要年收入来源之一,也是家中必备食品之一。黄柏人即使不卖糖,也要熬百来斤红糖"看家"。

三台榨蔗机器开足工,干一个半月,黄柏乡的茅蔗便榨得所剩无几了。妇人便开始熬糖。黄柏人用小锅熬,南港人用大锅熬。

熬糖烧柴火,灶膛木柴不断。南港大锅熬糖有增压装置,熬一锅仅两个小时。480斤蔗汁,可熬出50～60斤红糖。熬糖技术越高的人,熬出的糖越多。但出糖量也与茅蔗含糖量有关。

糖熬好了,种蔗人就给蔗茬四周除草、培土。第一年茅蔗留下的蔗茬,来年春天会自然发苗,无须再育苗。一亩茅蔗年长可达18 000～22 000斤。祝师傅说,种一亩茅蔗,化肥农药支出也就一千多块钱,耗工成本低,糖还能卖的话,种蔗就划得来。

老人卖红糖不那么容易,卖了大半年,也卖不了300斤。祝师傅说,南港有个余姑娘,会在网上销售,一年卖两万多斤,村中老人卖不完的红糖,都由余姑娘代卖。谈起这些事,祝师傅很自责,自怨自艾地说:"我两个孩子没读什么书,网上卖不来货,唉,当年就应该砸锅卖铁,让孩子多读几年书。"

我也买南港红糖带回老家。我不吃糖,吃了糖胃会泛酸。但我爸爱吃。早餐吃一碗白粥,我爸舀两勺红糖下去,调匀,端着碗嗦。我爸嗦完了红糖粥,就说,世上最好吃的就是一碗红糖粥。

艾蒿记

环溪河滩,一个年轻的妇人在剪青艾。她扶起艾叶,长剪刀架在茎基,咔嚓,就剪了一株。半个上午,她剪了满满小圆篮。芭茅尚未发出新芽,已倒伏下去,枯黄、软绵。这是一片荒滩,长着菝葜和火棘等小灌木,芭茅、荻、狗尾巴草茂盛。数十亩沙地原先种了花生、土豆、荞麦,也荒废了,长了很多地锦、艾蒿、苎麻。我问剪青艾的妇人:"正月就有艾叶剪了?"羞嫩的艾叶。

妇人答:"去年冬,被人剪过一次了。我算剪晚了。"

妇人不是环溪人,是从鄱阳嫁到小吴园的。她说话带有浓重的鄱阳口音。她围着一条青蓝色布裙,竹篮圆巧。我说,这一篮艾叶做不了二十个清明粿,圆篮太小了。

妇人说:"再剪一篮马兰头,可以做一百多个清明粿。"

艾叶上火,马兰头祛火,两物混杂起来做粿皮,清明粿就不燥了。也有不用马兰头的,用车前草、野灰菜或鼠麹草。野灰菜就是小藜,遍布田间地头,灰扑扑的,在4月就扬花。

德兴人四季吃清明粿。清明粿又名青团、艾团。11月,艾蒿抽出青芽叶,妇人就去田野、塘边、河滩剪艾叶了。来年6月,艾蒿抽杆,叶老化,纤维粗糙,妇人便磨艾叶粉末,存在冰箱,想吃清明粿了,以艾叶粉末取汁液,和上糯米粉,揉粿皮。1993年7月,我到德兴市区,银城中路有一家电影院,电影院侧边有一条老弄,弄堂口就有一家职业卖清明粿的摊铺。摆摊的妇人五十多岁,一边揉团做粿,一边蒸。蒸笼是竹篾大蒸笼,一笼可以蒸五十多个,一圈圈排列。清明粿卖五毛钱一个。我把清明粿当午餐,一次吃十个。

银城中路是一条很杂的街道,卖清明粿,卖粽子,卖汤团,卖乌糯粿,卖煎饺,卖小笼包,各种小吃都有。每次去市区,我必吃清明粿。南方传统小吃中,我最喜欢吃清明粿,糯糯的香香的。我喜欢吃那种艾多糯米少的清明粿,尤其以鲜笋丝、咸肉丁、冬菜、油炸豆腐(切丝)做馅料的,馅料炒透,且多辛辣。

1984年,我在郑坊中学读书。清明节学校放假半天。每天中午,我徒步八里回家吃中午饭。我打开饭甑,见清明粿铺满了饭面,热气腾腾,粿皮溢出红油。我抄起饭勺,铲清明粿上来。一个清明粿足有巴掌大,一个蓝边碗装三个。我接续吃了四碗,才缓了缓。清明粿是我姐夫送来的,粿馅是酸笋、冬菜、咸肉、辣椒干、香菇。

艾蒿葱茏时,正是茅竹春笋勃季。鲜笋(或酸笋)、咸肉、冬菜是做清明粿最好的馅料。咸肉须用五花肉,熬油炒笋、冬菜,在蒸粿时,猪油渗出粿皮,夹带着土辣椒干的辣味。粿皮的绵糯,与笋丝的爽脆、冬菜的松软是绝配。德兴的清明粿大多以泡菜、豆干(切颗粒状)、豆芽、鲜肉、香菇做馅料,揉粿皮要加糖。我不喜欢加糖的食物。但粿皮不加糖,德兴人吃不习惯。

馅料有两种味,一种咸味,一种甜味。咸粿形如饺子,个头约半个巴掌大。甜粿则是大圆形,用粿印压出。粿印家家户户都有三两个,由一块老木板雕刻,宽约六厘米,长约十八厘米。老木一般是油茶木、桃木、柚木、梨木。粿印上端为手柄,供手握;下端为印,供压粿。因中间有一个直径约三厘米的镂空圆,圆底雕刻花纹。纹有鱼纹、龟纹、兔纹、如意纹、叶纹、祥云纹、流水纹,寓吉祥如意、风调雨顺、延年益寿之意。甜粿馅料是芝麻、红豆沙,要加红糖。馅料包入粿皮,放在镂空圆里压扁,就成了圆饼状,印纹印在粿皮。做好的粿入笼蒸。出笼的甜粿入口,迸射出糖浆,在舌尖热热翻滚。

香艾、苦艾、艾蒿,均称作艾草,属于菊科蒿属植物。2013 年之前,我傻傻分不清,以为艾蒿与苦艾是同一种植物，香艾是用来制作香的原料。其实不是。香艾叶片银灰，花白，叶、花、茎和干有挥发性药香，是制作卫生用品原料，用于驱虫。苦艾则是半灌木状植物，叶片灰褐色，宽大肥厚，是中医常用的一味药。苦艾可泡酒驱寒，驱邪气、补阳气；可作艾灸，艾叶杀菌，驱蛔健胃；整株可作辟邪物。苦艾味极苦，是民间使用最广泛的一种草药——陈年苦艾炖鸡蛋，苦艾泡酒刮痧，苦艾烫疮疖，苦艾贴肚脐，猪肚塞苦艾焖熟治胃寒，陈年苦艾泡茶治寒性感冒。蚊子多了，烧苦艾熏一熏，蚊子就没了。马蜂窝挂在屋檐下，烧苦艾熏一熏，马蜂就跑光了。生姜和苦艾，在乡人手中被用到了登峰造极的地步。每一个乡人，都是被生姜和苦艾塑造出来的。艾蒿也叫蒌蒿，叶细长，叶缘有小齿形也有无齿形。无齿蒌蒿是蒌蒿的变种。蒌蒿全植株清香浓郁。德兴人采无齿艾蒿磨浆，与糯米粉一起搓团。东坡先生在《惠崇春江晚景》里写过蒌蒿：

> 竹外桃花三两枝，春江水暖鸭先知。
> 蒌蒿满地芦芽短，正是河豚欲上时。

芦芽初发时，蒌蒿已满地了。冬春交替，灰胸竹鸡和山斑鸠还没有发出求偶的鸣叫，蒌蒿的幼叶已抽发了。清明时节，艾蒿长到了盛期，叶繁密且幼嫩，汁液多，纤维还没硬。采青吃青，到了春季的最末。清炒艾蒿，略显粗糙，不如水芹、山蕨软滑，于是与糯米粉一起揉团，以菜或芝麻做馅，有了清香，有了糯滑，有了腊鲜。艾蒿粿因此被称作清明粿。在郑坊，艾蒿被称作青蓬，故清明粿又被称青蓬粿。

闽北做清明粿则以菊蒿取代艾蒿。菊蒿叶绿或淡绿，5月下旬开花，在茎枝顶端排成稠密的伞房或复伞房花序。田埂或沙土坡上开满了菊蒿花，便觉得大地美如画。

在赣东北，人们清明必吃清明粿。一笼热气腾腾的清明粿上桌，便有了身处原野之感。茅竹笋在雷雨夜拔节。鱼逐水浪而上，游往河的最上游。芋子默默抽出红芽。冬候鸟北归。赤麂在山麓彻夜高吠。

2023年4月8日，去德兴海拔最高的小村十八亩坦，有屋舍二十余栋，溪涧中流，山坡灌丛、乔木丛生。村前有山田十八亩，无人耕种，艾蒿遍地。在村子里，我只看到六个七十岁以上的老人和一对五十多岁的夫妻，以及三条土狗、一只家猫、七只在溪里觅食的白番鸭、野散的二十余只鸡。梨花始开。在田间，我想起杜甫在《无家别》所描述之言：

寂寞天宝后，园庐但蒿藜。
我里百余家，世乱各东西。

家园荒芜，只剩下蒿草蒺藜了。有家无别，有别无家。乱世烝黎之殇，家国之痛。艾蒿之盛，也是村之衰败。

外婆尚在世时，我甚小。我妈蒸了很多清明粿，叫我送一篮清明粿去童山，给外婆吃。我不敢走公路，就走山路，翻山脊而下，便是源坞，下两个山塝，便是童山。一篮粿提在手上，很沉，走得疲累了，竟然在山脊的草坡睡着了。我抱着篮子睡。醒来时，山下村烟熄了，午饭时间早过了。我很饥饿，但始终不敢私吃篮子里的清明粿。我翻开盖在篮面上的毛巾，看见很多蚂蚁爬在甜粿上。粿又不可用水洗，我就理出甜粿，捉蚂蚁。捉一只，捏死一只。篮子里的蚂蚁被我全捏死时，太阳快下山了。

还有一件趣事。有个准女婿第一次来丈母娘家过清明节，送一篮清明粿来。准丈母娘很是欣喜，做了一桌好菜相待。吃过午饭，准女婿回家了。傍晚，准丈母娘告诉媒人，要退婚，婚事没办法认。媒人莫名其妙，细问之下，才知道准女婿送来的清明粿，咸粿馅里没有一粒肉。男方不是穷就是抠，怎么放心把女儿嫁入这样的家庭呢？

翌日早晨，男方来到女方家，提回清明粿，对媒人说："人穷气短，蒸熟了的清明粿还被人退回来。"媒人安慰他："结亲结义，东家不收西家收，你是个好后生，会有好姑娘的。"

媒人送后生出村口，篾匠姚师傅见了媒人，说："一篮清明粿提在手上干什么？也不来我家坐坐，喝杯酒。"

媒人说："我带着后生正要去你家，想给你女儿做个媒。"

姚师傅见后生腰粗腿长，脸膛开阔，便说："这是好事，我们中午加两个菜，好好喝一杯。我女儿中意，我就中意。"

一餐酒喝下来，婚事就这样订了。这个后生就是我村里的屠夫老八师傅。媒人是高邮师傅。高邮师傅当了一辈子媒人，成了一千三百多对夫妻。他后背衣领挂一把黑雨伞，四季穿解放鞋，无论去哪个村，他都是座上宾，脸上天天漾着酒红，眼睛眯出一条缝。

惊蛰时，我也提着竹篮去田头剪艾蒿。艾蒿单株生，并不分蘖丛生，以种子传播繁殖。艾蒿便一片地一片地生长。叶捋起来，剪刀挨着根部，剪下去。三块田就剪了一竹篮。我不会揉团，磨了糯米和艾蒿，便带回给我妈。我妈看着粿浆，沉缓地对我说："我腰都直不起了，揉不了粿团了。自己动手做清明粿，要下辈子了。"

我妈八十七岁了。去年冬，她拄了拐杖，连端碗吃饭的气力都不够了。我给我妈套衣袖、搬椅子、拉晒衣架。我妈揉不了粿团，我就请妹妹来。我妈看着我剁馅炒馅。笋丝、咸肉、酸菜、豆干，一锅炒。山茶油多放一些，辣椒干多放一些。炒着炒着，我就流下了泪水。有了吃食，我妈却动不了手。这是生命至痛。

南瓜记

我收拾窗台时,看见一张棕衣粘着瓤,红瓤丝干燥,紧缠着瓜子。瓜子白白,两头尖尖,子肉鼓胀。这是南瓜子。2022年腊月,我去双溪的杨家塘水库人家吃鱼,见菜房角落堆了十几个老南瓜,又圆又大又黄,皮纹青青,皮槽直溜而下,瓜蒂又厚又壮,我随口赞:"这是土南瓜,又粉又甜又糯。"临走时,掌勺大姐便送我一个老南瓜。

南瓜足有八斤多重,哪吃得完呢。一个南瓜切成八块,送了六块给熟人。我留下了丝瓤和子,裹在棕衣上晾晒。我吃的瓜果,如黄瓜、丝瓜、甜瓜、瓠瓜、西瓜、苦瓜,都会留下子,晒起来,待来年春,撒在屋后山边的荒地上。发不发芽,是它们的事;发了芽结不结瓜,也是它们的事。当然,我留的瓜子都是土种。当晚,我就用南瓜熬粥。

粥用砂钵熬,米泡半小时,猛火煮沸,用筷子不停搅动,等米羹水冒泡了,加入南瓜块。旺火舔舐着钵底,火舌贪婪,米羹水变白变黏,等水泡变小变密,便盖了砂钵盖,以小火慢慢煨。气体冲击着砂钵盖,一张一合,盖磕碰着钵沿,啪嗒啪嗒。扔一块生姜入砂钵,撮一勺虾米入砂钵,我跷着腿喝茶。喝完一碗茶,关火闭气。一根烟抽完,打开砂钵盖,南瓜粥浓稠、金黄,舀一碗上桌,就着剁椒和霉豆腐,我痛痛快快喝了起来。

这么好的南瓜,子可不能浪费了。过了清明,我装了一袋田泥来,用木脸盆盛起来,捣碎,匀铺,边沿压实。温水泡南瓜子半小时,匀撒在泥面,又匀铺一层碎泥,盖上秕谷,摆在阳台上。过了十三天,有叶芽冒出秕谷,小朵片小朵片,冒出白绒毛,我数了一下,有十三株。我也不给苗浇水,喝好了茶,滗出了茶汁,我把茶叶撮在苗根部。茶一天喝三次,茶叶也撮三次。茶叶越铺越厚,秧苗也越长越高,卷起了蔓丝。后来叶覆盖了脸盆。

我穿上雨鞋,往四十亩地(地名)走。那是一个山坞,呈瓠瓜形,山上披满了针叶林,山边是乔木林与灌丛。山坞有二十多块山田,荒废了三十余年,被莎草、红蓼、芦苇占据,有不多的几块田被挖成山塘,养了鱼。鱼塘填了塘堤,约有半米宽。养鱼人有三个,我认识其中一个。他叫矮子,是个钢筋工,住在竹鸡笼。我找到矮子,跟他打商量:"矮子师傅,想借你一条塘堤,种几株南瓜。"

"空着也是空着，你就种吧。南瓜藤还可以喂鱼呢。"矮子师傅说。

塘堤新填了泥，算是加固，新草还没长出来。翌日清晨，我就端着脸盆去四十亩地，按一米的株距移栽了南瓜苗。

傍晚，我去看南瓜苗，苗蔫耷耷，叶往下垂，叶边往里收缩。又翌日清晨我去看南瓜苗，苗还是蔫耷耷，叶子不下垂了，幼叶耸起了耳朵一样的叶片。晌午，一场小雨下起来了，雨雾遮蔽了山坞。我站在窗前，青山不现，满眼苍白。过了两天，苗挺起了大叶子，油油绿绿。我拿了一把柴刀去砍苦竹，给南瓜搭瓜架。南瓜是藤蔓植物，没有瓜架不容易结瓜。

山坞有一片坡地，约四十亩，在年前被砍伐了杉木，取走了木材。伐木的那些天，我天天去。伐木工人背着电锯，咕咕咕，锯杉木。杉木歪歪倒倒，轰隆一声，四脚朝天。一棵长了三十多年的杉木，就这样被电锯三分钟解决。他们连同大叶青冈、木荷、樟树一同解决，不分粗细。这些木料，以每吨600元的价格卖给衢州木材市场。我就跟包山的师傅说，那些十厘米以下的杂木留着，它们正在成材。包山的师傅说，杂木可以当柴火卖，也是一笔收入呢。我说我给你1000块钱，留着它们吧。包山师傅用奇怪的眼神看着我，有些生气，说："又不是你的山，我要你的钱干什么？我那样贪钱吗？"

坡地砍了一个星期，只剩下树蔸露在地面。坡底有很多被砍伐的苦竹，我去取苦竹搭瓜架。苦竹用藤条扎紧，扛到鱼塘。苦竹削尖了头，扦插下去，塘堤一米长度插两根，再用藤条横扎苦竹，便有了一面长达十四米的瓜架。

一日，汪师傅拉鸽子来卖，说："我家鸽子好，喂的是玉米。"村中几个妇人围着鸽笼，挑选鸽子。选好了，就对汪师傅说："抓这只，翅膀有灰绿的。"汪师傅抓起鸽子，摸摸腹部，摸摸头，双指锁住鸽脖子，拧紧，转动一下。鸽子薄薄的眼皮垂下来，闭紧了眼睛，头耷拉下来，翅膀扇动两下，收紧。我问汪师傅："你家有鸽粪卖吗？"

"有，湿鸽粪、干鸽粪都有。"汪师傅说。

"明天带 15 斤干鸽粪来。"我说。

鸽粪肥南瓜。用碗舀一碗，掊在根部，再用泥覆一下。瓜架上爬满了南瓜藤，也打起了花骨朵。我割了部分南瓜藤，喂鱼。藤太盛，不透风，只开花不结果。割藤的时候，有两只白头鸭在瓜架上叫得欢，喊唉喊、㗒喊㗒，歪着头凶叫。我查看藤叶，果然在第七株南瓜藤上，看见了一个深杯状的小鸟窝，窝里有五个鸟蛋。鸟蛋呈粉色，有紫色斑点。我来回察看，瓜架上有两个小鸟窝，另一窝是个空窝，也许鸟还没孵卵。我匆匆割了藤，就离开了。带了一根嫩藤回来，剥了丝，切短，清炒了一盘当菜。

南瓜结藤蔓、开花，正是雀鸟繁殖季。荒田、鱼塘虫多。北红尾鸲天天在鱼塘，站在瓜架顶或横在塘面的枯枝上，不停翘尾，滑动脚，发出咕咕咕的低叫声，像移动的音符。第九株南瓜藤下，塘堤有一个洞穴，蓝翡翠夹着青蛙，飞进洞，洞里就发出嘻嘻嘻嘻的雏鸟声。

我很喜欢吃南瓜花煎蛋。采数朵南瓜花，撕片，与鸡蛋一起调散，用热油煎，煎熟起锅。但瓜架有了鸟窝，我便也不采南瓜花了，也不剪南瓜藤了，小南瓜也不摘了。

南瓜是耐旱耐贫瘠的植物，但有水有肥，南瓜藤长得更疯，叶又厚又大，翻出密密绒毛，南瓜也结得更大，瓤肉也更厚。清晨或傍晚，得了空，我就去山坞，看南瓜生长，也看乡民种菜养鱼。南瓜架就像一列屏风，竖在山窗之下。

入了白露，有三个南瓜黄了。我去一次山坞，便摘一个回来。我并不吃，堆放在床底下。瓜叶开始粗糙起来，有了焦黄叶边。我数了一下，瓜架上还有十五个大南瓜。在 8 月份，我数过，一共有二十七个南瓜，其中有六个半青半黄的南瓜，被山鼠、松鼠啃食，啃出了窟窿，烂了。还有一些南瓜，被过路的人摘了。

山坞有很多赤腹松鼠，在针叶林穿梭，跳上跳下，也来到山边菜地吃花生、玉米、大豆。豆株下，啃出一地豆壳。种豆的人用笼子诱，多次诱到山鼠、松鼠。乡民对山鼠的绝杀，就是架火烤。山鼠在铁笼乱窜，吱吱吱叫，火燎了鼠毛，山鼠还在吱吱吱叫。我不忍直视。

草日渐衰败，枯黄。山田显得更加荒凉。霜期来了，黄泥路面被冻住了，冻出一根根尖刺一样的冰凌。走在路上，冰凌扑哧哧断裂。鹰鹞在空中盘旋。山乌桕、黄栌、三角枫间杂在林中，浸染出深秋的色彩。乡民刨了辣椒、茄子、大豆，种上油冬菜、菠菜和大蒜。我收了九个老南瓜，留了六个在瓜架上，供冬鸟、赤腹松鼠吃。我割了部分藤喂鱼。我细数了一下，整个瓜架有七个鸟窝。

寒月晒菜冬腌菜。我从床底抱出十个南瓜，刨皮，切条，用圆匾晒了起来。瓜蒂泡在盐水里。南瓜条金黄金黄，晒在阳台上，雀鸟就来啄瓤肉。我打开阳台门，它们呼噜噜飞走。

瓜蒂泡了三天，挂在窗台上，由它阴干。

晒了八天后，南瓜条萎缩了，瓤肉结着松脂似的糖浆。收了南瓜条，用大饭甑蒸，蒸熟了，铲到大盆里捣烂，与糯米粉、辣椒粉、香菇粒、豆末、豆豉、食用盐、酱油一起搅拌，然后搓团。团搓得圆扁厚实，煎包子一般大，再放入蒸笼蒸。一笼蒸十二个。蒸上八分钟，排在圆匾上晒。一圈圈从外往内排，圈越排越小，圆心是最后一个团。

晒三天，翻面再晒，晒七天，再翻面晒；晒七天，又翻面晒七天。昼晒夜收。圆团晒出黄绛紫色，外实内软，这就是南瓜粿。南瓜粿是上饶特有风味物产，家家户户都做，切片下粥。瓜肉多一些，糯米粉少量一些，吃起来更黏实、辣、甜。在郑坊中学读书，我常带菜去学校吃，带一次菜吃一个星期。因为家贫，我带的菜大多是黄豆炒泡萝卜、梅干菜炒晒豆干，早餐用南瓜粿下粥，天天如此。南瓜粿存放一年，也不会变质。

冬月的一天，天急速降温，小雨已下了三天。我闲着无事，便切了南瓜焖饭吃。米泡半小时，与南瓜块一起放入砂钵，腊肉切片，铺在面上，盖上砂钵，用文火焖。焖了半小时，满屋子飘满肉香南瓜香。

一个大南瓜，我吃了四天，还没吃完，剩下巴掌大一块。来了客人，我切了南瓜、红薯、芋头、山药（四种食材等量），一起下锅大火煮，煮烂了，锅铲把它们碾得糊糊稀稀，撮蒜叶丝、红辣椒丝、蒜丝下去，再煮。煮了满满一大碗。客人舀了一小碗吃，咂了咂嘴，说："这是什么？像汤不是汤，像糊不是糊。真好吃。"

客人吃了一小碗，又舀一小碗。我说："这是羹，南瓜羹。"

在 20 世纪中下叶，南瓜是乡间极其重要的食物，和红薯、芋头一样，把我们从饥饿中解救出来。相较于红薯、芋头，南瓜更易于种植，对气候、土壤适应性更强。

在孩童时代，我常随祖父去后山种南瓜，也不搭瓜架，任由南瓜藤攀爬上油茶树。一棵油茶树挂七八个大南瓜。摘了瓜，挑箩筐去。南瓜和红薯，被老鼠淋了体液就会溃烂。于是我们把南瓜藏在床底，红薯藏在地窖，避着老鼠，入冬。

南瓜饭是主粮之一，红烧南瓜是主菜之一。以前有杨姓邻居，患有哮喘，孩子多，家里穷得揭不开锅，四处借粮。一日来我家借米，我家也没米，我妈妈就给杨氏一箩筐南瓜。我常对我孩子说，我及我弟弟妹妹之所以没有在物质贫乏年代挨饿，是因为有一个勤劳的祖父，每年种三十多担红薯、二十多担南瓜、十多担芋头。家里晒很多南瓜干、南瓜片、南瓜丝，以备粮食短缺之需。

晒出了南瓜粿，我给矮子师傅送了一些去。矮子师傅很客气地泡茶、请我坐下。我说，没有塘堤，那十几株南瓜苗都没地方种下去。塘堤适合种南瓜，泥肥，水分足，还可以给鱼遮阳。

矮子师傅说："我养鱼的时候，摘了好几次瓜仔，南瓜丝煮田泥鳅，真是鲜，一餐可以多吃一碗饭。你这个瓜好，甜、糯，熟而不糊烂。"

剖的南瓜，我留着瓜子。那些瓜子，我也送给在四十亩地种菜的人。我说，这个南瓜是土种，又大又黄，易煮烂，产量也不低。

再去四十亩地时，南瓜藤枯黄了，南瓜还吊在架上，其中一个南瓜被啃空了，瓤丝也干了。一只北红尾鸲在南瓜洞里，翘尾，探头探脑，咕咕咕叫。天太冷了，北风呼呼。南瓜成了它的避难所。

12月18日，大茅山降大雪。我牙痛，腮帮肿得如鸡蛋，喝茶都痛。便从窗台取下阴干的南瓜蒂，切片，塞在牙缝。一个时辰换一片，过了夜，牙不痛，肿块也消了。我就上大茅山赏雪。雪压着枝头，压着山梁，白皑皑一片。雪团落在马溪，翻滚着，被水送走。

下了山，在水库人家吃饭，我对掌勺大姐说："你给我的南瓜，我吃了，也种了，还分了瓜子给村里人种。"掌勺大姐很爽朗地笑起来，说："家常的，土种土种。"

一个好的物种，尤其是作为吃食的物种，让更多的人去种，是一种善待，也是一种厚德。我是这样认为的。栽种，是最好的念想。好食物，于我们不仅仅是一种滋养，更是一种恩情。在日常生活中，我们所领受的恩情太稀罕了，恩情更显珍贵。

跋：自然精神

我恪守了自己的承诺。在大茅山山脉北部的笔架山下，我扎扎实实住满了三年。我自己烧饭，料理生活起居。大茅山山脉涵盖了上饶市广信区华坛山镇西北部、德兴市的东部、南部、西部，面积有两千余平方公里，是赣、皖、浙三省交界的咽喉之地，有着广袤的原始森林和原始次生林。境内的主要河流乐安河、洎水河、长乐河，我全程走过，有许多重要河段，我数次徒步考察。另有支流银港河、建节水、体泉水、瑞港河、上源河、叶村河、汾水、桐溪等等，我也多次前往实地考察。山脉中的主要峡谷或溪谷，如盘石山、三吴坑、小墓源、大源、广财山、黄土岭、茅桥等，我也全程徒步考察。大茅山山脉成了我的私人地域。我去过三十多个荒村，做生活样本调查。工业化的到来，使得曾经蓬勃生活的山村，沦为荒村。

德兴市距上饶市一百一十公里，距我老家郑坊镇五十公里，重金属资源和森林资源十分丰富，素有"金山""银城""铜都"和"山城"的美称，唐宋时期，便是我国白银和铜的主要产地。铜埠便设有官方专用码头，运送官银和铜。北宋湿法炼铜家张潜（1025—1105，德兴新营人）在此写出了《浸铜要略》。德兴地势北高南低，中北部、东北部为高山地区，南西部为盆地，大茅山自东向西中分横切，形成了乐安河谷与洎水河谷，与怀玉山北部余脉和西部余脉交错，与灵山山脉北部相接。

1989年8月始，诗人萧穷在德兴工作。萧穷即饶祖明，和我是上饶师范的同学，在校期间，与徐勇、丁智、邓飞、傅金发、尤慧等同学，共办校园诗报《信江诗报》，一起习诗。1991年秋，我第一次来德兴看望萧穷。1993年春，在长田（萧穷工作地），我游玩了三个月。之后，我每年数度来德兴，去过所有乡镇。

我初来笔架山下客居，有一个融入期。怎么融入大茅山山脉呢？2021年8月至11月，我每天去笔架山下的各个山坞，看乡民种菜、养鱼，与他们交谈，去山麓观察植物与鸟类。我通常上午去或傍晚去，感受自然传导给我的气息。之后，我便去往各个大山谷，走峡谷，探寻河流的源头。这三年中，黄渡和大源给我留下至深印象。黄渡因古有乐安河码头而得名，是个老村。河畔荒田，有非常多的菜粉蝶，翩翩而舞。在鱼潭自然村，两个妇人在埠头洗衣服。朋友龚晓军拍摄她们洗衣服。其中年轻妇人拉了拉衣领，脸颊瞬间红彤彤。杨柳轻拂，娇羞之美令人感动。大源是一条长达五公里的峡谷，原始次生林很丰富，只有一对七十多岁的夫妇在深山生活。老人很热情地邀我吃饭。普通鵟猎杀了老人的白番鸭，它在啄肉时，老人发现了，便捡了鸭子回来，炖来给我吃。老人自己育的菇，是我吃过最好的菇之一。

每次进入大茅山山脉，我就会想起美国作家西格德·F. 奥尔森所著的《低吟的荒野》。奥尔森在美国明尼苏达州北部和加拿大安大略西北部接壤的奎蒂科-苏必利尔（Quetico-Superior）荒原任向导三十多年，并居于其间，写荒原的宁静之美、气息、生命脉动，写荒原的河流、矮橡树。瑞雪、树叶声、溪流声、芦苇、树洞等，在他笔下大放异彩。奥尔森提出了土地美学的经典概念。他是动物学家、作家、冒险家、垂钓者，更是土地哲学家。奥尔森是谛听自然之声的人，他的心灵紧贴大地。我会想象他踏入荒野的状态：穿着高帮雪地靴子，踩着厚厚积雪，戴着防风帽，去河流钓鳟鱼。他自信且怡然自得，乐享孤独的妙趣。大茅山四季分明，大部分峡谷、溪谷无人居住，溪涧沉吟，留有很多生活印迹，如废弃的屋舍、破败的老林场、长满荒草的耕地或荒田、野路、无人管理的果林和茶园、腐烂的蜂箱。身临现场，我就可以充分感受到自然强烈的气场。草叶上的甲虫、死蛾，被蜜蜂围殴的金环胡蜂，低吟的或咆哮的流水，斗水的鱼，盘在岩石上的尖吻蝮，赤红的火棘果和高粱泡，麻白色的秋叶，高高的枫香树，这些自然之物令我怦然心动。它们与自然景象构成了我叙述的底色。

到了自然现场，就会有触动、认知。如何达到深度写作，需要一个前提，即对笔下事物或人物的深度认知。对叙述对象的深度认知，就是对自己的深度认知、对外部世界的深度认知。有了深度认知，写起来轻松多了。"出神入化"的书写其实有基础条件：长期的训练，细致的观察，较为扎实的博物学学养。

我很喜欢观察奇异的气象。如遇到暴雨、大雾、大雪，我会莫名激动。每逢此时，我很喜欢去野外感受。我写过很多篇奇异气象下的自然状态。另外，我对河流、山中野池塘、水潭非常感兴趣。这是观察自然的一个视角。我常常在河边徒步十数里，观察河流的四季及动植物的多样性。

确实，在写作层面上，我不依赖"感悟""灵感"。认知是第一位的。没有新认知，我几乎没办法写作。我在大自然中行走，更多的是获得了认知，获得自然场景给予我的感受，获得了自然的生动形象。

当然，也会遇上各种各样的人、各种各样的动物。这是可遇不可求的。一旦遇上了，犹如"神赐的诗篇"。这样的"偶遇""奇遇"非常宝贵。（《在自然文学和生态文学之间——李景平、傅菲、贾江涛访谈录》，《绿叶》2023年第11期）

这是我对待野外实践和田野调查的态度。

自2014年以来，自然领域是我写作的重要界面和向度。野外实践和田野调查是我践行的写作原则之一。我视野外实践和田野调查为自然精神的重要组成部分。什么是自然精神？安徽大学教授、博士生导师王国良这样诠释：

> 自然精神，主要是指人与自然和谐共存，人顺应自然、根据自然的节律而生活，自然界不是人类的敌人，不是人类的征服对象，而是人类的亲人与朋友，是人类生存的家园，热爱自然就是关爱人类，维护自然就是维护人类自己的家园。（《中国哲学基本精神及其现代价值》，《文化软实力研究》2016年第1期）

窃以为，王国良教授的诠释略显狭义。自然精神与人文精神并容，首先基于科学精神，基于自然律，以自然法为原则，在顺应自然、人与自然和谐共存的同时，树立人与其他物种相平等的观念（在不互害的情况下），尊重自然生物的生命权与生存权，人类从中获得幸福感、自由感、美感，进而引发崇美崇善崇真的精神。

亚里士多德说："幸福作为生命的自然目的，出自人的自然禀赋和本性。"

自然禀赋与生俱来。随着工业化来临，随着电子产品占领我们的时间与空间，我们的自然禀赋在磨损，在弱化，在退化。我们也因此越来越丧失想象力、丧失本性的快乐。

越来越多的人，尤其生活在城市的人，渴望走向原野，甚至抛却城市，回到乡野生活。其中一部分人，发现物质带给自己的快乐并不多，且非常短暂，甚至发现自己深陷物质的囚牢，于是在乡野旷野找寻立身、归依之所。对于一部分人而言，越走进大自然越迷恋，甚至依赖大自然的治愈感，并因此获得自我救赎。乡野旷野让人更纯粹一些，更本我一些。当然，社会学和人类学可以对此做出更为准确的诠释。每个时代都有自己的难言之隐和痛点。人也如此。

近年，在文学界，自然文学备受关注，越来越多的写作者参与其中，有其强烈的时代背景和因素。

自然精神就是探索精神的一种，人们探索自然，发现其中奥秘，同时探索自己的内心世界，获得慰藉。

法国作家马赛尔·普鲁斯特曾说："真正的发现之旅，并非发现新风景，而是有新的眼光。"我们每一次走向旷野，是否就是一次"发现之旅"，则取决于我们是否有对事物的深度认知。有深度认知，才会有"新的眼光"。对外在世界、内在世界，我们都需要深度认知。"发现之旅"既是自然世界的乐游，也是精神世界的苦旅。正如屈原在《离骚》中所言："路漫漫其修远兮，吾将上下而求索。"

问道于自然，也问道于人世。

人世就是现实的当下生活。在大茅山山脉，无论我去哪个山谷或荒村做田野调查，我必与山民做深度交流。他们的土著历史、家族流变、日常生活、迁居史、方言、收入来源、食谱、疾病、邻里关系、罕见又可见的野生动物等等，我尤其关注。

我所写的山川、风物，既是对客观世界的描写，也是内心景象的呈现。有时还是一种隐喻。自然文学是文学大世界的一脉，人乃是其核心。本书面世时，我离开大茅山已半年有余。三年已过去。时间如江河，既宽容又残忍，收容我们又抛弃我们。

去山野，或有同学朋友做向导和陪同，他们是陈志发、龚晓军、余建喜、许健平、余咏梅、廖淑菲、张孝泉、周里凤、余佃春、王金玉、严厚福、赖永忠、水根祥、余小辉、施灶盛、饶祖明。在此深表谢忱。

2024年3月4日下午

德兴市第六高级中学E楼402室